U0002967

夏天，很久很久以前
Summer

晴菜(Helena)@著

這裡的風透著懷念的回憶，只要稍作深呼吸，便覺得胸口微微刺痛。
然而，迎風衝進溢著淡香的巷道，討人喜歡的白色小花已經開遍兩邊梔子樹，滿叢的梔子花形成一條芬芳的夏日通道
我聞到了幸福發酵的香氣飄散在擁有古老情懷的空氣，誰的溫柔低語要我不要害怕長大。
當茵綠色的生活細流轉瞬湧過，當我們的故事像透明的氣泡慢慢消隱在斑爛光線裡，
我知道，穿越梔子花巷道，就能見到你快樂溫暖的笑容；我知道，高至平和珮珮，我們會一直在一起。
我已經知道了。

◎推薦序

寫著暖暖夏天的文字饗宴

開始注意到晴菜的小說，是她還在連線板上連載《對面的學長和念念》那部小說時，最初之所以會吸引我去看她的小說，是因爲那部小說的篇名很特殊，而看了小說的內容之後，我才發現晴菜的作品很有張力，細細咀嚼她的文字時，總有種馨香持久的氣息。晴菜的作品很輕易地就能牽動人心，讓人自然而然地沉溺在她小說營造出來的溫暖氛圍裡。

我一直以爲文字纖細善感中帶著淡淡哀愁的晴菜，應該是個連笑起來都有些憂鬱的人，直到在某個情況下與晴菜本人見了面，才知道原來現實生活中的她是個健談的人，笑起來很甜，是個全身上下充滿了陽光氣息的漂亮女生。

之後又陸續看了晴菜所寫的《眞的，海裡的魚想飛》，以及《長腿叔叔二世》這兩部小說，讓我開始迷戀起她的文字，成了晴菜的讀者之一。幾部作品下來，我看見晴菜愈來愈精練的文字描述，故事架構的鋪陳也愈來愈有深度及廣度。

我只能說，看晴菜的小說，對我而言，是種很棒的享受。

這部《夏天，很久很久以前》與先前那幾部小說比較起來，有很明顯的改變，小說內容變得活潑許多，很多對話會讓人看著看著就忍不住微笑起來，卻又能在節奏輕快的故事劇情中，深深地被感動著。

這是一部很溫暖的小說，是由晴菜先前的短篇作品，〈奶奶的情書〉，所延伸而成的長篇小說，在小說裡，你看到的不僅僅是一篇故事，晴菜用她精湛的描述能力，讓整部作品有了生命力，你彷彿可以在小說裡，看見一幕幕像是曾經眞實發生在我們身邊的情事。

我是Sunry，我很喜歡這部《夏天，很久很久以前》，如果你也看過這部小說，我相信你一定也會愛上這個關於暖暖夏天的故事的。

Sunry

第一章

我生平第一次和男孩子合照的相片，並不好看，我正在跟那傢伙吵架。

背景是夏天才盛開的梔子花，白白香香的一片，當時似乎有陣微風吹過，葉子全都偏到同一個方向，有片葉子還落在我隔壁男生雜草一般亂的頭髮上。他雙手握拳，僵硬地擱放在身體兩旁，腋下衣服有個五公分大的破洞，深藍色短褲，光赤的雙腳直挺挺佇立在我身邊，不服氣的堅毅神態，他沒看鏡頭，我也是。

我穿著沾抹一層污塵的粉紅洋裝、不再光亮的紅皮鞋，一邊的辮子已經沒了緞帶而散落在肩上，我不愉快的視線朝著反方向，嘴角倔強緊抿，而泥土地面上有頂草帽，幾乎要乘風而去地翻飛著，忘記那是誰的了。

那一年我一五二公分，高至平一四一公分，我們都是國小五年級，爸爸說我們從小就認識卻沒照過一張相片，他逼著剛打完架的我們站在一起，當我們還跟自己的自尊掙扎，喀嚓一聲！用掉了爸爸相機裡最後一張底片。

我從抽屜深處抽出這張快被遺忘的照片時，觸見我氣鼓鼓的難看表情隨著季節的交替已經成爲一種回不去的顏色。

「小珮！妳整理好了沒有？」媽媽高亢的嗓音穿過一道樓梯傳上來：「快點！該出發囉！」

「好——」

家人喊我小珮，朋友都叫我恩珮，和我不熟的老師直接喚我許恩珮，其實我還有一個稱號，就是珮珮，珮珮是小時候掛在大家嘴上的小名，一個單音被重覆了，聽起來像叮噹響的音樂，我最喜歡這一個，現在還這麼叫我的，我想只有奶奶了。

「小珮！妳到底在磨蹭什麼？快下來了！」

「我知道。」

我隨口回答，繼續撥掠劉海，謹愼地把剛找到的幸運草髮夾夾到額頭側邊，然後帶點煩惱地照鏡子，秀淨的臉龐掛著短短直髮，簡直和民初時代的女學生沒什麼兩樣，遺憾的是，我遇不上瓊瑤小說裡的深情男子。

「小珮！」

「我來了啦……」

萬般洩氣離開鏡子，拉起小行李箱，不意瞥見桌上那張泛黃的相片，把它扔回抽屜，這下可好了，一放暑假，媽媽馬上要我去修剪頭髮，我就要升高三，她不要我花太多心思整理自己的儀容，這個蠢樣子要是被高至平看到，不知道會被他恥笑到什麼地步。

我和高至平都在夏天見面，我們也只在那個季節才有相遇的機會，倒不是牛郎織女那種浪漫，是因爲打從小學，每年夏天我就會到奶奶家過暑假，我算是被奶奶帶大的，爸媽在大陸的工作量隨著溫度而攀升，他們沒空照顧我，於是我比鄰居小孩多了一項城市到鄉下的遷徙功課。

比較起來，在眾多兒孫當中，我和奶奶最親，原因之一當然是我每一年都會過去和她生活兩個月，翻開自然科學的課本後，我開始爲此舉感到驕傲，原來我跟候鳥一樣。

「要多幫奶奶的忙，不會做飯，好歹可以去打掃呀，澆水呀，奶奶會很高興的。」

「我有啊！我還幫她洗衣服呢！」

「這樣才對。有事打爸爸的手機，爸爸有辦漫遊。」

「嗯！」

媽媽送我到車站，趕著下一場飯局的關係，匆匆駛離了。我望望自己半舉的手，它連揮別的機會也沒有。五年前我就不需要父母接送，自己搭火車南下，再轉兩小時才一班的公車，然後走過一段三十分鐘的鄉間小路，繞進奶奶不大不小的三合院。

記得第一次被送去奶奶家寄養，我嚎啕大哭，任誰說好說歹都沒用，第二次去還是哭，我覺得自己被放逐了，就像皇上不要的臣子都被發配邊疆，到了第三年才漸漸跟奶奶熟稔。現在呢，我的使命是和奶奶作伴，我已經長大了。

車窗外的景色由北向南不停變換，倚著發出怪味道的座椅，我看見大樓層層地低矮、消失，也看見綠油油的田地一塊塊拼湊起來，心知奶奶住的村子快到了，每回這段路程上的心情總有些奇妙，像是正通過一個時光隧道，可以保持現在的樣子，也可以回到小時候的無憂無慮，隧道的另一邊不會有模擬考或補習班，當然也不會有自來水污染或罷工遊行。不過，鄉下的環境固然清幽，不方便的地方還是很多，奶奶為什麼不肯搬來和我們一起住呢？奶奶一個人住，卻有很多熱情的鄰居，等我年紀再大一些，我問媽媽，才曉得奶奶從好久以前就是一個人，她的丈夫英年早逝，奶奶守寡了五十多年，大家都說她了不起，奶奶只是微微笑，似乎那和了不起無關。

今年，我又來了，拖著一只輕巧的行李箱，頭戴一頂軟呢白帽，站在不經粉飾的泥土小徑上，面前一大片酷似宮崎駿作品「龍貓」的田園風光，南風帶來雜草被曬乾的氣味，沒有高樓大廈的屏障，天空那抹蔚藍看得一清二楚。

公車剛走，揚起漫天黃沙，我熟練地摀住口鼻，鼻腔透進防曬乳香膩的味道，正打定主意要換掉這牌子，忽然從半瞇的視野看見桑樹上的人影，他也發現我，抬起頭，用一種三分之二驚訝，三分之一淡漠的表情望著我。

俐落的平頭，黝黑的膚色，清爽的輪廓，手腳修長得像隻瘦猴子。

他在摘桑葉，家裡養蠶，他說這裡的桑樹長得最好，常常帶著附近小孩在樹叢爬上爬下，身穿被枝幹勾破的衣裳，最討厭襯衫和鞋子，他狡辯著反正衣服還會更破，幹嘛要拿那些體面的衣服開刀？他就是高至平，在十公里外的一所高中念書。

高至平縱身從樹上躍下，把一堆桑葉收進大大的菜籃袋，朝我走來，他一停下來，我暗自意外，他不穿鞋，卻還是比去年要高我許多，奇妙的壓迫感。

在我的印象當中，我們之間依然停留在相片裡那十一公分的差距，因此，當我微仰著頭面對他時，不太能適應我們對調的立場。

「妳又來了喔？」他開口，下巴抬高四十五度角，落下擺明是輕蔑的眼神。

「你買菜啊？」我惡意地回話。

他皺個鼻，一把將袋子往背後甩，掉頭向前走。那袋子飛撞了我一記，我按住胳臂，瞪他若無其事的背影，不甘示弱地跟上去，甚至超越他，聽到他哀叫一聲，哈哈！被行李箱輪子攆過的滋味一定不好受吧！

「悍婦。」

我聞聲回頭，高至平依舊肩負那只可笑的菜籃袋，邊看著一整排搖曳的桑樹走路。

「草包！」我讓我的音量剛剛好超過行李箱輪子賣力翻越一地石子的噪音。

他的腳步聲停頓一下，我還聽見倒吸空氣的鼻息，不禁洋洋得意地壓壓白帽子。

「嬌生慣養。」

還說?!

「野猴子！」他分明野得跟沒進化過一樣。

「都市來的書呆子。」我知道他一向瞧不起上補習班的人。

「你很幼稚耶！」

「生氣的人不更幼稚?」

「我不要跟你說話了，你離我兩公尺！」

我氣呼呼地一直往前走，那傢伙安分地走了一會兒路，突然快步跑到我前頭，不多不少的兩公尺外，轉身，倒退著走，我奇怪地看他擺出品頭論足的姿態。

「從後面看，根本是一顆西瓜皮頭在走路。」

他眞的提起我最介意的頭髮！

「高至平！」他拔腿就跑，我惱羞成怒地追上去，「你不要跑！有種給我站住！不要跑！」

「笨蛋！我要離妳兩公尺啊！」

我和高至平的宿怨自他數年前從我頭上扯下第一只緞帶花結下，小時候我常紮兩根辮子，繫著奶奶給的緞帶花，他總在扯過我的辮子之後，還要連本帶利地把緞帶奪走，漸漸地我已經懶得再清算他的戰利品有多少，追打那壞蛋比較要緊。

我讓奶奶照顧多久，就認識高至平多久。

就我所知，男生和女生通常都井水不犯河水地和平相處，雖然曾遇過一兩個特別愛找我麻煩的臭男生，不過經過幾次分班打散之後，我們也不再有交集了，高至平，是唯一和我糾纏最久的死對頭。

壓著帽子奔跑的時候，我看見一隻黃色土狗專心嗅著石子路面，右前方蓊鬱的樹林在大水溝般的溪流上倒影幢幢，更遠一點有一條像祕密通道的灌木曲徑，綴飾好多小白點，那是相片裡的梔子花背景，高至平矯捷的背影很快……很快就跑進一個光耀繽紛的畫面裡，我也一樣。

一路追他來到奶奶的三合院外，原本三十分鐘的路程以不到一半的時間衝刺抵達，我喘得再罵不出話，高至平則背靠磚牆，仰望天空調勻自己的呼吸。

眞搞不懂，好像我每回都要這麼死命活命地奔過來，一定是因爲都會遇見他這討厭鬼。

「喂！」他出聲。

我立刻用力掩住耳朵，「我不要聽！你不要再跟我說話，我跑不動了。」

「妳奶奶最近的身體不太好。」

高至平又說，他很少露出這樣嚴肅的神情，我慢吞吞放下雙手，有些無措。

「上個月她昏倒過一次，沒有很久，一下子就醒過來了，不過當時把大家嚇一跳，原本聊天還沒事嘛！妳多注意一點吧！」

我沒聽說過這件事，想必爸媽一定也不知道，奶奶故意隱瞞不說嗎？她平時身子很健朗，好些年沒進過醫院，儘管如此，奶奶也有七十歲了吧！我實在抓不到年老的距離感，七十歲離我多遠？離死亡又有多遠？

「喂！」

我的頭頂一陣微疼，高至平把手刀輕輕剁在我頭上，我怔怔望著他面無表情的臉孔，忘了應該先還手還是吸氣。

「妳不要一緊張就呼吸急促好不好？等一下換妳昏倒我可不救妳。」

我有輕微的氣喘毛病，醫生說是先天體質的關係，高至平則老咬定都市的空氣是禍首。

「誰要你救？我會這樣還不都你害的！」

「妳自己的毛病關我什麼事？」

那個時候，我還不確定我的呼吸會和另一個人有關係，但，為什麼不呢？我們都接收著一樣的空氣，而那其中一定會有我特別在意的波動，特別在乎的節奏。

「奶奶我當然會照顧，不用你雞婆。」

「我是怕妳小孩子不懂事，笨手笨腳。」

「你憑什麼跟我說這種話？明明自己最像小孩子！」

眼看戰火再起，而奶奶矮小的身影不知不覺出現在菜圃，高至平很快收起痞子站姿，一副品學兼優的好孩子模樣，這僞君子！

「珮珮，妳來啦！」奶奶笑咪咪地朝我揮揮手，再向高至平打招呼：「平仔，你也來了喔？進來坐，我有煮綠豆湯。」

我「噗」地忍住笑意，不理會高至平投來的瞪視，誰叫他平常老愛在奶奶面前賣乖，才會換來台語的「平仔」稱號，噗噗！眞是俗到不行。

「不用啦！我家等我把桑葉帶回去，下次我再來。」

高至平的台語很溜，可以和這裡許多長輩天南地北地聊，不像我，我的台語極不輪轉，講到不會講的地方乾脆直接把國語搬出來濫竽充數。

隔壁的林大伯牽著野狼一二五要出門，見到我，驚喜地打招呼，又跟正準備離開的高至平抬槓：「至平！又是你送恩珮過來喔？」

「不是，我是被她追過來的。」

他輕鬆自在地回答，拎著桑葉步出籬笆門，留下我爲了維護淑女形象而乾瞪眼。

「珮珮，坐車很累喔？等一下再做飯，有荔枝，先去吃，先去吃。」

「好啦！奶奶妳身體好嗎？」

我親暱地上前挽住奶奶的肘臂，驚覺到奶奶比印象中瘦多了，不過她現在笑得很開心，直說身體很好，然後二度提起那鍋與高至平無緣的綠豆湯。

我把行李和帽子丟在房間，坐在客廳木桌前喝綠豆湯，奶奶則繼續待在菜圃拔雜草。除了打理自己的生活外，她還種菜，我陪著她爲心愛的植物澆水，空心菜、高麗菜、絲瓜、地瓜……我們點名一般走過翠綠的園圃，後來我發現缺少芬芳的點綴，奶奶說她不愛花，奶奶是務實的人。

那天晚上我睡得不怎麼好，外頭的蟲鳴太吵了，我還不能習慣，每年暑假來到這裡的第一個晚上總要失眠，於是悄悄捻亮燈，在床上欲罷不能地看起小說。偶然闖進一隻蛾在日光燈下啪啪地撲動翅膀，我順勢望出去，望見令人懷念的窗外光景。小時候對這個地方還不熟悉，我常偷偷看著據說晚上會有吃小孩的虎姑婆出沒的夜，就算是半圓的月亮也乾淨清透，徐風沁涼，世界很靜，靜得幾乎可以聽見露水凝結在葉尖又摔下去的聲音，隱約，遠遠的地方有道類似螢火蟲飛行的殘光軌跡，閃了一下就過去。這樣的夏天我希望它永遠不要改變，它在我生命裡佔據不小的美好意義，有時像夜晚蜿蜒在山間的晶亮小河潺潺不絕，有時像什麼人說著枕邊故事的溫柔低語：很久很久以前，很久很久以前……

我們都接收著一樣的空氣，而那其中一定會有我特別在意的波動，特別在乎的節奏。

第二章

在鄉下的日子，通常我都起得早，一群不知是數十隻或數百隻的麻雀吱吱喳喳倒也還好，隔壁是戶養雞人家，我很討厭牠們至死方休的叫聲，那比家裡各式各樣的鬧鐘都來得有效，鬧鐘還可以砸，那些雞可不行，頂多，我只能朝牠們扔石頭洩洩憤。

然而，儘管我自認已經很早起了，奶奶總能早我一步，我在窗口前刷牙洗臉，往往可以看見她在園圃忙碌的身影，奶奶話不多，也不會刻意喊醒我，可是她說過，「眞要說睡覺的壞處，那就是不能多看看這個世界，世界隨時都在變化，錯過它其中一個模樣都很可惜」。

我機械式地上下擺動牙刷，早晨的世界是什麼模樣我睡眼惺忪看不清楚，卻極樂見那群咕咕叫的雞熱騰騰地擺在飯桌上。後來，我沒看到隔壁的雞變成美味佳餚，成爲我和奶奶中餐替死鬼的是高至平帶來的那一隻肥公雞。

還在梳洗的時候，奶奶在外面和別人交談，她說了句「你最近心情好像不錯」，我從冰涼的水中抬起頭，正好望見高至平把一隻就縛的雞交給奶奶，他在笑，笑得十分純眞開朗。大概是因爲他很少對我笑的關係吧！我覺得那樣的高至平好稀奇喔……

忽然，他的視線轉移，撞上我，我們兩人同時愣了一下。剛睡醒反應慢，我動也不動地站著面對他，任由水滴不斷從睫毛、鼻尖、臉頰淌落。他沒有靜止太久，拎高手中裝著西瓜的塑膠袋，指指西瓜，又指向我，嘴角淺淺咧開一抹歪斜的笑。我張大眼睛，瞪他故意拉扯自己短得可以的頭髮，我於是高傲地別過頭，佯裝不懂他的諷刺，彎下身，捧起一灘淨水，嘩！我的臉、我的指尖、這個六點鐘的早晨全都濺出了剔透的光芒。

在台北，我可以去西門町逛街，去天母喝下午茶，甚或去陽明山踏青；在這裡，我的勢力範圍小得可憐，人生地不熟，更沒有便利的交通工具，我受不了不準時的大眾運輸，例如這裡的公車，因此我選擇在奶奶家安身立命。那只小行李箱，除了換洗衣物和保養品之外，就是一堆小說和暑假作業，最重要的是我把手提電腦也帶來了，將來上大學我打算加入新聞社，我喜歡寫寫東西，一整天和電腦爲伍也甘之如飴。

更棒的一點，奶奶家的電視有第四台，她還要爸爸幫她接上日本衛星，所以我不怕會閒得發慌。她有時候看娛樂綜藝，有時候看看相撲，連新聞報導了日本的消息，奶奶也會湊近身子仔細聆聽，沒有偏愛的節目，好像只是要注意出現在螢幕上的每一個人，行人、觀眾、相片等等，我懷疑日據時代並沒有強化奶奶的愛國情操。

爲了省電，奶奶看電視的時候，我才跟著看，她看倦了，休息片刻便做起針線活兒，偶爾她會要我幫忙穿針引線，也偶爾要我在旁邊看著學。她常叨唸，女人這活兒要是做得好，肯定會贏得讚賞，做不好就被數落。她還說，雖然時代在變，不過有些祖宗傳下的體統還在正軌上，我要是盡本分地學，也算是長一點女人的才德。

其實我不太懂奶奶在說什麼，可能要她那一輩的女人才會點頭認同吧！我只曉得奶奶一直認眞地遵守三從四德的禮教，別人或許認爲迂腐，但這樣的奶奶還挺可愛的。

過了三四天，奶奶大概看不慣我整天待在那個發亮的小框框前噠噠地按一盤子小方塊，她趁我停下來思索時說：「珮珮，小孩子就是要出去曬太陽才健康，去，出去玩，找朋友玩。」

我為難地瞧瞧她半命令、半關心的臉，只好關上電腦。奶奶應該沒意識到我在這裡沒什麼朋友，一個夏天的過客根本沒有足夠的時間交朋友，若眞要說，高至平他算嗎？我皺眉想一想，搖搖頭，不算，再怎麼樣我也不會交一個只會找我吵架的朋友。

不過，那倒讓我想起去年高至平的媽媽託我帶一些升學資料過來，高至平明年也要考大學，他媽媽很擔心鄉下地方這方面的資訊不夠，我從網路和補習班找到一堆資料，現在去交差正好又可以應付奶奶。

擦完防曬乳液，戴上心愛的帽子，沒告訴奶奶要去高至平家就出門了，如果她知道，一定會要我帶些東西為那天的肥公雞回禮，我可不想拎著五條絲瓜走路。

高至平的家離奶奶家有十五分鐘路程，我能察覺得到，當我經過，這裡的人們在交頭接耳我的來歷，在指指點點我的服裝，記得前幾年這裡無線電話都還不普及，我就已經用手機和台北的同學聊天，他們落在我和我手機上的好奇目光令我很不舒服。

高至平的家不是三合院，而是樓房，地坪大，房子周圍可以種許多植物，有西瓜園和百香果藤架，我一度放慢腳步，嗅聞空氣裡散逸的水果香。最近，我的氣喘好多了，果眞是空氣的關係嗎？

高伯母十分熱情地邀請我進去，非要我喝完她拿手的百香果汁才能走。她人挺壯的，不過長得漂亮，我的手臂被她拉得作痛，只好乖乖坐下來。她說高至平出去找朋友了，等一下會帶他們回家。我並不想和高至平碰面，趕緊交出那疊資料。

「眞謝謝妳啊！我們至平成績是不錯，但是連他們學校老師都不太曉得哪間學校怎麼樣，他總是要選間好學校讀嘛！哎唷！我們這個地方就是這樣，還是台北方便喔？」

我笑笑的，不好眞的批評這裡或是吹捧台北，就只克盡本分地喝下那杯酸甜的百香果汁。嗯……好香喔！

其實我注意到了，在我們聊天的當兒，有個小孩子躲在樓梯間一直往這邊窺探，我一看就認出那是高至平五歲的妹妹，她很想過來，卻偏偏不肯行動。後來高伯母也發現，朝小女兒招招手，「萍萍，來，喝果汁。」

她一知道自己成爲我們的焦點，立刻又縮回樓梯間的轉角，留下一根小辮子露在外面。高伯母喚了幾聲沒輒，自己突然想起什麼似地進廚房去。我一個人坐在客廳，頭頂上的吊扇將百香果的香氣吹送到每一個角落，有什麼在紗窗的細格子上閃爍，輕晃手腕，在西門町買的玻璃手鍊反射著夏季白晝，在轉動的風扇間、在傳出菜刀快剁聲的廚房門簾、在滴淌淡黃色汁液的涼水壺口，跳躍的光線終於把小女孩吸引下來。我脫下手鍊，向她遞遞，她當然還不敢靠近，於是我又搖出更多璀燦亮光，並作勢要把手鍊戴回手上，她才遲疑地走來，自動伸出左手，讓我把手鍊套到她細小的手腕，她在揮舞雙手的剎那開心地咯咯笑了。她叫萍萍，我叫珮珮，我覺得我們是同一國的，我跟著微笑，此刻的氛圍甜甜的，我們兩人同時擁有百香果的笑容。

在樓房外的水泥廣場向高伯母告別時，我遠遠瞧見高至平在路上和同年齡的一男一女聊天又哈哈大笑。奇怪，他似乎可以跟很多人都很要好，不論男女老少，為什麼獨獨和我處不來？可我不想像我善待萍萍那樣地把他引過來，道不同，不相為謀。

誰知我走了十分鐘的回程之後，後頭忽然傳來一陣急促的腳步聲。我回頭，高至平喘著氣在兩公尺外停住，他不會以後真的要乖乖離我兩公尺吧？

「那個……」

「什麼？」

「就是……東西……」

「啊？」

高至平絞盡腦汁要講出下一個詞彙，可是半天都徒勞無功，我才不要蠢蠢地站著等他。

「你到底要說什麼啦？」

「資料，那些資料……」高至平一下子提高音量，然後驟然變小：「不好意思……」

我一頭霧水，他猛搔後腦勺，那是什麼意思？高至平抬起眼瞥了我一下，又匆匆移開，無措的雙手改插褲袋裡。啊啊！我知道了，他是想說謝謝吧！

「不客氣。」

他見我懂了，鬆口氣地聳聳肩。原來，我們不僅話不投機半句多，和他講話也許還需要一位翻譯人員。

這時，高至平的朋友之一也追上來，是那個女的，綁著長長的馬尾，短衣短褲，膚色很健康，五官鮮明，鮮明到我能感覺到她注視我的視線異常閃亮。

我覺得她像株日日春。因爲是女孩子，所以有花的陰柔屬性；又因爲堅韌豪氣，因此不用太細心照料便可以遍地生長。

「高至平，你來這裡幹嘛呀？自己說要請客的還跑掉。」她不客氣地質問。

「我有叫我媽準備了啦！」

高伯母說這邊的學校高二開始男女合班，所以高至平也有了女性同學，我雖然好奇他都怎麼跟女生相處，不過那女生一直不抱好感地朝我瞄，正打算走，高至平又喊住我：「還有，萍萍的手鍊，我知道是妳送的，所以……呃……不好意思。」

哈！還是不好意思？這個人的字典裡沒有「謝謝」這兩個字嗎？

我忍不住笑出來，「不客氣。」

很想對高至平多吐槽個兩句，然而那女生已經得寸進尺地打量我，從我頭上那頂 NET 的白帽子到腳上的 BIRKENSTOCK 涼鞋，她都用一種見到外星人的目光掃射。這人眞沒禮貌，論到對我的敵意，我早在八百年前就從高至平身上見識到了，不用她再畫蛇添足。

回到奶奶家，奶奶正在搖椅上打盹，我躡手躡腳回房間，打開電腦，想把今天的事寫下來，欸？等等，我納悶地撐起下巴，爲什麼高至平會知道那手鍊是我的？他平常會那麼細心觀察我身上戴的飾品嗎？不可能，應該是萍萍告訴他的吧！他挺疼萍萍的，不曉得他對其他女生好不好？當我轉身離開走沒幾步，聽見高至平提到那女生的名字，叫什麼貞的，我才不要記住，以後都管她叫「那個女生」就好了。

「珮珮。」奶奶對我的電腦已經逐漸有概念，當這部機器響起一陣短短的樂音，表示我關機了。她遞一封信過來，用期待與平靜摻半的老語調說：「來，唸給我聽，上面寫了什麼？」

我一看，極力忍住心中的興奮，奶奶拿出來了，那封信！從小學三年級開始，我每年都幫奶奶看一篇文章，每一回她只讓我讀一個段落，要看下一段就得等明年夏天了，因此，我到近幾年才察覺到那是一封信，一封神祕的信，奶奶很少拿出來，那大概是男人寫的，發黃粗糙的十行紙、工整好看的筆跡、溫柔兄長的口吻，奶奶常要迫不及待地問，上面寫了什麼。

對了，奶奶不識字。

「從今以後，在妳身邊與否便不是我的憂慮，即使國界的距離讓我遙看不清，即使漫長的時間催老了記憶，我也都在努力聆聽，聆聽關於妳幸福的消息。」

這一段文字聽起來像是結論，前面的內容我則忘得差不多了，還來不及複習上文或繼續讀取下文，奶奶又把信收回去，小心摺回原來的樣子，試了兩三次才將信紙準確地放進信封內。

我對那封信好奇得不得了，那也是我今年來到這裡的最大目的，那樣深情款款的文字應該不是奶奶那個年代可以輕易接受的吧！到底是誰這麼大膽挑戰傳統的權威？我想知道那封信的來歷，想知道它的全部內容，想知道它和奶奶的故事，信裡的文字美麗、真摯，吸引了我，我清楚記得那封信的第一句話：「再繁華的言語也會隨著歲月蒼老、消滅，文字的生命似乎比我們都長，所以我用這封信和未來的妳對話」，和未來的妳對話，寫得真好！

那天我格外留意奶奶的動靜，聽我唸完後，她沒表示任何意見，也沒顯露什麼表情，收好信，便踩著老邁的步伐回房間，開燈，走向一只小木櫃。我躲在自己房門前，就在脖子伸得不能再長之際，終於看見歷史悠久的斑剝木櫃抽屜有個鑲珠盒子，半月形狀，奶奶就將那封信放在裡面。

有一天，我又被奶奶趕到外面曬太陽，只得帶本小說到附近的樹林打發時間，夏天熱得發慌時，我就去林子，那裡舒服涼爽，彷彿有樹蔭的地方，風就會來了，仰起頭，葉縫間透著斑斕的光鑽，我私自把這裡當作白天也能見到星星的地方。

小說讀到一半，我直覺地抬頭，前方的田邊阡陌有幾個人影三五成群經過，其中一個是高至平，還有那個女生。他們紛紛朝我這邊望，高至平有點驚訝我的出現，那個女生對我的態度從沒好過，這次她噘起嘴，冷著眼，這麼一路看了我一分多鐘，然後跑到高至平身旁，悄悄話般地挨近他耳畔，說完，又朝我投了一記。

我很不高興，視而不見是我能維持自己禮貌的反擊，我低下頭繼續看書。

半小時後我放棄小說，想去梔子花巷道走走，那些灌木約莫和我一般高，剛走近，就聽到那個女生男孩子氣的聲音低空飛過。

「是不是都市的人都那個樣子啊？她看起來好像很驕傲。」

透過梔子花叢，我望見高至平暫停抓知了的動作，側眼過去瞧瞧那個背對我的女生，那天白花的香味不知怎的濃郁得可怕。

我跑走了。還沒聽到高至平的回答，我轉身就跑，跑得很快，直奔奶奶的家，衝進房間，一骨碌坐在書桌前，面對冰冷的電腦用力吸氣、呼氣，吸氣、呼氣。

眞可惡、眞可惡！他們憑什麼在我背後說壞話？好！既然都市和鄉下必須壁壘分明，那我絕對會奉陪到底！

奶奶看我不太對勁，過來詢問，我不能把怒氣宣洩在這裡，所以謊稱是回來拿手提電腦，她一知道我還會出門，表示欣慰，我啞口無言，只好委曲地抱著電腦再次往外走。

我頭一次這麼強烈地想回到台北去，在塵土飛揚的路面踱步，不由得懷念起平整的柏油路。我想，是先前的我太天眞了，我在這裡是絕不可能會有歸屬感的。

「喂！」還沒看清對方是誰，沁涼的水滴馬上撲向我，我揚手要擋，高至平接著說：「熱死了，要不要來玩水？」

我放下手，發現自己正站在一條淺淺的溪水邊，高至平和他那群死黨（當然那個女生也在）都在水裡，每個人玩得頭髮和衣服都濕透了，他模樣也狼狽得很，只是他在陽光下的笑臉怎會分外好看呢？

我迴避開，拍拍襯衫上的水漬，繼續往前走。不料，他見狀跟了來，一面叫喝：「好心叫妳來，不要嗎？」

好心？我睨他一眼，依舊不肯接腔，他果然是僞君子！

「喂！妳吃炸藥啦？幹嘛臉那麼臭？下來啦！」

「不要，我說不要。」

「妳眞奇怪……」

他一上岸，水嘩嘩傾落，我的手臂被他濕淋淋的手抓住，說時遲那時快，手提電腦登時被震晃下去，我來不及驚叫，又被他及時接住，不過已經有一半的機身浸泡到水裡了。

「還我！」我一把搶回來，急急忙忙放在草地上開機，螢幕閃了一下便一片漆黑，再試幾次連閃光都沒有。我癱坐在地上，心想完了。

「怎麼了？」高至平小心翼翼接近我，擔憂地問：「壞掉了嗎？」

我掉頭，看見溪裡他的同伴交頭接耳著，不清楚我們出了什麼事，那個女生則開始一步一步拖著水的浮力走過來。

我抱著電腦起身，直衝高至平大吼：「當然壞了！這個鬼地方根本沒地方修，叫我這個夏天怎麼過啊？這下你高興了吧！都是你害的！差勁！你簡直是……野蠻人！」

遠遠離開他們的時候，我幾乎可以想像他們會怎麼說我這都市人歇斯底里還是無理取鬧，但是，我不在乎，不在乎！

高至平從沒遇過這麼凶的我，他愣得說不出一句話，就這麼目送我一路跑回去。

當我又毫無理由地衝回房間，奶奶二度過來關心：「珮珮，怎麼不玩久一點再回來？」

我氣壞了！在混亂中倒抽兩口冷氣，連我自己也沒想到地大聲回嘴：「我哪裡都不能去，要怎麼玩？不要管我啦！」

今天，我不僅嚇到了高至平，也嚇著了奶奶。

我不是故意要偷聽那個女生的批評，也不是故意要那麼嚴厲地責怪高至平，更不是故意要對奶奶發脾氣，但，儘管有許多的無心，還是不能減輕我一絲絲的罪惡感，我很難過。

晚上，我把自己關在房間，動也不想動，就這麼躺了好久，直到迷迷糊糊睡著。就像桌上那台無辜遭殃的電腦，我猜它和我一樣，這個夏天再也活不過來了。

隔天，我忐忑不安地和奶奶一起用早餐，她很安靜，奶奶平時吃飯就很專心，在此時此刻更令我七上八下，我笨拙地撥夾白粥，苦思該怎麼讓她知道我昨天的壞脾氣不是針對她。

然而，我不夠勇敢，最後把一堆心裡話配著醬瓜一起嚥下去，竟帶著苦苦的味道。

又過了幾天，奶奶見我不再碰那部寶貝電腦，問我為什麼不玩了，我說它壞了，就把它丟在客廳，後來想找卻找不到，心想是奶奶幫我收在某個地方，可她不願告訴我一聲，這令我很悲傷，她會認為這個孫女在生她的氣嗎？會認為我不想跟她說話嗎？

我也不再外出，深怕遇上高至平和那個女生，會害我的情緒再度失控，我整天在窗前看小說，偶爾會瞧瞧坐在走廊上剝豆子的奶奶，不管年輕時代的奶奶漂不漂亮，現在的奶奶擁有一頭美麗的白髮，就像一片鋪落均勻的雪地，會隨著光線角度的變化，變換成深淺不一的銀色，她將不知有多長的頭髮盤成髻，數十年如一日地用一支玉釵固定著。奶奶很保守，常常叮囑我別把頭髮染了色，她說染色的工作「時間」自然會動手。有時高至平會經過，我趕緊放下玩弄頭髮的手，一和他歉疚的面容接觸，我立刻低頭看書，右手還刻意撐住半邊額頭，只要柔順的短髮垂蓋下來，我便瞥不見院子裡寒暄起來的奶奶和高至平。

這樣的孤僻使我萌生逃避的念頭，我想，明年、明年的明年……我都不要來這裡了，就算我一個人在台北看家也沒關係，就算厚著臉皮去打擾一家六口的叔叔家也不要緊，我以後再也不想到奶奶這裡來了。

又過了幾天的清晨，隔壁的雞還沒啼叫，我的窗戶就被「咚咚咚」地敲，聲音不大，連續而急促。我的睡意全消，找件薄外套披上，走去將窗戶打開一個小縫，到底是人類還是啄木鳥啊？

高至平！高至平的臉赫然近距離地出現，嚇得我退後數步，情急之下抓起手邊枕頭：「你想幹嘛？」

「沒呀！」他逕自把窗戶打開，然後把一樣東西放到窗檻上，「哪！修好了。」

我還不肯放開枕頭，定睛一看，詫異地叫起來：「我的電腦！爲什麼會在你那裡？」

「我託妳奶奶帶給我，我舅舅會修電腦，現在應該沒問題了。」

我狐疑地望望他，再望望睽違的電腦，接過來，開機，程式生氣盎然地跑了幾十秒鐘，出現我熟悉的桌面，幾米的「向左走，向右走」，眞的修好了！

「好了吧？」

他沒再靠近，只是伸長脖子探視電腦的狀況。我點點頭，順便問他舅舅住在哪裡。

「在我學校附近。」

他回答得泰然自若，那可是十公里外的地方呢！

「你怎麼去的呀？」

「騎腳踏車……喔！我把電腦放在背包裡揹著，沒摔到。」

我咬咬下唇，不語，我並不是在關心電腦，我關心的是他騎的那十公里的路程。

「那……你爲什麼要現在送來給我？」

「電腦是昨天晚上修好的，不過太暗了，不能騎車，早上去拿比較好。」

他還是沒聽懂我話裡的意思。

「不嫌太早嗎？」

「讓妳早一點拿到，妳不是會早一點放心嗎？」

我又不是要問那個，不過，他的回答叫人高興，一點點的高興。

「你這時候去拿電腦，你舅舅沒罵你呀？」

「妳爲什麼會知道？」

他看起來很驚訝。眞笨，我懶得跟他說，再靠近窗口一些，東邊天空泛著光，光的面積不大，自地平線往上蔓延，那就是所謂的魚肚白吧！

「太陽快出來了。」

高至平也和我觀看同一個方向，我們安靜等待日出，當雲層射出第一道萬丈金光，我屏息目睹著日光慢慢驅走黑暗，它經過山巒，山巒就亮了，經過樹林，樹林就露出釉綠的色澤，經過小溪，小溪潺潺流動，它經過我和高至平，我們都默契地瞇起眼，最後，黑暗退到了牆角下，蟄伏成一塊小陰影。

我們誰都沒開口說話，或許是景色太美。

好久，高至平才得意地問我：「在台北很難看到日出吧？」

他毫無預警地掉頭，我來不及抽身，一下子，我們一下子靠得很近，近到我看見他的髮梢因爲露水而潮濕。

「睡……睡覺比較重要吧！」

一瞬間，我竟然因他頭髮的汗濕感到內疚，這距離似乎也超乎他的意料之外，高至平主動往外站開兩步。

「電腦還妳了，行了吧？」

「嗯……」我的雙手在背後交握、挼搓，每當我陷入兩難的時候就會這樣。「那……呃……不好意思……」

看來，我的字典裡也沒有「謝謝」這兩個字。

「啊？」高至平顯然不能理解，不過他沒耐性追究下去。「那我走了。下次見面別再凶巴巴的，我從沒看過女生那麼潑辣。」

「你以爲是誰害的呀？」

我衝回窗口的時候，他早就一溜煙跑到十公尺外的地方，我那被激怒而高揚的雙眉還沒平撫，高至平和他的腳踏車早已滑入璀燦的晨曦中。晨曦依舊美麗，高至平的背影也一樣，看著看著，他就不是那麼討厭了。這個愚蠢的念頭只存在兩秒鐘，畢竟電腦是因爲他才壞掉的。

隔壁的雞不知何時開始此起彼落地啼叫，我卻沒有丟石頭的衝動，因爲看到了不同的世界，每一秒鐘都在變化的世界。我賣力地伸展懶腰，深深呼吸，空氣微冷，也很新鮮，奶奶的話是對的，今天能夠早起眞是太好了。

電腦再度復活，我的日子彷彿又變得有意義，整天待在它前面打字。奶奶並沒有過來叫我出去玩，雖然可以不用曬成小黑人，可是我對奶奶還是感到抱歉，因此，在心底悄悄希望有一天她會走到我房間，像從前那樣鼓勵我出去曬得健康一點。

然後在一天上午，奶奶眞的進房間找我了，我立即關上電腦，滿懷欣喜地等她督促我出去。

「珮珮，」奶奶朝我招招她瘦癟的手，「妳來。」

我懵懵懂懂地跟在她微駝的身後，走到屋子外，她停下，指指院子裡那台陌生的腳踏車，還是催促著我，「給妳騎，這樣比較方便，騎遠一點去玩。」

我怔怔看著那部看起來像二手貨的淑女車，眼底溫度迅速竄高，部分鐵鏽的車身、還沒完全脫落的粉紅色漆彩、凹陷一邊的籃子，然後，車子再也看不清楚了……

那天我說那些氣話不是爲了要跟奶奶要一部代步工具，奶奶沒什麼錢的，我是……我是……

我緊閉眼睛直掉眼淚，我眞是個壞孩子。

奶奶見我反而哭得淅瀝嘩啦，緊張地過來拍我的背，問我怎麼了，我怎麼能說曾經想過明年不再來了，心裡一千個「對不起」全部哽在咽喉，害我抽噎不停，我是來照顧奶奶，不是要讓奶奶照顧的。那部腳踏車雖然可以載我到很遠很遠的地方，但是，現在我捨不得離奶奶太遠了……

而且，奶奶不知道，她這被都市慣壞的孫女，根本不會騎腳踏車。

彷彿有樹蔭的地方，風就會來了。

第三章

我不曉得這跟「善意的謊言」能不能扯上關係，不過爲了不辜負奶奶疼愛孫女的心意，我把腳踏車牽到那條梔子花巷道上溜達，好讓奶奶以爲我騎著它出去玩了。

我眞的有上去試騎一下喔！可是兩三回後，不用看也知道一定摔得雙腿瘀青。奇怪，記得小學二年級曾經學會騎腳踏車的，後來台北市公車的普及、捷運的便利漸漸把我的腳踏車打入冷宮，久而久之，我已經忘記踩動踏板的技巧。

站在腳踏車前，交叉雙臂，苦思一個可以讓它前進而我又不用跌倒的方法，這時，前方巷道外有個人影走過來，是高至平，他單手提握一個手提袋負在背後，不是裝桑葉的那一個。當他發現我在看他，也盯著我瞧，我不動聲色，不要他知道我在偷練腳踏車。

隔著梔子花牆，高至平赤著腳悠哉地走，我若無其事地原地佇立，我們若有思緒地互望，卻沒人打破微妙的沉默，只有風兒又來了，輕柔地撩起我短短的髮絲和他手提袋上鬆脫的白線，淡淡花香瀰漫而來又散去，他的身影終於走出我的視野之外，滿不在乎的腳步聲愈離愈遠。

我鬆口氣，繼續面對那部腳踏車一籌莫展，這次來試試助跑的效果好了。牽動腳踏車，我開始小跑步，一、二、三、跳！

「妳在幹嘛？」

「哇！」

屁股還沒碰到椅墊，我已經跌得人仰馬翻，腳踏車倒在另一邊，輪子呼溜呼溜地轉。

高至平見到我的模樣，也不管到底出了什麼事，先笑再說。我坐好，氣他的幸災樂禍，他歪斜著頭，興味問道：「妳耍什麼把戲呀？」

「我沒有在耍把戲。」我沒好氣地站起身，拍拍牛仔褲。

他對倒地的腳踏車探探頭，走去扶它，又問：「爲什麼把車子摔成這樣？」

難道我是故意的嗎？

「不知道。」

我愛理不理，希望他可以自討沒趣地離開，哪知高至平腦筋不錯，把我和腳踏車輪流打量過兩遍，只有兩遍，便用一種偵探在進行推理的口吻說出事實的眞相：「妳該不會……在學騎腳踏車吧？」

「……」我的老天爺啊，他爲什麼可以一猜就中？

「還眞的咧？」他的表情吃驚得很誇張，而且不打算離開的樣子。「原來妳不會喔！」

「你煩不煩哪？不會也不關你的事，走開啦！」

「我突然不想走了。」

「……那我走！」

「妳一出去就會有更多人看見妳摔車。」

我恨恨地轉頭瞪他，那他是想怎樣？

「要不要我教妳？」

「咦？」

「我說，要不要我教妳？」

雖然，他依舊是那張討打的輕蔑嘴臉，我聽了，竟覺得受寵若驚。

「眞的？爲什麼？」

「妳要是一直學不會，我們這裡的路會被妳摔得坑坑洞洞的。」他在猶豫一秒過後這麼告訴我，然後很多餘地補上一句：「聽說台北的路就很爛？」

他這個……這個……夠了！我是文明人，不能罵人家是被殺幾刀的，可是就算他眞的中刀，我相信那也一定是我砍的，氣死我了！氣死我了！

「明天這個時候再到這裡來吧！我教妳。」

「你爲什麼不現在教？」

「我今天跟同學約好要寫作業。」

高至平簡單交代之後，就提著應該是裝滿課本的袋子走開。我過去察看被他扶起來的腳踏車，好像沒壞，於是再晃晃他隱沒在梔子花巷道的輕鬆背影，忽然想知道他爲什麼要教我騎腳踏車，還有，爲什麼我沒有霸氣拒絕？

我彎下身，撩高褲管，紅紅紫紫的瘀青又多一塊，我伸手揉一揉，對於明天起會增加多少擦傷已經不是那麼在意。

就這樣，我有了一位腳踏車老師，那老師還是高至平，眞不可思議，不過他教得出乎我意料地細心、認眞，坦白說，我腿上的瘀青數目一直沒有增加。

他說梔子花巷道太窄，以我的能力隨便騎都會撞壞一株梔子花，所以他帶我去我常看小說的那片樹林，林子外有一大片空地，空地再過去則是剛插秧的稻田，我們在空地來來回回地練習，他在車後面推，我努力地踩踏板維持平衡。剛開始，我很害怕，怕自己在他面前跌得四腳朝天，怕我不純熟的技術撞傷了他，後來他對我畏縮的騎法顯得不耐煩而大喊：「勇敢一點！眼睛看前面，不要想著妳會跌倒，這樣其實後面有沒有我都不要緊了！」

說不上爲什麼，我一直牢記他這句話，我想，就是那句話讓我學會了騎腳踏車，也是那句話讓將來的我發現有他的重要。

夏天豔陽容易耗損人類的精力，我們常常汗水淋漓地彼此提議要休息，高至平的家離空地近，他帶我回家補充水分的時候會順便遞來一根冰棒，客廳風扇令冰棒融化得更快，所以我喜歡坐在他家門口階梯，不慌不忙地把冰棒吃完，偶爾高至平會陪我一起坐，不過那個位置稍嫌擁擠，當然還不至於挨肩擦膀，但是過於靠近的距離會害我們兩人都變得尷尬，因此大部分的時候，他都一個人在院子吃冰棒，和我有一搭沒一搭地講話。

儘管我和高至平交惡，不過我和他妹妹萍萍的感情是出奇要好喔！大概是因爲那條玻璃手鍊的功勞吧！之後幾次我也大方地把自己的飾品送給她，反正是在西門町買的，很便宜，每次我去高至平家，萍萍總會跑出來找我玩。

有一回，我眞的受不了汗水把我的皮膚和衣服弄得黏答答的感覺，就跟高家借浴室沖澡，洗得香噴噴地出來，正要下樓，聽到高至平和萍萍在門口的說話聲。

「妳爲什麼會跟大姊姊那麼好？」

「不知道。啊！因爲大姊姊會送我項鍊。」

「我也會把我的烤地瓜給妳啊！」

「……」

看到萍萍不做任何回應，舔起快融化的鳳梨冰棒，我躲在樓梯轉角兀自得意洋洋，女孩子的友情，男生是沒辦法瞭解的啦！高至平坐在我平常坐的老位置，看來有些沮喪。片刻，他對萍萍說：「我問妳一個問題，但是妳不可以跟別人說喔！」

「好。」

「那個大姊姊……有沒有跟妳說過，她很討厭我？」

我敏感地伸長頸子，想看高至平的表情，可惜他正面向屋外的水泥廣場。

「沒有。」萍萍想了很久。

「她沒有跟妳說我什麼壞話嗎？」

喂！我又不是那種小人！是啦！他的壞話我是說了不少，可那都是在心裡說的，才沒講出來呢！

「沒有。」萍萍想得更久，才搖頭，然後自告奮勇，「要不要我去問大姊姊？」

「不要。」

「爲什麼？」

「她一定很討厭我。」

這個人的邏輯眞怪耶！既然如此，幹嘛多此一舉？我把視線拉遠一些，想知道他們接下來的動靜，不過高至平沒再問下去了，萍萍吃完冰棒就跑進客廳玩洋娃娃，留下他獨自坐在門口，拿著冰棒的手擱在彎曲的膝蓋上，面對熱晃晃的光景發呆。冰棒不斷淌著糖汁，冰塊愈來愈小，地上黑色的水漬則愈來愈大，見到這樣無精打采的高至平，讓我有點……

如果眞要說，其實他也不是那麼討人厭，像他教我騎單車的時候就不會。

那天，我困在樓梯間進退不得，早知道就不偷聽了。

高至平教我騎腳踏車的期間，我遇到那個女生兩次。

一次是我們坐在他家門口吃冰棒，那個女生過來找他，見到我也在場，整個人就跟遇襲的刺蝟一樣，全身帶刺。她沒理我，但是跟高至平交談的當兒會有意無意朝我瞄幾眼，好像我這個都市人出現在她的地盤上是件大逆不道的事。

另外一次遇到她，我正在練習騎腳踏車，我已經可以騎一小段路而不跌倒了，高至平站在不遠的後方高聲發號施令，我在搖搖晃晃的滑行中瞥見那個女生就在阡陌上，她沒有行動，只是站著看我們，嫉妒、怒意，如同溫度計上夏季三十九℃的高溫，扶搖直上。

我不笨，懂得她的心情，她喜歡高至平，因爲喜歡，所以討厭我。

我不喜歡高至平，因爲不喜歡，所以不太討厭她。

「你有沒有喜歡的女孩子？」

我牽著腳踏車走向空地，他因為我突來的問題而稍微落後，隨後再跟上，酷酷地否認：「沒有。」

「是喔？」

關於那個女生的心事，我愛莫能助。

我騎上腳踏車，高至平照例在後面幫忙推扶，我踩得很賣力，他跟得很緊，我發現自己愈騎愈快，風迎面撲上來的快感舒服極了，我的髮在飄，我的心在飛揚，高至平敞開雙手，歡呼大叫，我也忍不住哈哈大笑，反覆地快樂叫道：「我會了！我會了！」

「騎快一點！騎遠一點！」

高至平在後面邊跑邊追，學會騎腳踏車的感覺就跟身上長了翅膀一樣，我超越重重疊疊的蟬鳴、金光閃爍的樹林，和一隻振翅的紅色小瓢蟲。

當然，我太高興了，沒注意到路面有個地瓜一般大的石頭，稍後注意到了，我也還不會閃躲，尖叫一聲就直接衝撞上去，輪子軌道霍然歪斜，於是我的視野闖進斜斜的天空、斜斜的山巒和斜斜的田埂，一骨碌摔進泥巴裡！

樂極生悲大概就是這個樣子吧！腳踏車沒事，只是變得很髒，我也髒兮兮的，還把腳給扭傷了，高至平把我從泥巴堆裡拉起來的時候，發現我不能站，便要揹我回去。

眞的很不好意思，我全身都是泥巴，他揹著我，把自己也弄髒了，而且，這個夏天我沒減肥，不知道體重有沒有直線上升？他揹我的時候秤得出我幾公斤嗎？哎呀！反正他揹我讓我很難為情就是了！

「腳會痛嗎？會痛要說喔！」

高至平似乎不在意我在意的事，他一手撐著我，一手牽腳踏車，用很慢的速度走向奶奶家。

我沒回答他，只是雙手緊抓他的肩，汗顏得無地自容。

「妳到底會不會痛？」

他耐不住，終於回頭看我，我趕忙把臉轉開，「不會啦！」

說實在的，扭傷的腳踝好像有人把我的筋當抹布用力擰，好痛，不過我不想在他面前表現得跟任性的大小姐一樣，況且，他看起來比我辛苦多了。

天氣很熱，我很重（好吧！我承認），要支撐一輛腳踏車也不是件輕鬆的事，我沒吭聲，反倒因此聽見高至平許多聲音，他細微的喘息和他吃力的腳步，原來我們現在眞的好近啊……他不時把我往上挪，等我又回到跟他肩膀齊高的位置，我偷偷打量他的側臉，汗水從額頭和鬢髮間流下，還聞得到男生的汗臭味自他濕透的T恤透出來，我的心情變得怪怪的，說不上來。

我騰出一隻手摸摸口袋，掏出手帕，幫高至平擦汗，看也不敢看他一眼，只顧著把臉埋進他肩窩，拚命祈禱那傢伙千萬別回頭跟我講話，我感到他的背僁地僵硬，過了一會兒，高至平的步伐才又恢復正常的速度，我把手帕塞給他，他緊緊握在手心。

一路走回去，我們兩人都很安靜，我望著一旁喀啦喀啦作響的腳踏車，聽著他加速的心跳透過暖烘烘的背傳到我的掌心，燙燙的。

就在學會騎腳踏車的那一天，我也掛彩了，隔壁林大伯用他的野狼一二五載我到一家小診所治療，奶奶很擔心我的腳，我卻有些自得其樂，看著自己的右腳踝被紗布包得又腫又紮實，挺好玩的，醫生說在我回台北之前，扭傷的腳應該可以痊癒。

休養期間，奶奶告訴我，高至平的媽媽認為是他太皮才害我受傷，把他罵了一頓，聽說，他一句話也沒反駁，乖乖接受禁足一周的懲罰。

我瞞著奶奶溜出去，一跳一拐地來到高至平家，高伯母嚇一大跳，趕緊探視我的情況，然後打電話跟奶奶報平安。我向她解釋受傷是我自己不好，跟高至平無關，於是，高伯母請我到客廳坐，順便把高至平叫下來。

他看見我的時候，一臉掩不住的訝異，在我斜前方的藤椅上坐下後，便低頭刮撫起手上的硬繭，我瞧他沒有說話的打算，暗恨他擅自背罪的行為。

「你為什麼不跟你媽說實話？又不是你害的。」

「懶得說。」

我聽了老大不高興，真想給他一拳。

他自閉一會兒，終於掉頭看我咕嚕咕嚕喝掉一半的百香果汁，反問：「妳幹嘛來我家？」

我倒吸一口氣，差點要把嘴裡的果汁噴到他身上，這個人是神經大條還是真的欠扁哪？

「我不小心路過，現在要走了。」

我冷冷站起來，有些搖晃，不意撞見他擔心的目光，便「哼」他一聲，要他看看我走得有多好。

高伯母再三留我不住，忽然對高至平說：「至平，送恩珮回去。」

不要！不要！千萬不要！

「伯母，我自己……」

「喔！」

我還想推辭，高至平已經從座位上起身，來到我身邊，漫不經心地和我怨懟的雙眼相對。

我又一跳一拐地走回去，高至平雙手插在褲子後的口袋中，在後面孤僻地跟著，快到奶奶家的時候，我停下來，轉身對他說：「到這邊就可以了。」

「嗯！」他也很乾脆，瞟了我裹著白紗布的腳一眼：「那個……什麼時候會好？」

「不曉得，再一兩個禮拜吧！」

「那，等妳好了，我們再騎腳踏車吧！」

我對他很不友善，他竟邀我一起騎腳踏車；我還在生他的氣，卻沒有給他下馬威。

「好啊！」

結果，不用兩個禮拜，我已經可以活動自如，扭傷的部位還是怪怪的，好像關節和關節之間沒有接合得緊密，不過無傷大雅。

我又開始騎腳踏車，起初，高至平騎著他的單車跟在我後面，以防上回的意外再度重演，到後來，我會突然加快速度，嚷著誰先騎到小溪那裡就贏，輸的人是豬頭。

騎車的時光是最快樂的，我們像是兩道追逐的氣流，在藍天下，在田野間快速滑行。萍萍曾因為聽見我們玩鬧的笑聲而跑出屋子看，但我們就跟風一樣，一下子就不見了。

或者，我們也有懶洋洋的時候，就輕輕踩著腳踏車，繞進梔子花巷道，壓過一地早謝的白色花瓣，也壓過一片夏末芬芳。

很快，我回台北的日子到了，前一天，我和高至平逛倦了村子，他問我要不要到他家坐，我說好，當他習慣性地遞給我一支紅豆冰棒時，我隱隱一陣感傷，大概……大概是捨不得高伯母特製的紅豆冰棒吧！

她曉得我明天就要離開，今天特地陪我們聊天，高伯母說時間過得好快，總覺得我像是昨天才剛到，馬上又要走了，然後她提到村子裡的來來去去，年輕人一心想往大城市發展，大家都是這樣。

「就連妳奶奶，差一點也可以離開這裡了。」

「我奶奶啊？」我不禁豎起耳朵，並想起早先的那個任務——追查那封信的由來。

「我也是聽我婆婆說的，她跟妳奶奶一起長大，她說妳奶奶年輕的時候曾經有過一次機會可以離開這裡，她本來也要走的。」

就我所知，奶奶這一生都未曾離開這個村子，原來她曾經興起過不同的念頭嗎？

「那後來呢？」

「我只曉得中間發生了一些事，妳奶奶沒走成，最後還是留下來了。」

哇……好戲劇化喔！會跟那封信有關嗎？好！我一定要找機會把那封信找出來重看一遍。

我在高家留到接近晚餐的時間，才匆匆告辭，高至平送我到門口，他還要負責把出去玩家家酒的妹妹找回來，不能陪我太久。

我牽著腳踏車，高至平在我身後出聲，他很少在我們都靜默的時刻主動開口。

「妳明天什麼時候走？」

「也許……早上十點吧！」我打住腳步，「那也得看公車什麼時候會來。」

「說的也是。」他暫停片刻，扯了一句不著邊際的話：「聽說台北的冬天很冷。」

「是啊！有時候還下雨，會更冷。」

「是嗎？」他不怎麼相信，接著扯了第二句不著邊際的話：「那台腳踏車怎麼辦？」

「放在這裡呀！明年我來還可以騎。」

「對喔……妳明年還會來。」

「什麼意思？不能來啊？」

「我沒說不可以，反正不管我有沒有說，妳都會出現。」

「對啦！對啦！我就偏要來，怎麼樣？」

「那就好。」

我那原本高揚的惱意，頓時煙消雲散，他那單眼皮的細長眼眸也正定焦在我身上，瞳仁很黑很黑，飽含情感。我早就發現他有一雙溫柔而堅毅的眼睛，只是從沒機會好好端詳。

高至平錯開我困惑的視線，轉向一旁西下的夕陽，繼續說：「今年是西瓜皮頭，明年不知道會是什麼水果。」

可惡！我就知道狗嘴裡吐不出象牙！

「我不要跟你瞎扯了！肚子餓了，拜拜。」

我快速甩過短短黑髮，騎上腳踏車，踩起喀啦喀啦的踏板，原本還希望他說幾句道別的話也好，到頭來眞是浪費時間。

「拜拜。」

他的聲音像陣不大不小的風，竄過來，消失在耳畔。我些微發怔，卻沒有回頭看。腳踏車徐緩地走，被他嘲笑過的短髮輕拍我的臉頰，有些扎刺，跟此刻心中的感覺相仿，遠方地平面的夕陽過於火紅，直射得我幾乎睜不開眼，我和腳踏車的影子一定在後頭拖出長長的尾巴來，而那個地方有高至平在，我相信他還沒走，說不出爲什麼，他在看著我。我覺得夕照好暖和，在心底滲透、融化，猶如他遞給我的紅豆冰棒，化作一灘晶亮濃蜜的水。

回台北當天，奶奶送我上公車，我甚至向她發誓明年一定會再來。直到公車開動，我都沒見到高至平，他不像是會送行的人。下了公車，我轉搭火車，還有四個鐘頭才會到台北，爲了打發無聊時間，我把手提電腦打開，今天已經是九月五日，應該有新的月曆桌面可以更換，但當我見到那「向左走，向右走」的螢幕時，我定睛著，一個女生騎著腳踏車向左，一個男生騎著腳踏車向右，那天的絢爛晨曦和單車愉快的奔馳浮現腦海，好久好久，想想，還是留著好了。

繞進梔子花巷道，壓過一地早謝的白色花瓣，也壓過一片夏末芬芳。

第四章

我升上高三，壓力隨著課業的忙碌而加重，每當夜深人靜，獨自在檯燈下苦背文藝復興時代的特色，偶爾會想起奶奶悠閒地坐在搖椅上對我喃喃低語，帶著幾分遺憾，「我們那個年代，女孩子不能讀書，我又很喜歡念書，常常跑去教室外面偷聽老師上課」。

爲了連同奶奶的份努力，我振作起來，繼續孤單的夜讀。

短暫的秋天過去，我曾利用空閒時間去圖書館查查奶奶那個年代的資料，可是派得上用場的不多，還是得問問村子裡的人比較實際。我很少想起高至平，唯一一次想到他是在耶誕夜。剛好遇上星期天，我和同學相約去逛街，晚上要一起吃耶誕大餐，幾個女生嘻嘻哈哈地討論誰要在這個浪漫的節日告白，還有誰新買的大衣很好看，正適合耶誕節的氣氛。走過一框框溫馨明亮的玻璃櫥窗，周圍的光線暗下來了，我不禁好奇抬頭，原來這附近沒商店也沒路燈，夜空有幾顆透著微小光芒的星子，一閃一閃。

「哇，有星星耶……」

我小聲驚嘆，沒有人聽見，她們還在商量哪家的簡餐好吃。我立在原地，歡喜而虔誠地觀望台北上空的亮點，呼出白色霧氣，想起高至平不知道台北冬天有多冷，不過我也不知道他那裡會有怎樣的冬天。戴著手套的手下意識摸摸側背包，可惜今天忘了帶數位相機，不然我可以把今天的夜空照下來，告訴他台北冷得下雪了。

過農曆新年的時候，我寄了張賀年卡給奶奶，跟她說很想快點去找她。等到甄試放榜，確定考上了政大新聞系，我開始倒數暑假的來臨，今年，我便可以讀到那封信的最後一段了，而且一定要把握機會把全部內容重新看清楚，好期待喔！

我的頭髮，在初夏來臨的時候已經長到了肩膀以下五公分。

我從城市坐車來到鄉下，城市的變遷日新月異，而這裡的時光卻走得特別緩慢，風景看上去和往年差不多，那輛公車倒是變化最大的，外表愈來愈老舊，一開動聽起來像要解體支離，後來習慣，便昏昏欲睡，忍不住靠著喀啦響的玻璃窗，醒了又睡，迷迷糊糊之中，路邊一個熟悉又不太熟悉的背影進入我的視野，有著破破的上衣和不穿鞋的腳。

我趕緊坐起身，推開半卡住的窗，公車經過那個人的身邊，果然是高至平，他在飛揚的沙塵中抬眼，八成也望見我，停住，驚訝地定焦在開遠的車窗，錯愕和感動的氛圍一時之間充塞在濕熱的氣流，除了壓緊頭上快飄走的帽子，我什麼也沒做，直到看不清楚了才回身坐好。心中湧上一種奇怪的感覺，回想去年，明明我們一度很要好的樣子，怎麼今年再來又多分疏離？

下了公車，灼熱的陽光迎面來襲，這才想起忘了上防曬乳液，我急急忙忙就地從背包找出 UV 外套，穿上了才安心。這時，高至平也來到附近。他腳程眞快，我想是因爲他腿長的關係，咦？會是錯覺嗎？他似乎又長高了些，這個人會不會一直長，長得跟大樹一樣高？

他見到我並沒說什麼，只做出「妳來了喔」的眼神，我也不要熱臉去貼冷屁股，拖著小行李箱走我的路，他就在不遠的右手邊，我悄悄度量，這會是兩公尺嗎？

我們就這樣走了大約十分鐘，他沒開口，我也不知道該說什麼，所以，除了尷尬，還是尷尬，我暗暗懊惱，早知如此，一下公車我就應該走快些的，或者，他就別選擇和我同路嘛！

「今年是拖把嗎？」

咦？有人講話了嗎？

我打住，莫名其妙地看他，他依然安分等候，無動於衷地注視我的臉。

「我沒聽清楚。」

「我說，今年是拖把嗎？」

……爲什麼他一開口就是我聽不懂的話啦？

「什麼拖把？」我四下看看也沒看到什麼拖把。

「把拖把倒立，那些白色布條不是都會垂下來？」

「那又怎樣？」

「妳原來的西瓜皮頭不是挺好的？」

「……高至平！」

我不教訓他就不叫許恩珮！眞是狗改不了吃屎！我看他這輩子戒不掉了啦！

他一直跑，我一直追，就這麼一前一後地橫越和平的鄉間小路，直到我氣喘如牛地在奶奶的三合院外停下，心裡眞是恨透了這模式，爲什麼每次都要這麼狼狽地來見奶奶？

不過，過了今年暑假，我就是大學生了，學校在台北，離家有段距離，爸媽答應讓我在學校附近租房子，我可以獨立，再也不用來這裡寄人籬下，雖然捨不得奶奶，可一想到從此能擺脫這個宿敵，還是忍不住要歡呼，這是我在這裡的最後一個夏天。

「平仔！你又送我們家珮珮來喔？」

奶奶慈祥的身影出現在菜圃，我「哈」一聲，他立刻掉頭瞟我，我狡猾地用唇語再向他講一遍，平仔，他很不甘心地把臉別過去。

然後，一切都是老樣子，奶奶招呼我先進去喝綠豆湯，她自己在園圃裡待著，不畏毒烈陽光，彎著身工作。其實就算她不特意彎腰，奶奶的背也駝了，而那頭白髮反較往年銀亮，整齊的髮髻、一支玉釵，看久了，她在菜圃的光景猶如被框進一幅靜止的水彩畫。

我以後就看不到了。

眼眶一濕，我匆匆低下頭，攪攪混濁的綠豆湯，這時奶奶揚聲和我聊天，幸虧聊的是高至平，我的惱意可以暫時驅離傷感。

奶奶說，高至平因爲用功，考上一所很棒的大學，她記不得學校名字，只說高至平那孩子開學後也要離鄉背景。

我不表示任何意見地聽著，湯匙中的綠豆湯不斷朝碗裡傾淌，奶奶又丟一句「以後妳來就很難見到他了」，我回神，吸掉湯匙所剩無幾的湯汁，佯裝專心享用這道甜品，見不見他又不關我的事，而且，見不到最好。

晚上，我爬上奶奶爲我鋪好的床，放下蚊帳，電風扇左右來回吹送涼風，我平躺在蟲鳴不絕的夏夜，莫名有了失眠的預感。

眞奇怪，我始終惦記自己將不再回到這個地方，卻從未想過有一天會見不到那傢伙。

如果我眞的見不到他了，會怎麼樣？應該不會怎樣，只是……我很在意。

早上在公車上那奇怪的感覺又回來了，似乎我們應該會一直這麼打鬧下去，似乎離別還在遙遠的地方。

我還是失眠，我把今晚的睡眠給了不曾珍惜的童年回憶。

上午，陪奶奶到一公里遠的人家探望一位生病的歐巴桑，對方年紀看起來比我媽媽還要大一些，平時話不多的奶奶今天也是簡單慰問「身體好一點了沒有」、「有沒有按時吃三餐」。我站在斜後方看她們，不太瞭解，奶奶看上去又比去年消瘦，她爲什麼可以走這麼遠的路來探望病情不是太重的老友？

「我們不是醫生，幫不上什麼忙，來看一個生病的人，起碼她知道身邊還有人在，可以讓人安心也是一件了不起的小事。」

了不起的小事？我對這興味的字眼覺得好笑，我認爲了不起的是奶奶。

早知今天要探病，我特別穿上粉色系的洋裝以示禮貌，有氣無力的歐巴桑看見我，說我變漂亮了，我頓時應不上話，眞慚愧，我壓根兒不記得她。奶奶微微回頭看窘迫的我，我想她知道我的無助，於是慢條斯理地提醒我：「妳小時候綁的那些漂亮緞帶都是阿嬸做的，我每次跟妳說要帶妳來這裡，妳就好高興。」

然後，她們聊起了從前有趣的往事，我並沒有因為解圍了而開心，反倒有點難過，為什麼有些事，上了年紀的人總是記得比我們清楚？那些回憶不會老去，就收藏在他們唾手可得的身邊，隨時都能拿出來反覆回味曾經擁有過的美好點滴。

不知道將來我也老了，會累積多少這樣的回憶？

下午，我騎著久違的腳踏車要去樹林那裡看小說，路上遇到高至平和他的一干朋友，當然，那個女生也在。

那個女生不綁馬尾了，她將幾乎到達腰際的長髮放下，臉上原本濃厚的稚氣脫去一些，不變的是那雙眼睛和對我的敵意，炯然明亮，跟高至平說話的時候那光芒則添了份溫柔，她是不是……成熟多啦？

生病的阿嬸說，恩珮變漂亮一定是長大了，有女人味了。我不曉得自己是不是真的如此，但那個女生的情形或許是這樣沒錯。

現在和高至平他們面對面地撞見，幾經猶豫，我還是下車，牽著腳踏車走過去，畢竟，他曾經是我的恩師。當我走近，他身旁的男生們鼓譟起來，太明顯了，我不得不去注意。

「妳要去看書？」他淡淡地問。

「對呀！你們呢？」我瞧瞧他手上的釣竿，「喔！這裡有地方可以釣魚喔？」

「這裡什麼都有。」他忽然像極了國王在炫耀自己豐饒的地土。

不期然，那些男生不很高明地對高至平低聲竊語：「欸！邀她一起來嘛！」

我接著看見那個女生大剌剌地擺出不耐煩的姿態，而那些男生再度瞅著我看，掛著我印象中不太好的笑容。那種嘴臉在學校也遇到過，一群男生推來推去，結果其中一個最害羞的男學生被推到我面前（差點撞到我不說），然後不管人家要不要就塞來一封信。根據死黨的說法，那叫情書，我只認爲那是一篇有錯別字又語句不通的作文，很有拿紅筆批改的衝動。

「妳要來嗎？」高至平還是剛剛那種漠然的口氣，聽上去並不怎麼想要我去。

「不要。」

聽我這麼回答，其中一個人霍然揚聲：「一起來啊！我們可以教妳。」

我客氣地道謝，爲了避開失望的男生們，我把高至平叫到一邊去，小聲詢問他：「喂！他們爲什麼突然跟我很熟的樣子啊？」

高至平不予置評地瞥瞥他們，再若有所思望著我，那眼神好像我應該要知道才對。

「妳會不會想太多？人家哪有跟妳熟？」

「我想太多？分明是他們怪怪的。」

「妳該不會以爲他們喜歡妳吧？醜女多做怪。」

什麼?!我張大嘴，不敢置信他就這麼直截了當地跟我槓上！這傢伙難道一大早嘴巴就吃……吃便便嗎？（我還是沒辦法說得太粗魯……）

「你才是醜八怪啦！不想理你了！」

「敬謝不敏。」

還口出成語咧！這混蛋！最好他寫作文也這麼厲害。

我跳上腳踏車，氣呼呼騎走，隱約還聽見那群男生紛紛責怪起高至平來：「欸！你幹嘛跟她吵架啦？」

我也想知道為什麼，我們之間眞的比去年我規定的兩公尺還遠了，是時間的關係嗎？還是距離？我以為我們的關係應該會更好才對。

坐在樹下，風不再那麼清爽，蟬鳴吵吵的，我的視線落在感人肺腑的文字上，我的思緒還在咀嚼方才高至平不帶善意的言語。他到底為什麼非要找我吵架不可？

大概是失望大於原先的期望，一個人在樹下，我有一點點……一點點的傷心。

過沒幾天再遇到高至平，我信口問他考上哪間大學。

他看起來不太想告訴我，思索一會兒，傲慢地回答：「反正是妳考不上的那間。」

天地良心，我絕對跟他誓不兩立到底！那是高至平自找的！不過，當我這麼下定決心，命運偏在我們身上印證了「不是冤家不聚頭」這句話。

我被奶奶告知要跑一趟高家的時候，差點要跪下來求奶奶開恩，這節骨眼去高至平的家，除了吵架之外，我想不出還會有第二種結果。

但奶奶堅持這罐新釀的梅酒一定要送到高家，好謝謝他們上回某個我已經忘掉的禮物。有時候我對鄉下這種互通有無的習性感到無聊，各式各樣的農產品在每戶人家送來送去的，不煩哪？

後來，是高伯母幫我開的門，眞是不幸中的大幸。我把酒味四溢的透明罐子交給她，她顯得非常興奮、喜歡，我一面應付她對奶奶手藝的讚美，一面等候接下來她會要我帶什麼貢品回去。

高伯母迅速想一想，拍手說道：「對了，上次我先生抽中一個六獎，是無線電話喔！可是放在我們家裡也沒用，妳拿回去給妳奶奶，她那支電話太舊了，又不方便，妳帶回去給她。」

電話？這倒挺新奇的。我隨她上樓，她在房間找半天找不到，感到不能理解，我跟她說不用了，心裡其實想早點離開，不料高伯母又突然拍手叫道：「我想起來了，電話放在至平那裡啦！他說他要看說明書就帶走了。」

天啊！跟在高伯母後面，我暗暗千拜託萬拜託高至平那傢伙不在，去抓魚還是去放羊都好，就是別讓我碰上。

「至平喔！幸好你在，來，來，趕快把爸爸抽中的那支電話找出來給恩珮。」

那傢伙好像正在書桌前看書，聽見我來，只移動一下身子，高伯母健壯的體格把我擋住一大半，我故意盯住牆角的垃圾筒，不與他四目相交。

那傢伙倒是聽話，乖乖起身搜尋那支寶貝電話，只是跟他媽媽一樣，剛開始也找不到。這時樓下門鈴大作，高伯母拋下我們匆匆忙忙走開了，前方登時少了遮蔽物，我強烈感受到赤裸裸的不安全感，可還是咬緊牙關，不輕易妥協。

「妳隨便坐吧！不會那麼快就找到。」

他平淡地說，依舊沒理我，繼續彎身在一個矮櫃翻東西。我無奈地看看四周，只好意思性地往前走幾步，當我的注意力不再在鋪著藍色塑膠袋的垃圾筒上，便自然而然觀覽起他的房間，男生的房間，我第一次進來。

他的房間比我想像中簡單乾淨，沒有床，一張單人素色床墊依著房間角落，同樣素色的涼被沒有摺，一櫥子的書，書櫃上擺著三具機器人模型，他的書桌是深核桃木的顏色，面向窗口，有只裝滿文具的筆筒擱在邊角，單薄的窗簾並沒有束起來，所以時而隨風飄動，簾子邊緣與翻飛的書頁相擦，發出沙沙的聲響。我立在原地，好奇眺望，高至平剛剛在看的書是《誰搬走了我的乳酪》，我也有看過，同時驚訝他會讀這種勵志書。

我的視線再往左邊稍稍移動，停住，桌上有條似曾相識的手帕，房間裡只有手帕是摺疊整齊地擺著，我把頭歪偏個四十五度，試圖辨認出那個只露出一半的圖案，啊！是史努比！手帕是我的！

認出的瞬間，我想起自己將手帕塞到他掌心的那一刻，他流了很多汗，我在他背上，扭傷腳，擔心自己身上的泥巴弄髒他的衣服，而他只是把手一握，手帕就被緊緊握在尚未褪色的歲月裡。

我呆呆站著，凝望自己的手帕放在高至平的書桌，它的位置不意竟如此合適、安好，彷彿……彷彿我的一部分一直都留在這裡，沒有離開。

「喂！找到了。」

他如釋重負地出聲，我嚇一跳！是心臟差點從嘴巴跳出來的那種驚嚇。

高至平愣一愣，手上還拿著那具電話機，說：「妳見鬼啦？」

「才……才沒有咧！」

他從我身邊經過時還一臉懷疑，「怪里怪氣的。」

窗外吹進的熏風習習，調皮的劉海三番兩次擋住視線，我伸手撥開它，還是捨不得讓視線離開那張手帕，看著，心底甜了，風裡有芒果的清香。

「拿去。」他把電話裝在紙袋中遞給我，「妳會裝電話吧？」

「當然會，別小看我。」

現在沒事了，不過他沒有要結束話題的打算，心不甘情不願地問下去：「明天，妳有沒有空？」

「要做什麼？」我不會臉紅心跳，因為無法想像這傢伙會約女孩子。

「我那些朋友又要去釣魚，一定要我邀妳去。」

咦？他的臉又變臭了，這個人很奇怪耶！嘴上在邀請人家，表情卻不是那回事，難道又想找我麻煩嗎？

「你朋友是怎麼了？我前幾年來他們也沒理我，幹嘛今年這麼反常？」

於是，高至平再次拿著那種我應該要知道答案的眼神看我，他這種反應只會讓我覺得自己很蠢，還蠢得不知所以然。

「喂！你說清楚呀！我可沒那麼好拐喔！」

「笨蛋。」他輕輕罵我一句，用手指撞了我額頭一下，「想也知道他們要追妳啊！」

我按著額頭，他罵我了，我沒有回嘴，一時之間被他充滿不捨的語氣弄亂思緒。

我不是那麼在乎那些男生是不是真的要追我，不過那些話從高至平口中說出來，有點……有點尷尬。

我垂下眼，只好不去正視他，再度回到垃圾筒上面，「那，你為什麼要不高興？」

「我哪有不高興？」

他回答得很快，像要極力撇清什麼一樣，又像一頭受驚的野獸，高至平變得比我以前所認識的還要古怪。

「你明明就很不高興我去。反正，我明天要陪奶奶去別的地方，如果有空就過去找你們。」

這次他不作聲，點個頭。我說我要回去了，他依然沒表示意見。踏出這個房間之前，我特意側頭再瞧瞧書桌上的手帕，它在那裡的位置眞好，要不要向高至平提起手帕的事呢？

「拜拜。」

還是算了。告別高伯母，準備離開水泥地廣場，從這裡還能見到二樓窗口的書桌一角，堤花布窗簾飄呀飄的，爲什麼他要跟我吵架？爲什麼他還留著手帕？關於高至平，我有許多矛盾的爲什麼，卻問不出口。我只是心情愉快地哼起一首英文歌，踩著輕快步伐踏上歸途，手帕在他那裡多放幾天也沒關係。

我平躺在蟲鳴不絕的夏夜，莫名有了失眠的預感。

第五章

「奶奶，妳有沒有想過要離開這裡？」

蟋蟀叫得特別吵鬧的夜晚，和奶奶一起看電視，趁著進廣告，我問了一個沒頭沒腦的問題，奶奶掉頭望望我，不是很瞭解我的用意。

「離開這裡？要去哪裡？」

「我是說，這裡很多人都想到其他城市去，就連那個……那個平仔將來也會到外面去念書啊！」我說著說著自作聰明起來，「對呀！奶奶可以出國玩。」

她聽了，呵呵笑幾聲，笑我的傻氣和一片孝心，「奶奶什麼都不懂，出國做什麼？」

「出去走走啊！不然奶奶去過的地方好少喔！」

奶奶只是若有似無地應個聲，日本節目又上演了，她的視線回到電視螢幕上，我也安靜地坐在矮凳陪她，等到下一波廣告又進來，她才祥和地回答我：「有的人適合待在出生的故鄉，安身立命，只要盡好自己的本分就很滿足了；有的人則需要離開可以依賴的家，出去闖一闖，闖出一片更好的天地。奶奶也想過要離開，不過，珮珮，奶奶留在這裡的意義比離開重要。」

「所以奶奶不走了？」

「奶奶在這裡很好。」

現在的我，看不出到底好在哪裡。我懵懵懂懂地靠在她膝上，很久沒說話，直到廣告時間快結束，我輕輕發問：「那我是不是也適合一直留在台北？」

事實上，那時我還不確定到底哪邊才是我心靈的歸屬，台北？或是奶奶這裡？

奶奶騰出她乾皺的手，愛疼地梳理我的髮，一遍又一遍，那緩慢的磨擦好舒服。

「妳可以試試啊！出去看一看，要是外面的大風大浪讓妳支撐不住，還是可以回到老家來，故鄉有一點是新天地永遠比不上的，它和我們的心靈息息相關，它會給我們力量。」

「嗯……」

老人的聲調都低低的，無稜無角，平滑地竄進聽覺裡，我只顧著沉醉在此刻昏昏欲睡的懶意，沒有太多能耐思索奶奶說的故鄉和心靈的關係。

我在乎的只有一件事。我等著奶奶把信拿出來，那封神祕得要命的信。

但半個月過去了，引頜而望的信件始終沒出現，好像奶奶根本忘了這回事。早上她照顧那塊菜圃，看完一個日本節目，和鄰居聊到中午，然後坐在搖椅上打盹，醒來再看一個日本節目，到了晚上奶奶做針線活兒。

又是個下午，大概三點時刻，奶奶豆子剝著剝著睡著了，我仔細觀察她毫無防備的臉龐，再昂首瞧瞧奶奶房間的小木櫃，信就在裡面。

我以最靈巧的動作把膝上的塑膠盤和沒剝完的四季豆放到旁邊椅子上，躡手躡腳繞進屋子，還不時回頭看她動靜。我不是想當壞孩子，剝豆子眞的太無聊了，而且怎麼等都等不到奶奶拿信給我，話也套不出來，我看我自己動手好了，我只是要複習我先前看過的部分啊，當然如果不小心瞄到下面的內容，那也沒辦法，人類的視角就那麼大嘛！

我偷偷摸摸潛入奶奶房間，這房間向來就得到我格外的敬重，那裡瀰漫著四〇年代的暮色光線，空氣中隱隱一絲焚香味道，聽說是從前大家閨秀愛用的熏料，二十來張的繡帕展示般地陳鋪竹籃，宛如奶奶克盡女人本分的驕傲和證據。

拉開木櫃上頭的抽屜，裡面什麼也沒擺，就一只珠盒，信在盒子裡。臨動手之際，我再度不放心地探探外頭的奶奶，嗯！睡得很安穩。

好，那封信，奶奶非常寶貝的信，現在在我手中了，掂著它幾乎毫無重量的紙張，指尖好像在發抖，我正在觸碰不屬於我這一輩的領域。儘管我有福爾摩斯的精神，但並不確定自己該不該這麼做，侵犯奶奶的祕密令我害怕，於是我反覆深呼吸數次，決定臨陣退卻，心想還是把信放回去好了，反正奶奶早晚會拿給我看的。

當時，高至平的聲音驀然在大門口響起，我嚇一跳，倏地把抽屜推進去，木頭撞擊出過大聲響。我逃出房間，定在走廊，高至平正巧來到奶奶的搖椅前，手捧一顆大得不像話的西瓜，狐疑地看我。

我也望著他，卻是一臉倉皇，過度的驚嚇使得心臟劇烈收縮，最慘的是作賊心虛害我雙頰燙得不得了，他的注視沒移動過，我根本進退不得。

奶奶醒過來了，吃力地眨了幾次眼，總算看清楚來者何人，親切拍拍高至平的手，「平仔，你來了？怎麼抱一個這麼大的西瓜？」

「喔！我媽說要給妳啦！這西瓜很甜，今年種得很好。」

「好，好，要替我謝謝你媽媽喔！」奶奶歇歇，找不到我，「咦？珮珮呢？」

於是高至平銳利的視線又回到我身上，我笨拙地開口說在這裡。

「珮珮，把西瓜拿進去，放在廚房桌上。」

奶奶那樣交代，我當場騎虎難下，怎麼辦？信還人贓俱獲地握在手上。高至平注意到我躊躇的異樣，略略瞟我藏在身後的手一眼，亮起一縷聰明的瞳光，他發現了！

「奶奶。」高至平把西瓜擱在我剛剛坐的椅子，前去央求奶奶：「我媽還想問妳的絲瓜怎麼種的，她怎麼種都失敗。」

「絲瓜？絲瓜喔……哎唷！那很好種，來，來，你來看。」

奶奶古道熱腸地帶他去園圃，見他們都走了，我趕緊溜進房間把信放回原來的盒子，關上抽屜，回到客廳，再把那顆水分豐沛的西瓜抱進廚房，出來的時候高至平還在園圃認真聽奶奶傳授訣竅。

那傢伙……不，高至平先生，高至平救了我，我心知肚明。

我站在門口，掙扎著待會兒要不要向他道謝，他曾經一度側頭瞥來，我不由自主地臉紅，高至平挑高一邊眉梢，再故意揚起一邊嘴角，瞬間有道超級無敵霹靂的狡猾笑意射向我，我受傷地退一步，確定那背後的意思是我的把柄落入他魔爪之中了！

事後，奶奶堅持要回禮，要我拔些空心菜給高至平帶回家去。

奶奶進廚房做飯，我可憐兮兮地蹲在土堆上拔菜，有的菜根扎得深，得費好大力氣才拉得出來，手痛痛的。

而高至平則涼涼倚著籬笆袖手旁觀，我從頭到尾都沒看他，並不是因爲誓不兩立的關係。

「喂！妳做了什麼壞事？」他冷漠質問。

「我沒做！」我用力扔下一把空心菜，脫落的泥土濺到我的新涼鞋上。「就算有也不告訴你。」

「哼！妳不說，我就跟妳奶奶告狀。」

「你……你要告什麼狀？明明什麼都沒看見。」

「反正妳鬼鬼祟祟的一定有問題，不說？那我去說。」

「等一下！」

如果可以，我一直都希望那封信可以成爲我和奶奶之間的祕密，我喜歡奶奶，而且願意替她保密，好像我爲她做了什麼了不起的事情。決定向高至平招供以前，我覺得自己好糟糕，但是，要不是對方是高至平，打死我也不會說的，我想高至平是個比我還會守密的人。

我把我所知道的都告訴他，除了一樣，方才拿到信的時候，我看見沒摺齊的信紙露出這封信的最後一行字，也是寫信人的署名——杰筆。

高至平聽了，沒什麼太大反應，蹲下來與我齊肩，皺眉思索，只猜測那個寫信的人很可能是奶奶早逝的丈夫，他說丈夫寫信給妻子也沒什麼大不了。

「高至平，你知道我爺爺叫什麼名字嗎？」

「問我咧？那不是妳爺爺嗎？」

「他在我出生前數十年就走了耶！我沒想過要問他的名字，叫爺爺就行了嘛！」

「那現在幹嘛問？」

「……好奇。」

他露出「妳無聊」的表情，想想，又說：「去看妳奶奶的身分證不就知道了？」

這也是個辦法，不過那表示我得先拿到她的錢包才行。不可以，不可以，第一次犯案就失手，哪敢再來第二次。

或許就像高至平猜的，信是奶奶的丈夫寫給她的，因爲他在年輕的時候就過世，所以奶奶才會那麼珍惜那封信，如同這些年她珍惜著他妻子的身分。

「啊！」無意間，我觸見高至平骯髒的腳踝上有道同樣骯髒的傷口，紅紅的血漬自污泥中透出，導致傷口的深淺無法辨識。「你的腳受傷了，你知道嗎？」

「唔？」他掉頭往後看撐高的腳踝，無所謂地，「喔！剛剛被鐵釘刮到。」

「拜託，有鞋子又不穿，現在搞得這麼噁心。」

我逼著他把傷口沖洗乾淨，然後從背包找出必備的 OK 繃。不等我幫他貼上，他馬上把腳抽回去，抵死不從。「我……我才不要貼那種有狗圖案的 OK 繃咧！」

「這是史努比，很可愛呀！」

「隨便啦！男生怎麼可以貼那種娘娘腔的東西？」

「你不要那麼龜毛好不好？龜毛才娘娘腔。」

他乖乖噤聲了，我因爲佔了上風而有點沾沾自喜，以致於沒發覺當時我們之間的距離已經非常近，非常地近。

一面低頭瞄準傷口方位，一面暗自納悶高至平出乎意料的沉寂，我終於忍不住稍稍抬移視線，看到遠遠西方火紅的夕陽以及我不長不短的髮絲不停撲到他胸前。

「好香喔……」

高至平略嫌沙啞的男性嗓音滑溜過頭頂，我愣怔一下，整個抬起頭，撞上他來不及閃避的多情黑眸，是我從未想過的迷人深邃。

那一刻，他似乎急於向我表達而受阻，所以快速別過臉，脫不去的窘迫，「我……只是想問妳用哪……哪個牌子。」

「咦？」他的窘迫好像會傳染，「洗……髮精嗎？坎妮的……」

「坎妮……沒聽過。」

高至平說著說著就沒聲音了，場面好冷，凍得我也抖不出半句話，僵持半天，最後他主動說要回家。

我就在籬笆口送他，他手提一袋剛拔出的空心菜，因爲腳上過分可愛的 OK 繃，而不自在地一枴一枴走，那模樣夠我恥笑他三天三夜，可是……可是……

我還抱微微顫抖的身體，目送他的背影慢慢融入那方橙紅色的夕暮中，風吹著我的髮，那剛剛觸摸過高至平胸膛的髮梢現在正輕輕搔拂我的臉，我的臉在這陣涼風更顯燙熱，一定……一定是跟那輪快要沒入地平線的日頭一樣吧！

高至平已經走得很遠很遠了，我卻還不想離開，好奇怪，對這樣的守望上了癮。

我抓了一束柔軟頭髮到臉頰邊，嗅聞他說「好香」的洗髮精香味，輕快回想他靦腆的面容，然後……在掌心裡歡喜地笑了。

炎熱的七月快過完一半，有幾天連續下起了午後雷陣雨。

依照新聞報導和歷史課本的慣例，通常它們都會幫一件重要的事情起名字，所以我把這幾天的一切統稱為「七二七雨傘事件」（這和七四七波音飛機沒有關係）。

下雨天，腳踏車悠閒地泊在屋簷下，我難得在窗前無事可做，灰陰的天空，雨勢不大，看著屋瓦上斗大的水珠一顆顆往下掉，是唯一的樂趣，這時，一陣粗氣的笑鬧霍然打破這片寧靜，接著是「啪答啪答」腳步跑過水窪的聲音。

我拉長頸子往外看，不遠的路上，高至平和他一位朋友各拿芋頭的大葉子遮擋頭頂，快速奔跑，他們對於這場躲避不及的雨似乎挺樂在其中的，還不時停下來用腳撩起地上積水攻擊對方，以致於那片大葉子根本沒用。

不一會兒，他們發現我，停下來，高至平的朋友開始傻呼呼地笑，高至平八成見我一臉詫異，故意慫恿我跟他們做同樣的蠢事。

「一起出來玩啊！很涼快喔！」

雖然這裡沒有游泳池，不過我不想藉著玩雨水來消暑。

「不要，會感冒。」

「淋這點雨哪會感冒？脫鞋子出來啦！」

媽媽說過，赤腳不好，會有很小很小的蟲鑽進我們的皮膚裡。

「我討厭弄髒啦！」念在他守信爲我保守上次的祕密，我好心對他們喊道：「你們等一下！我去拿雨傘！」

說完，我急忙在行李中搜找，奶奶在午睡，我不知道她把雨傘收在哪裡，就把我從台北帶來的蘋果綠雨傘借給他們。

我用一隻手擋住頭頂，一隻手拿著傘，匆匆跑出去，將傘遞向他。高至平不肯接受這麼懦弱的物品，他的朋友倒很自動，不僅把傘接過去，還不好意思地向我道謝。他不會以爲我是爲了他而特地借傘吧？當然我也不單是爲了高至平。

「妳真的不出來玩？淋一次雨有什麼關係？」他真堅持。

「我、不、要！」

我的上衣漸漸濡濕，不再理他，轉身奔回屋子。他自討沒趣，和朋友撐著傘慢慢走開了。

我在房間很仔細地拍掉還沒浸透到布料的雨滴，一面拍，一面望住外面淅瀝瀝的光景，沒有其他路人在雨天遊蕩，冷冷清清的，所以，我做了一件連自己都後悔莫及的事。

我回到大門口，半信半疑地脫去涼鞋，把七分褲的褲管捲高一些，鼓起一點勇氣，衝進雨中，綿細的雨點打在臉上、胳臂上，跳躍著快樂的興味，每一次用腳趾頭踢撩水花，就會想起小時候最喜歡穿雨鞋踏過路面積水，腳掌用力踩下，塑膠鞋筒裡也跑進些許雨水而噗滋作響，我不知道是愛上和雨接觸的節奏還是觸感，總之那份莫名的歡愉令我忍不住蹦出笑聲來。

忽然之間，我看見高至平。哇啊啊！為什麼我會看見他?!

我整個人剎那間定格不動，他也是，撐著我那把傘佇立在籬笆外，又驚又疑，好像這輩子沒見過我這個人一樣。我的臉以極快的速度漲紅，燙得厲害。雨，依舊淅瀝瀝的。

「我……呃……」他可能也不知道第一句該說什麼話，結巴著：「我剛送我朋友回家，他就住在這附近，後來我想到應該跟妳說一聲，這把傘……改天再還妳。」

我不曉得自己的表情是什麼，反正我沒接腔，也沒敢動一下，如果我要動，也是挖個大洞把自己活埋。而高至平的神情終於逐漸豐富，他瞅著我的目光飽含笑意，我眞是生不如死。

「隨便你！」

丟下那句話後，我頭也不回地跑回屋子，途中還險些滑倒，在門口笨拙地把涼鞋穿上，然後躲進房間。他一定從頭到尾都看著我的一舉一動，而且還會捧腹大笑。不管全身已經濕透，我一骨碌撲到床上，懊惱地猛搥棉被，半天也不肯起來，我想我以後沒臉再見高至平了。

翌日，還是個雨天，沒什麼特別的事，我又看到高至平，不過他沒發現我，他正忙著和朋友們說笑，毛毛雨斜斜地飄，他手中拿著那把我借給他的傘。見到自己的東西派上用場，我感到開心。其他朋友也紛紛把傘撐開，獨獨那個女生沒帶傘，高至平似乎要她一起躲雨，她不依，還頑皮地繞著他轉圈子，高至平朝她喊話，她婷然站在他面前搖搖頭，笑得從未那樣可人，忽地，高至平毫無預警衝上去，一把將她攬進傘面的範圍，那個女生連忙笑著舉手投降。

他攬住她的方式很粗魯，是哥兒們對哥兒們的那種，但，不知道為什麼，我見到他這麼做的時候，愣住了，那一刻的腦子是空白的，我在雨的另一端望著他們，眼睛根本沒辦法離開。

直到他們走出朦朧窗景，我才動手將窗戶關上，關得有點意氣用事，而且那幾天都不曾再打開過，我編造一個正當理由，因爲我不想太常見到高至平。

在書桌前坐下，盯著自己疊放的手，試圖讓亂七八糟的腦子恢復思考，卻招惹出一堆疑問。

爲什麼高至平要用那麼親密的方式叫那個女生躲雨？（雖然那不干我的事）

爲什麼他懂得對那個女生體貼，偏要與我針鋒相對？（雖然那也不干我的事）

爲什麼他要拿我的傘給那個女生遮雨？（干我一點事了，因爲我不喜歡那個女生）

我陷入混亂，煩躁地趴在桌上，發呆一會兒，不自禁拉起眼前的髮絲，出神凝望，高至平稱讚過它的香味，當時他說話的方式，好像他只會對我一個人說那種話。

這樣，我是不是……

我猛然睜一下眼，我在幹嘛？想要跟那個女生比較什麼似的。

這感覺眞不愉快，我想，我猜，嗯……呃……應該是隨便把我的傘拿給別人撐的關係吧！畢竟傘是我的，我有權利決定該給誰使用。

七月二十七日，「七二七雨傘事件」爆發的日子。

導火線是高至平約我去釣魚，雨後的溪水高漲，魚量也比較多，以前他提過幾次我都沒能成行，因此這次我一口答應去釣魚。那天上午天還沒有下雨。

可是，當我心情不錯地來到溪邊，見到另一個男生也在，他就是我出借雨傘那天，和高至平同行的朋友，他親切地向我打招呼，我還在狀況外，喔……是我會錯意了，高至平並不只有邀我一個人。

我偷偷拍打臉頰，古怪情緒千萬不要來。

「妳在幹嘛？」高至平走到我旁邊，順手丟來一支釣竿，「拿去，不要發呆，妳要是掉下去可沒人要拉妳。」

「哼！誰要你拉？你才不會那麼好心咧！」

「不是我好不好心的問題，是我拉不動妳。」

「你說什麼啊？」

我們快要吵起來，那個男生適時地笑咪咪打圓場：「你們感情好像不錯喔！」

「誰跟他／她不錯？」

我和高至平不約而同地否認，又各自把臉轉開。

男生見了，頗感委曲，「看起來是那樣啊！」

我不明白，鬥嘴代表感情不錯？

還在暗自納悶，男生已經走到我右手邊，告訴我哪個地點魚群最容易出沒，他還說了一堆關於魚兒的習性和拋線要領。坦白說，我聽得目瞪口呆，爲什麼都是同樣年紀，他就可以懂得這麼多？

總之，那個男生很熱心，滔滔不絕地教了我許多釣魚方法，當我眞的在二十分鐘後釣起一隻中等大小的魚，我和他同時興奮大叫，這人對我這麼友好，大概是要謝謝我的傘吧！

就在我們都沉浸在釣魚的樂趣中，高至平倒是愈來愈沉默了，他自己坐在離我們有一段距離的鵝卵石上，像一個隱居山中的高人，孤獨地拋出釣線、等候、把魚餌被吃掉的空線收回來，他的收穫並不理想，而且臉色也從沒好過。等到我拉起第三隻魚兒，那個男生向我熱情恭喜，高至平突然扔開釣竿，站起來。他扔得很用力，打起的水花濺濕我們的衣服，我和那個男生不明就裡地轉向他。高至平冷漠地瞟來一眼，胸膛大大起伏了一下又恢復，看似正在努力壓抑某種紊亂掉的氣息，最後他動手收拾自己的釣具，「你們繼續吧！我要走了。」

那個男生趕忙追問，高至平只給了一句「我有事」，便大步地離開。

我眼睜睜目送他任性的背影愈走愈遠、愈變愈小，不由得跟著拔腿追上去，並且很快就追到他，他回過身，一臉複雜的神情。

「你什麼意思啊？自己邀人家來釣魚的，現在要走？」

我劈頭就問，問得有點凶。他是看起來心情不佳，不過我也是。

「我剛不是說我有事？」

「你當我第一天認識你呀？騙人！」

「妳說我騙人就算是好了，懶得跟妳爭。」

「你不要敷衍我啦！」

「妳又不是法官，我也沒犯法，爲什麼不行？」

他不僅強辯，還逕自拐進一個操場。這附近有個小巧玲瓏的國民小學，它有一個大得誇張的操場，高至平就順著操場外圍的紅土跑道走，我憤怒難平地跟在後頭。

他把長長釣竿扛在肩上，後面的我始終和他維持著一定的距離，不然那竿子會戳瞎我的眼，那傢伙是故意的嗎？

「妳回去吧！」高至平有氣無力地勸我：「阿勇還在溪邊耶！」

啊！對喔……我想起那個可憐的男生，但不消三秒鐘便把他拋在腦後了。

「你給我一個合理的解釋我才回去。」

「妳們女生怎麼那麼麻煩……玉貞就不會。」

什麼貞的？他在說那個女生嗎？

「你又沒有像這樣放她鴿子！」我很生氣，那程度遠超過自己想像，「如果你不想跟我一起釣魚，就不要約我！既然約我了，就不要放我跟其他人在一起！」

「妳以為我喜歡哪？」

他毫無理由地凶起來，我怔怔，來不及思量那句話背後的意思，高至平已經察覺自己失言，有些惱，還有些沮喪，不再多說地繼續往前走。

「喂！高至平！」

「不要再跟著我了啦！」

「我才不想跟著你咧！你說，為什麼約我出來又不跟我一起釣魚？說完我就走。」

「沒為什麼。」

「你又騙人，講實話啦！」

「因為我不想跟你們都市來的人在一起，可以了吧？」

他竟然那樣說。一瞬間，我不曉得自己應該生氣還是逼問下去，原本加快的腳步逐漸放慢，到最後，我已經趕不上他了，無論我們吵得再厲害，他從未在我和他之間苛薄地劃出一道殘忍界線，而我也以爲他會一直如此。

高至平發現我的異樣，也打住，回頭看我，我凝望他困惑的臉，覺得單是這樣的注視就讓我的心臟部位一陣酸一陣疼，奇怪，跟我的氣喘毛病有關嗎？

而雨，就是那個時候飄下的。

雨點在紅土上留下一圈圈的黑漬，速度愈來愈快，一發不可收拾。高至平先抬頭打量雨勢，似乎會轉大。他想起了什麼，趕緊從側背包拿出一把蘋果綠的雨傘，那是我的，他說本來就打算今天還我，然後，他把傘撐開，招呼我過去，「下雨了，過來吧！」

我瞥了雨傘一眼，他也曾經要那個女生進去躲雨。

「你自己撐吧！」我邁開腳步，開始往前走，甚至超越他。

他奇怪地看著我經過，撐傘追來，「妳搞什麼？這是妳的傘耶！」

「我不要！」

「喂……好，我不撐，妳拿去。」

他沒輒地把雨傘移到我頭上，我嫌惡地躲開，不過沒有那個女生可愛，她是逗著高至平玩，我則打死也不願意在她用過的傘面底下。

高至平見狀，根本無法理解我的行爲，「妳是想怎樣？會淋濕耶！」

「你別管我！」

「妳不要一直走啊……」

他一個箭步上前，抓住我的手腕，我心底一驚，感到他的體溫，熨在我被雨打濕的皮膚上，竟如此灼熱。

「別碰我……」

「啊？」

「你不要碰我！」

我用盡全身力氣大叫，他登時嚇得放開手，詫愕望著我，我那快要哭出來的臉，一定難看死了。

我把脣線抿得很緊很緊，不再理他，也不理紛落在身上的雨。他躊躇片刻，收起傘，和我一塊兒淋雨，一塊兒在紅土跑道上無聲地走。

我的傘置留在他手中，傘尖已經開始淌水，有時水滴會落在他沾上污泥的腳，他走路的節奏幾乎和我一模一樣，這時刻誰也沒再不識相地多說一句會引起爭端的話，我們彷彿可以就這麼和諧地將這條路走完，然而……

他爲什麼不自己走開？我已經不想追問他了。

如果他沒有這麼馴良地在我身邊，是不是我的心情就會好過一些？

其實，我不是眞的討厭那把傘，我討厭的是自作多情又挨了一巴掌的自己。

我還是脫離我們一致的步伐，逃出我們乍看感情不錯的假象，腳下的紅土因爲變得濕潤，跑起來非常舒服，我覺得我能以這種速度跑到更遠更遠的地方。

高至平一個人留在紅土跑道上，那把無端端遭我遺棄的傘還在他失措的手中，我抹去臉上縱流的雨水，一下子拉開了我和他的距離，跑出操場，跑出最佳的釣魚地點，也跑出高至平的守望。

回到奶奶家，奶奶好像正在廚房做飯，我不能在這時候見她，一見她我那管不住的情緒不知道會以什麼方式宣洩出來，我回到房間，關上門，這才感覺自己安全了。

門上發黃的毛玻璃映不出我現在的表情，我用力嚥下一口水，疲倦地滑坐到地上，原本蹙得深緊的眉心鬆開了些，一聲哽咽也跟著蹦出來，我趕緊摀住嘴，曲起雙腿，把自己深深埋了進去。

我哭了，哭得不是太嚴重，只是掉了幾滴眼淚，不過，那是我第一次因爲高至平而哭泣，沒想到會是那樣難受，氣死我了。

時間不知過了多久，我聞到廚房飄出的菜香，也聽到外頭的雷陣雨始終不停，雨水還附著在我身上，轉冷的粒子滲入毛細孔中，我輕微發抖，卻怎麼也不肯把臉抬起來，高至平害我掉眼淚，讓我覺得這輩子從沒這麼丟臉過（那天被他撞見我在雨中赤腳的舞蹈也比不上）。

我想，只有繼續討厭他，才是唯一能讓我不再難過的方法。

風吹著我的髮，那剛剛觸摸過高至平胸膛的髮梢現在正輕輕搔拂我的臉。

第六章

該怎麼去「討厭」一個人？

如果是以前，我可以一見到高至平就對他擺臭臉，並且極盡所能地想出最惡毒的話詛咒他。

但現在，無論我有多少對他充滿敵意的點子，似乎也不能讓我的心臟少一點酸痛感。

那麼，該怎麼去討厭他才好？

我一個人騎腳踏車通過梔子花巷道，他從對面走來，我們兩人的視線一度相交，他欲言又止地緘默著，我不理，將車軌輕輕歪斜，很快，我和我的腳踏車已經滑入看不見高至平的出口，留下一地前晚被大雨打爛的白色花瓣在後頭。

我一個人趴在書桌前，愜意地吹著電風扇，明知窗外響起高至平和那個女生的談笑聲，卻專心在牆邊那一排整齊的螞蟻隊伍，牠們沿著牆從桌上經過，好像在遷徙，又好像趕著去搬運過冬食物。我伸出手，用指尖阻斷牠們井然有序的行進，要隔絕高至平的聲音鑽進我渴望平靜的聽覺一樣。螞蟻慌得到處亂竄，不一會兒又紛紛歸隊。

我一個人在前廊看小說，奶奶過來問我怎麼不找高至平他們玩，我老實回答我們吵架了，奶奶沒什麼大不了地拍拍我的背，要我們早點和好。於是我擱下小說，花了不少時間回憶從前我們吵架都是怎麼和好的。

我用一種消極的方式在討厭高至平，我們見面也等於沒見面。除了手帕，我又多了一件物品留在他那裡，愉快的、不愉快的都在，不過，那把傘拿不拿回來也無所謂了。

時節進入了炎熱八月，我在鄉下徹底感受到夏天的威力，白天，所見之處盡是金黃的光景，有時當我心浮氣躁地坐在屋簷下猛揮扇子，還能看到日正當中的路面蒸浮著晃裊的熱氣上騰。

奶奶就是在這樣的酷暑倒下的。

我發現她動也不動地倒在院子之後，慌慌張張地跑到鄰居家敲門，我只知道從都市坐到這裡的公車，不知道從這裡到醫院的車子。

好心的鄰居開車載著奶奶和我到最近的一家醫院，也費去半個鐘頭的時間，我在車上完全亂了方寸，爸媽都不在，奶奶身邊的親人只有我，沒來由一股衝動想哭又不敢哭，鄰居的嬸嬸拚命安慰我，我沒聽進去，世界，一下子變得亂糟糟的。

奶奶今年五月動過一次手術，那次手術已經摘除奶奶的子宮和卵巢，我不記得那是什麼病，反正是和腫瘤有關，我以為從此就會沒事了。醫生檢查過後，建議奶奶轉院，於是奶奶又到了更遠的醫院，確定必須住下來了，他們問我還有沒有其他親屬，我回答得打電話聯絡他們，而電話號碼都存在來不及帶出的手機，於是鄰居嬸嬸要我回奶奶家去，一方面通知長輩，一方面幫奶奶帶換洗衣物來。我不要他們送，他們大人留在奶奶身邊比較妥當，我選擇自己搭公車回去。

公車開得很久，久到我胡思亂想著奶奶許多事，後來強迫自己停止，轉而看看公車上的乘客。乘客少得可憐，只有三個人，一個是面露凶光的醉漢，一個是打盹的歐巴桑，一個是我。白天日光照得車廂內刺眼非常。

原來我是孤單的，沒想到這孤單在失措無依的時刻如此鮮明。

該下車了，門開，我步下公車階梯，停住，吃驚地望著泥土路上的高至平，他原本坐在路邊腐朽的長椅上，見到我，才敏捷地起身，簡直就像……就像一直都在那裡等候，他孑然的倒影在我眼底從未這般親切可靠。

我走下車，公車留下一片厚重的飛塵開走了，高至平朝我跑來，滿臉擔憂。

「珮珮！我聽說妳奶奶的事，她還好吧？」

一聽到「奶奶」的字眼出現，我真的不行了，當眼眶溫度急速升高，淚水立即撲簌而下，停也停不住。我知道我哭的樣子很醜，也知道高至平一定被我嚇著，但是，我遇到了一個能夠傾洩悲傷的人。

好奇怪，他可以把我弄哭，也能在我哭泣的時候想要找他依賴。

高至平陪著哭哭啼啼的我回家，一路上他沒說過半句話，不過會盡量走在離我不太遠的地方。直到他第五次回頭留意我，我才加快腳步跟上去，在他旁邊。

他不自然地瞧我一眼，「……我會幫妳。」

說眞的，他那句話沒頭沒腦，可它究竟有什麼魔力，我不明白，一聽便想再落淚，於是我匆匆應一聲：「嗯！」

他在等我。從前怎麼都沒發現？高至平總是在公車下站的地方等候，每一年暑假我來，第一個進入眼簾的風景一定有他，這一段長長的三十分鐘路程他陪著我走完，太習慣了，我始終渾然不覺。

「……謝謝。」

高至平佇立一下，又繼續往前走，不怎麼好意思地「喔」一聲。他一定不曉得，我的道謝不僅僅爲了那句義氣之言，也爲了從小到大他的默默陪伴。我們並肩走著，他赤裸的腳步和我穿涼鞋的腳步，一前一後、一前一後，在綿綿蟬鳴當中原來是那樣好聽。

那天我簡單揀了幾件奶奶的換洗衣物和日常用品，前往醫院之前還特地環顧房間一遍，以免有所遺漏，然後，靈光一閃！

那封信！

在木櫃前站了好一會兒，我畢恭畢敬地把信拿出來，夾在我打發時間用的小說裡，這樣才不會摺到。

醫院在最短的時間內幫奶奶開刀，醫生什麼也沒做地又把傷口縫合，聽說奶奶腹腔長滿了回天乏術的惡性腫瘤，一個星期，最久。

儘管如此，奶奶見到我私藏給她的那封信時，還是很高興地笑了。

不用照顧菜圃和做家事，奶奶和我空出好多聊天的時間，她講了不少過去往事，大部分是日據時代的故事，每每說到當年村裡有好多年輕人被抓去日本，奶奶就會難過地暫停片刻，我則私下猜臆那就是爲什麼奶奶那麼愛看日本頻道，她大概想在裡面尋找從前的友人吧！奶奶好傻。

醫院有些表格需要塡寫，我找出奶奶的身分證代爲執筆，這才發現奶奶身分證的配偶欄寫著

「許光山」的名字，並不是寫信的人。

「珮珮，妳和平仔和好了沒有？」

有天，奶奶沒來由中斷我們的聊天，關心起我和高至平。我想了一想，好像和好了，又好像還沒有，是不是要正式握手言和才算數？

「大概沒有。」我慚愧地回答她。

她聽了，笑一笑，然後拿一種要分享什麼好祕密的語氣輕聲對我說：「妳想不想看看那封信？」

我頓時瞠目結舌，難道奶奶一直都知道我想看那封信想得要命？

「來。」奶奶自動把那封信從枕頭下拿出來，遞到我面前，「妳自己看，奶奶要睡覺了。」

我半信半疑地接下那封信，再瞧瞧奶奶，她挪挪身體，把頭安放在枕頭中央，再將被子拉到胸前，闔上眼睛，似乎真的想午睡了。此刻，我夢寐以求的信件已經在大剌剌躺在我面前，不知怎的，我對它萌生一分特別的敬意，如同我對待奶奶的房間那樣。

我小心翼翼地將信的末端摺起來，不讓自己看見，沒有奶奶的允許，我不能先讀取還沒唸給她聽的那個段落。

「妳要仔細地想，不要讓一時的不好取代了好的，不然這個世界上美好的事物就會愈來愈少了。」

得知我和高至平吵架的那幾天，奶奶這麼對我說過，她現在讓我看這封信，大概是為了要我跟他和好吧！

儀：

再繁華的言語會隨著歲月蒼老、消滅，文字的生命似乎比我們都長，所以我用這封信和未來的妳對話。

我想到醫院頂樓晃晃，途中，見到高至平遠遠朝這裡走來，他手上提了一袋子蘋果。

「奶奶在睡了。」

我告訴他，他兀自酌量一下，問我要去哪裡。

「我要去頂樓，那裡空氣比較好，這裡都是藥水味。」

他沒說什麼，和我一起搭電梯上去，在電梯中只提起一句「我有帶小刀來，妳可以先吃蘋果」。

一切都很自然而然。他自然而然地與我同行，我自然而然地同意；他自然而然地約我一起吃蘋果，我自然而然地接下他削好的果片。

我們相識十八年的日子，如果這段短暫時光可以成就一輩子，那麼一定是有人的勇氣得到了回應；如果我們的時間僅止於這十八年，話，非說不可。

「好甜。」

我咬下一口，清脆多汁，這蘋果帶來意外的愉悅。高至平挺老實地說這不是他家種的，是那個女生，給了他們家好多。

「喔！」

我不予置評，繼續把手裡那片蘋果吃光，他的刀子也沒停過，簡潔地把果皮削成一圈一圈，再把果肉漂亮切片。他一直忙，我一直吃。

說是頂樓，其實這家醫院只有六層樓，不過還是可以把一大片田園風光盡收眼底，因爲沒有太高的樓房阻礙視線，盛夏富有生命力的田埂、田埂外那一排綿延的桑樹、遠方水墨畫般的山稜，全都曝曬在烈日中，我們正在欣賞一幅活潑的金縷畫。

「妳是不是在爲我那天的話生氣？」

高至平削蘋果的動作慢下來了，我掉頭看他，他的方向向光，我趕緊又把臉轉回去。

「當然在生氣。」

「爲了哪一句話？」

「……全部。」這應該是最正確的答案吧！

高至平無奈地嘆口氣，手上的工作又恢復原來的速度，他邊削邊開口：「我那天心情不太好，不是故意說那些話，我知道妳很生氣。」

「我已經沒那麼氣了。」因爲我聽奶奶的話，不去那麼在乎不好的事，所以你千萬別問我那天有沒有哭。

我們通常不會去意識「成長」的變化，太近了。最近我常回想，想起在後院沙堆和我打土仗的妳；在樹林玩著捉迷藏因為找不到我而哭泣的妳；正要去小河那兒洗衣服不正眼看我的妳（我不記得原因了，當時我們吵架了嗎？）；還有，從豐收的竹簍拿出一顆最乾淨的梅子遞給我的妳……

等我快解決掉一顆蘋果，發現他手中還有最後一片，堅持要他自己吃掉。

「妳不要了嗎？」

「你自己吃吧！都是你在削的，不是嗎？」

他把最後一片甜得過頭的蘋果送入口，說句「眞的好甜喔」，然後皺起眉頭。我呵呵笑，原來他不愛甜食啊！

「喂！爲什麼我們兩個常常吵架？」就在我們再和平不過的時刻，高至平突發奇想地發問。

我瞟瞟天空飛過的鴿子群，想了半天，覺得這問題好深奧。

「不知道。因爲我們太閒了嗎？」

「那也很奇怪，我其實不討厭妳。」

我又轉向他，他那邊的日頭依然強烈得很，他的肩線上有璀燦的天光。

「我現在可是很正經地在跟妳說話。」高至平接著困窘地強調一次。

「我以爲你一直很討厭我。」

「沒有，那是妳吧！」

我第二次瞟向空中那群鴿子，牠們箭頭形的隊伍拐了三十度角，朝某戶人家的屋頂飛去，好自由自在的樣子。

「我沒說過我討厭你啊！」

相較於鴿子，我忸怩地換個腳上的支撐點，高至平則不自在地舉起一隻手搔頭，我想我們正在和好，只是沒想到會這麼尷尬。

恍然驚覺，妳不再是那個像妹妹的小女孩，我也不是那個以不在意目光看著妳的男孩。大概是這種在意的心情驅使，我已不能安於過去與現在，甚至要奢妄描繪未來。

「那天約妳釣魚，是阿勇非要我邀妳出來，他喜歡妳，我沒辦法拒絕，後來我會走開，是因爲那本來就不是我自願要約妳。」高至平不疾不徐地解釋他那天莫名其妙的行徑。

我趁著語歇反問他：「你爲什麼不願意幫阿勇約我？」

他又望著我，有一段時間都沒再答腔，我讀不出他眼底那縷錯愕到底是什麼意思。

「妳眞的不知道爲什麼？」

「我爲什麼會知道爲什麼？」

他又開始令我覺得自己笨得可以了，我丈二金剛摸不著腦袋地等他揭曉謎底，誰知高至平安靜地把我望了一遍，伸出手，跟上次一樣，用他修長的手指輕輕撞了我額頭一記，我在怔忡中聽見他有些滄桑、有些哀傷的嗓音嘆息：「妳眞的很笨。」

那是我今年第一次那麼專注地凝視高至平這個人，他粗獷的眉宇、清秀的鼻梁、淺薄的唇角都比往年要成熟許多許多，他在不知不覺中成長爲我不太熟悉的高至平，他罵我笨，卻是溫柔愛寵的語調。

那時候也是我第一次悄悄問自己，高至平是不是喜歡我了？

然而，藍圖雖美，每每我睜眼見到的，卻總是還未上色的世界。信寫到這裡，我站在原本荒蕪乾涸的地土，才覺得色彩逐漸豐富，那原因必定是和妳有關。

爲了掩飾管控不了的臉紅和緊張，我揚起拳頭怪起他的趁人之危，「你幹嘛打我？已經第二次了！讓我打回來！」

哪知道我的張牙舞爪只是更突顯我和他之間那超過十一公分的差距。

他太高，如果我不把手臂伸直，很難準確地揮到他額頭，他輕輕鬆鬆閃過我的攻擊，一面比比我的高度，一面得意地笑，「我早就比妳高了，活該！」

昨天村裡慶豐收，大家都唱著歌，獨獨我，我特別凝視妳的笑臉，好燦爛，於是我也輕輕地笑了，妳問為什麼，我終於知道答案，我的幸福在於妳。

他說的沒錯，曾幾何時，我已經追不上他了。我在原地發怔，目送他頎長的背影跑進頂樓的鐵門內，頂樓風大，一襲高空氣流撲來，我閉一下眼，按住紛飛的髮絲，再睜開眼時，飄來了一片灰白色的鴿子羽毛，而高至平已經不見縱影，我的腦海卻還深烙著這個男孩子的背影，那成爲一種片段的記憶，以後，就算我們不再在一起，他笑著說「活該」而逃開的背影依舊那樣清晰，清晰得單是吃飯、走路也會不由得閃過那羽毛般柔和的輪廓。

在頂樓曬太陽曬得有些中暑，慢慢下樓，病房中奶奶還在睡，我瞥見那封信在枕頭外露出小小一角。那麼，寫下那封信的人又是誰？會是當年被抓去日本的年輕人之一嗎？奶奶是相親結婚的，也許在數十年前、在她嫁作人婦之前收到了一封珍貴情書。

在傾聽奶奶娓娓述說那年的戰亂當中，我漸漸捕捉奶奶藏了半世紀的祕密，她有個青梅竹馬，很愛很愛奶奶的青梅竹馬，年輕人在臨走之前寄了封情書給她，不再回來。

從今以後，在妳身邊與否便不是我的憂慮，即使國界的距離讓我遙看不清，即使漫長的時間催老了記憶，我也都在努力聆聽，聆聽關於妳幸福的消息。

那封信還剩下最後一段。

一前一後、一前一後，在綿綿蟬鳴當中原來是那樣好聽。

第七章

住院期間，奶奶的兒女紛紛趕到了，包括原本在大陸做生意的爸爸，他要我回奶奶家，醫院有他們大人在就好，我才不要，和奶奶作伴本就是我每年來到這裡的重要使命。

奶奶的訪客絡繹不絕，都是村裡的人，高至平就來過好幾趟，大人們有自己的話題，通常我都和他在一起講些瑣事，順便鬥鬥嘴。有一回他剛離開，奶奶便語重心長地對我說：「平仔是好孩子。」

就這樣，當時我聽得摸不著頭緒，奶奶也沒再多說什麼，事後我私自假設，奶奶也許是想告訴我，高至平是好孩子，不要錯過。想到這裡，我趕緊用力搓掉手臂上的雞皮疙瘩。

如果要說我根本不在乎高至平這個人，那並不對，我比以前要在意他的一切，當他對我微笑，我會格外開心，並且，開始期待我們下一次的見面。

不過，我又陷入煩惱，嚴格說來，那個女生比我更有當高至平青梅竹馬的資格，他們同鄉，不像我每年才只停留兩個月，高至平可以一整年都和她在一起，或許在我看不見的時候，他們相處恩愛。

我腦子一浮現他們打情罵俏的光景，就算黯然神傷，也要趕緊告訴自己，那不干我的事。

「奶奶，妳以前有沒有遇過像高至平那樣的男生？一直都跟妳吵架的那種。」

我忍不住想和別人聊聊這件事，聒噪的死黨不在，奶奶是不二人選。

「有啊！」奶奶笑了幾聲，大方地跟我分享她的往事，那是奶奶唯一一次向我提起寫信的人。「不過對方比我大了好幾歲，不像你們，我一直把他當作只會欺負女孩子的大哥哥。」

「他很壞嗎？」

一知道奶奶也有過慘痛的經驗，我不由得興致高昂，把椅子拉近一些，準備聽她說下去。她見我一副同仇敵愾的模樣，寬容地鎖了鎖眉，不要我誤會一個還不瞭解的人。

「當一個人想要掩飾他的不勇敢，總會讓他的言語或是行爲變得剛硬，如果一個人的心想要剛硬，一切看起來就不是那麼可愛了，不過，珮珮，那並不是壞。」

「是他不夠勇敢？」

「不是每一個人都可以勇敢。妳想想，一個壯漢也許能不怕死地去獵山豬，但是他不見得可以向他鄰居低聲下氣地道歉哪！」

「那奶奶妳呢？」

我私底下認爲奶奶是屬於勇敢那一邊的人，但是她沒有立刻回答我，微微把臉轉向窗戶那裡，不過我知道她沒在看外面風景，她只是在憂傷地回憶好久以前的過去。

「我年輕的時候，大概比妳再大個一兩歲的年紀，曾經想過要到遠地去找朋友，後來，沒有成功。」

「遠地是哪裡？」

「日本啊！」

這難道就是我之前所聽說過的，奶奶曾經有機會要離開這個村子，不過她還是留下來了？

「為什麼沒有成功？」

「那時候大家都反對，我還是想偷偷地去，決定要走的那個晚上，想再看看父母最後一眼，沒想到這一看，就走不了了。」

「他們發現妳了？」

「不是，是我發現我很捨不得他們，也捨不得這裡。」

「奶奶可以再任性一點的。」

醫院的椅子讓我坐得不很舒服，我換個坐姿，順便為奶奶惋惜。她慈祥地摸摸我的頭，沒有力氣的關係，起初搆不著，我趕忙把頭低下一點，讓奶奶用她溫柔的方式溺愛我。

「那是奶奶的選擇啊！」她說。

「那個人……我只是隨便問問喔！那個人……奶奶喜歡他嗎？」

然後，奶奶用一種特別而珍惜的說法來形容那個人：「他對我的意義不僅只於喜歡。」

我不太確定自己聽不聽得懂，奶奶接著又說她很想念一起長大的同伴們。「最近，我忽然覺得好像可以見到他們了。」

我聽了並不能為她高興，垂著眼，淨盯著自己有意無意擺晃的腳，就這樣約莫有三分鐘。

「奶奶，妳可不可以不要去見他們？」

我輕輕問，抬起頭，發現奶奶並沒有聽見我的要求，她又睡了，最近她昏睡的時間日漸延長，望著她沉靜的臉龐，我想她是到夢中找她的同伴去了，誰也不會老，誰也不曾被擄到日本去，滿樹的梅子熟了，大家約好要帶著竹籃子，一定採了滿滿的青梅回去。

傍晚，我回到奶奶家，大人都留在醫院，我逞強地表示自己可以打理所有的食衣住行。

夜幕低垂，我憑著平日的印象給自己炒了盤高麗菜，奶奶是怎麼洗菜、奶奶把多少份量的水倒進鍋子、奶奶又是什麼時候把白晶晶的鹽巴灑下去，我依樣畫葫蘆地做一遍（那包括當中打破一塊盤子），再把飄著焦味的高麗菜端上桌，坐在它面前，實在很難下筷，當我百般猶豫地把一片藕斷絲連的大菜葉放到口中，比想像更濃重的焦味直衝鼻腔，嘴巴滿是乾澀的口感，那瞬間眼淚險些掉下來。

「好難吃喔……」

我沒辦法像奶奶做得一樣好，香味不對、顏色不對，沒有奶奶，一切都很不對勁。

收拾好碗筷，我離開這間不對勁的屋子，一個人走到溪邊，那裡聲音很多，水流、青蛙、不知名的昆蟲，還有遠處風撥動樹梢的聲響，置身其中，才不會感到孤單。

我坐在溪邊，抱起雙腿，摩擦些微涼意的手臂，一會兒，回頭瞧瞧身後，身後什麼也沒有，空曠得很，這空曠在夜晚卻更突顯我這孤獨的個體，我並不想太強烈意識到自己的處境。

我起身，離開溪邊，走呀走，徒步走了約十分鐘的路，來到高至平的家門口外，他們家客廳和二樓他房間都是亮著的，我沒敢太靠近，只站在圍牆外，忖度此刻高至平會在哪裡，不過我又馬上警覺到自己怪異的行徑，高至平他正享受天倫之樂也好，在他房間獨處也好，我都不該來這裡。

這時，二樓窗戶倏然打開，日光燈的光線一股腦從窗口射出，我的頭還仰著，看見高至平黑嘛嘛的身影出現在白光中，他朝著遠方半晌，低下頭，立刻看見我了！

我從沒期望他會主動發現我在這裡。

不對，其實我一直希望他會的。

「妳等我一下！」

他驀地喊下來，我愣愣住，不曉得該覺得高興還是丟臉。

等待的時候，我思索著，待會兒他如果問我來這裡做什麼，我該怎麼回答？我來，只是不想一個人。

高至平出了大門，快步朝我跑過來，渾身沐浴乳溫熱的香氣，他先把我打量一遍，見我安好沒事之後，果然問了那個問題：「妳怎麼會來這裡？」

而我也果然答不出來。

「我……那個……」結巴半天，我喪氣地垂下眼，也許我真的不該這麼冒失。

「算了。」高至平出聲打斷我，改變話題，那是他另類的體貼。「妳從妳奶奶家走來的喔？」

「我剛剛本來在溪邊坐，後來就過來了。」

「妳爸媽都不在嗎？」

我搖搖頭，他有那麼幾秒鐘不說話，我看得出來，那是關心我的心疼。

「要不要去走走？」他問。

「好。」

高至平陪我回到溪邊，於是我又聽到他不穿鞋的腳步聲，兩個人的腳步才不會太過寂寞。

我們並肩坐著，溪水反射著月光，這裡亮多了，像一條銀色光道蜿蜒在夏夜，我依舊曲著腳，把下巴靠在膝上，抽拔身邊小草打起一個又一個的結。

「今天奶奶說，她覺得她好像會見到以前的老朋友了。你認爲她眞的可以嗎？」

高至平動了動雙腳，把它們浸到溪裡，一定很舒服。「我不知道。」

「奶奶她爲什麼寧願去找老朋友，也不要跟我們在一起？」我問得有些賭氣。

「她怎麼會不要跟你們在一起？只不過……只不過有些事情無能爲力嘛！」

「我一直認爲只要她肯，她就可以辦得到……」

我揚手一丟，把打了好幾個死結的草葉扔進水裡，它在閃爍的水面載浮載沉一會兒，便在下一個彎道消失不見了。高至平沒有立即接話，我側眼覷量，他臉上淺淺的憂鬱被水光映照得鮮明，我不禁爲方才咄咄逼人的天眞苦笑一下，「我隨便亂講的啦！」

「我知道妳是怎麼想的，不過，我覺得妳奶奶樂觀多了，這樣不是很好嗎？我們憑什麼比一個躺在病床上的人還要悲觀？」

於是我閉上嘴，不再故意任性下去，連高至平都比我懂事多了，而我偏想利用微薄的抗議來改變一個禮拜後就會失去奶奶的預言。

「喂……高至平。」

「嗯？」

「如果，將來我也死掉的話，見得到奶奶嗎？」

這一回，他整個人坐直身子，把擱放在溪中的腳也縮上來，訝異地注視我，我卻十分認眞地再問他一遍：「不論什麼時候，也許要好久好久以後，不過……不過我還有見到奶奶的機會吧？」

「笨蛋。」他第三次罵我，那是我聽過最安慰的語調，他的手掌輕輕拍了我頭頂一下，「當然會了。」

我緊緊抿起唇，感到淚水在眼眶打轉，我不是傷心，反倒是受到的安慰過於龐大，這顆心臟一時承受不了，緊綳了起來，緊得憂喜參半。憂的是爲奶奶，喜的是因爲此刻他陪在我身邊，我很高興，高興到很想緊緊抱住他剛洗完澡的身子。

我想……我已經……

高至平的手離開我的頭，放下來，他的手指無意間碰到了我的，我怔怔，陌生的暖流飛快竄到體內，我的心因此打了個顫，他彷彿也僵硬起來，動也沒動。

高至平修長的無名指疊在我的小指指尖上，他看著左邊空曠的夜晚，我望著右邊潺潺的銀色流域，世界……好像只有那條溪是動的。

那一晚，我們誰也沒看誰，誰也沒先把手抽走。

風沒有來，我的臉燙燙的，腦子一片空白，不過我現在不用思考也沒關係，他讓他的手停留在我這邊，那不言而喻的意思我好像知道了。

有一些事情，應該不能問爲什麼的吧！例如，爲什麼我們兩個老愛吵架？爲什麼他不願意幫阿勇約我出來？爲什麼偏偏是他？

沒有爲什麼，也是那種情感的特質之一。

所以，我想……我已經喜歡上高至平了。

倒數的第二天，大人都不在，不知相約去哪裡談後續事情了，我已經準備好要跟奶奶說一整天的話，例如在台北順利找到了租賃的公寓及新室友、將來打算加入新聞社……好多好多事情要和奶奶分享。

那天午後，我拎著小背包走進病房，奶奶的床位靠窗，她醒著，正在觀看窗櫺上的麻雀，精神不錯的樣子。我一走近，啄食中的麻雀立刻飛走，天空響起第一聲夏雷。

奶奶病床旁邊有不少機器，她轉頭歡迎我時，我覺得那些精密的儀器和奶奶一點也不搭調，奶奶適合和古意盎然的家飾爲伍，奶奶不該在病房裡的。

望著變得消瘦虛弱的奶奶，我那一堆原本好玩的趣事數度哽在咽喉，突發的哀傷中還摻夾著急的情緒，該怎麼做……該怎麼做才能把奶奶留下？

「珮珮。」奶奶打斷我的聒譟，露出一抹淘氣微笑，從她枕頭下拿出那封信，遞給我，「唸給我聽。」

不知怎的，我就是不想動手接取。奶奶推推手，示意我照做，我遲鈍地把信拿來，飽受風霜的紙張乾皺得像落葉，隨時都會粉碎一樣。

攤開它，蘊含古老情懷的氣息迎面撲來，我在轟隆雷聲下閱讀還沒看過的內容，那也是信裡的最後一個段落。

「珮珮，上面寫什麼？」奶奶期待地追問。

我不願意把信唸完，似乎一旦唸完，奶奶便要走了。

一聲雷！石破天驚地打下，撼得我抓緊信紙，抬頭看奶奶身後天空，單薄的陽光還在。

「珮珮？」

這一次奶奶輕搖我的手，我頷頷首，表示就要唸了，然後把信紙撫平，不再陌生的筆跡，書寫著以「死亡」爲開頭的最後字字句句。

死亡不是生命的終點，而是生命的一部分，就像愛妳，是我幸福的一部分。我愛妳，現在的妳好嗎？

我的聲音一停，空氣也跟著靜止，然後是無聲無息的時間，只有風時停時起地吹著。我連撥開臉上髮絲都不敢輕舉妄動，只是偷瞟床上的奶奶，她依舊維持方才聆聽的姿勢，安詳的視線落在我看不見的遠方，皺癟的嘴勾勒起我不能會意的笑，淡淡，淡淡的。

良久，奶奶閉上眼，吐出長久以來的掛念得以完結的嘆息，長而深，一切正好圓滿。

八月九日，奶奶過世了。

奶奶走得比醫生預期得還要快，早知道我就別把信唸完。

奶奶的兒孫齊聚病房，痛哭失聲，沒想到做了再多的心理準備，奶奶的離去還是害我的眼淚一顆接著一顆掉不停。死亡，就是這麼回事吧！地球不會因此停止轉動，但對於在乎奶奶的我們來說，這個世界就是少了一個人，已經不在了。

病房外的長廊，我緩慢地走，帶著奶奶要我代筆的回信。奶奶這輩子沒離開過她成長的村子，奶奶不曾再嫁，她的執著，到頭來是一場心甘情願的等待嗎？奶奶是嚴謹的女性，在掙不出中國傳統的束縛下，奶奶用一種安靜漫長的方式反抗，矜持多年，她終究只讓最親的我知道，等我認識的字夠多了，一共花了八年的時光把那封信讀完。

對奶奶而言到底什麼才是最重要的，我想，我的年紀還沒大到足以明白的時候。

搭著電梯下樓，來到醫院大樓外的廣場，早晨起了一場大霧，到現在外面還是白清清的，走近，才看到高至平在那裡，他一個人，無聊地踢起水泥地的小石頭。

「你在幹嘛？」

我先開口，他聽見時有些驚訝，好像我會好端端地出現是件不尋常的事。

「我在等我媽。」他又詭異地瞥我一眼，「妳倒是最早出來的。」

「裡面的空氣不好。」

不好的不只有空氣，還有我的心情。

我反問他，挑釁的意味，「你呢？你為什麼都不進去？」

「因為你們會哭得淅瀝嘩啦。」他倒很老實，也很討厭，「難看死了。」

「誰難看呀？」我想起自己曾在他面前嚎啕大哭，不禁惱羞成怒，「你這個人才冷血咧！哼！不對，我說你一定偷偷躲在這裡擤鼻涕、擦眼淚。」

「我在等我媽啦！國語妳聽不懂喔？」

「台灣國語是聽不懂啦！」

「聽不懂就不要聽，懶得說！」他居然凶起來。

「你以為我愛聽呀？土星上的包子和地球人本來就有代溝，土包子！」

我也不客氣地反擊回去，而且罵得比他過分，我承認，不過今天情緒真的壞透了。

我一罵完，便對著天空呼出一口怨氣，他也不再作聲，繼續踢著石頭，把其中一顆踢得老遠，撞上那邊圍牆，「啪」一聲，我因此側目瞄瞄滾到車輪下的石子，再瞄瞄一旁的高至平，忽然發現他向來不愛穿鞋的腳竟然套著一雙愛迪達球鞋，不只這樣，他還穿上水藍色的襯衫和牛仔褲，襯衫鈕釦扣到頸上第二顆，乍看之下竟還有點（只是一點點）……帥氣，這傢伙竟然從野猴子進化成人啦？

逮到機會正想出言譏諷，卻也在同時恍然大悟，高至平他……是刻意穿著整齊來跟奶奶送別的吧！

如果要說高至平和奶奶的感情比我好，我也不能否認。今天，他一定也很傷心。

「啊！」

才回神，我掉了手中對摺的紙條，剛好飛到他腳邊，他彎身撿起，走到我面前，我困窘地將之接過來，聽到他柔柔低語，感覺並不糟。「妳奶奶……過世，我不應該跟妳吵架，對不起。」

我沒聽錯，一向目中無人的高至平向我道歉！我被嚇到了，許久不能動彈，他見我不答腔，便再說下去：「剛剛我一個人在這裡，本來……本來已經想好一堆叫妳不要難過的話，不過……」

高至平的話還是沒講完，我懂，卻也笨笨地沉默著，氣溫不太高的早晨，我和他面對面僵持好久，這是我們頭一次相處這麼久而沒有吵架的紀錄，我還染上了莫名的緊張。

「哪！還妳，啊！手帕和雨傘忘了拿。」

他交出一直提在手上的紙袋，我打開一探究竟，有十幾個舊舊的緞帶花在裡面。

「這是我的東西嗎？」我完全沒印象。

「那是……就是……」他變得心虛起來，「以前從妳辮子上搶走的東西，我沒丟，妳不記得了？」

依稀，那天奶奶的話語猶在耳畔，暖和的音色，平仔是好孩子……

「放暑假之前，妳奶奶就說過，這是妳留在這裡的最後一年，妳奶奶還說……她很捨不得。」

我的鼻子狠狠一酸，我也很捨不得奶奶。

「喂……我問你喔！你爲什麼不告訴我你考上台大？」我問。

高至平迅速抬頭，「妳怎麼知道？」

「你媽說的。你還沒告訴我爲什麼。」

他爲難地四下游移目光，逼不得已，「妳要是知道我會去台北念書，一定不高興。」

除了緊張，我還多了分羞澀地望住他，他熟悉的側臉在散開的白霧下清晰而眞實，我霍然深深慶幸，慶幸自己出生在自由的年代，而自由給予勇氣義無反顧的力量。

讀完那封信的奶奶決定回信，而這大概是她這一生做過最勇敢的事了。

我從小背包拿出史努比的便條紙和原子筆，在一輛車的引擎蓋上寫下地址和電話號碼，給他，他一頭霧水。

「那是我家和我學校公寓的地址，我爸媽你都熟，可以寫信給我，還有，手機我也留了，反正將來我們住得近，打電話會比較方便。」

就在八月九日的那一天，高至平很輕柔地笑了，那笑容意外地好看。

「那麼，我打電話給珮珮。」

他個性不會囉嗦，所以只是簡單承諾。於是我又發現第二個從未注意到的新大陸，原以爲奶奶是唯一會喊我「珮珮」的人，奶奶走了，還有一個高至平。

奶奶的後事處理完畢，爸媽要帶著我一起回台北，前一天，我在一家小小文具店買了俗氣的信封，把奶奶交代我的紙條放進去，那是奶奶給對方的回信，我找高至平一起把信寄出去。

我們在奶奶的菜圃，把那封信和奶奶的回信擺在一起，點燃打火機，絢爛的火苗不到三秒鐘時間就侵噬了信紙，靜靜看著那一段過去的故事和刻骨銘心的情感隨著熏黑的灰燼消逝，風來的時候，碎片紛飛，奶奶曾經悄悄的守候、名字有「杰」字的那個人……以後不再有人知道。

我很幸福。

爸爸開車載著我和媽媽離開的那天，高至平就在桑樹下送我們，我從後座大片玻璃凝著他不穿鞋的身影、我難忘的暑假、即將過去的夏季，愈拉愈遠，成爲一個模糊但色彩鮮豔的小方框，我把手帕和蘋果綠的雨傘留給他，那兩樣東西有我們的故事，而我希望故事可以在這裡延續下去。想起他在醫院外小心翼翼把我寫給他的便條紙對摺，再對摺，謹慎地收進皮夾，然後對我快樂地微笑，我晴朗如鏡的心底清楚，不用太久，我們很快就會再見面。

當我因為他的幸福而感到幸福，我終於明白奶奶當時微揚的嘴角……是一種美滿。

當我因為他的幸福而感到幸福，我終於明白奶奶當時微揚的嘴角……是一種美滿。

第八章

屬於我的絢爛的夏天，在奶奶過世的那一年悄悄結束了。

就跟煙火一樣，我看著它的花火在天空美麗綻放，卻不曉得它還帶著一點溫度的餘燼何時落地。

我在台北的夏季是被快步行走的人群淹沒、被閃亮的高樓包圍，然後像溫室中的花朵窩進冷氣房躲避熱騰騰的都會廢氣。

我所告別的似乎不單是奶奶以及鄉下那個可愛的夏天，我還告別了更接近靈魂或生命的東西，一時說不上來，告別，有時也是一種失去。

回到台北，我在蕭瑟初秋強烈感受到寂寞的侵襲，我好想再看看那張冷漠又會不自主靦腆起來的臉，好想再聽聽有點壞又時而溫柔流露的聲音。

我常常想起高至平，他在我腦海中的身影不是太清晰，不過我們說過哪些話、做過哪些事都記得一清二楚，那些影像跟電影片段一樣，不時閃過，而我情不自禁地一個人微笑，好像有什麼幸福剛降臨，然後，也一個人生著沒人能明瞭的悶氣，好像前一分鐘被誰狠狠氣惱。

高至平爲什麼不打電話給我？他明明說會打電話的，總不會眞的要等他人來到了台北才肯撥電話吧？那傢伙的確是有這麼死腦筋的本事。我當然也可以先打電話，可我不想當那個主動出擊的人。

「他叫高至平對不對？哎呀！好想見到他本人喔！」

小芸甩著一袋麵包從我身邊繞過的時候，又賊又甜地衝著我笑，我蹲靠在置物桌旁邊，糗得趕緊把視線從電話機轉移。

小芸是我的新室友，我和她一起租下一層小公寓，有兩間房、一間衛浴和一個廚房。她長得清秀可人，笑起來的時候有兩個小梨渦掛在臉頰，爲人既熱心又憨厚，可惜不太會打扮。我一見到她就喜歡她了，大概是愛烏及屋的關係吧！她也是來自南部一個鄉下。

「他是妳男朋友？」小芸坐在花貓坐墊，摟著狗骨頭造型的抱枕，一手在紙袋中摸索剛出爐的麵包，水汪汪的眼睛十分專注地定睛在我身上。

「這個……嗯……也不算是啦……」

爲什麼我非得支支吾吾的？光憑那一句「我會打電話給珮珮」好像不代表我們在交往了。

「咦？不是嗎？可是妳等電話等得那麼勤，一有電話響就馬上衝過去接耶！」

小芸一說，我汗顏得無地自容，我沒辦法驕傲地宣告高至平是我的男朋友，還一直重覆一廂情願的動作，好不甘心喔！

「是他自己說要打電話來的。」我再次強調當初那個不起眼的承諾，彷彿這麼做有一天就會實現。

小芸笑笑地聳肩，把第二個菠蘿麵包解決掉了，然後口齒不清地說下去：「妳一定是不好意思讓我知道，算了，反正我遲早會看到本尊。」

「我不會不好意思。」

她還是對我聳聳肩，起身找水喝，我親眼看著她走進廚房，才把臉轉回來，瞧瞧安靜的話機，半晌，拿起話筒挨近耳畔，聽見「嘟——嘟——」，好，好，一切都風平浪靜。把話筒放回去，認命地面對無人的米白色牆壁。

「笨蛋，快打電話來。」

九月中旬，開學前一個禮拜，我提早遇見了一個冬天，一個特別的冬天。

和小芸相約去紐約紐約逛逛，原本想找找有沒有別緻一點的秋裝，偏被一條駝色圍巾給吸引了，我走上前，將它摸起來很舒服的質料在手中掂掂，輕輕的，店家小姐說材料是兔毛，那麼一定很保暖，顏色也不錯，我自己很想要，不過今天是以買衣服爲優先，所以後來作罷陪小芸逛起其他樓層。

路過男士部的樓層時，我又掛念起高至平，猶豫許久，才不好意思地央求小芸：「嘿嘿！我們再回剛剛那裡好不好？我改變主意了。」

「啊！妳決定要買那條圍巾了？」小芸和我才不過認識半個月，我們的默契卻跟死黨是同等級的，「好呀！好呀！我也覺得那條妳戴很好看。」

我沒敢跟她說那是要給高至平的，幫男孩子買東西，這可是頭一次，有種做壞事的心虛，這壞事也令人快樂。

高至平剛從南部上來，一定不能馬上習慣冬天台北的濕冷，那條駝色圍巾戴在他身上眞合適，如果耶誕節再給他會不會太晚啦？可是現在無緣無故送禮物給他又怪怪的……

「恩珮！在那裡！」

小芸跑得比我快，停在店鋪前朝我招手，我趕上去，就在拿起那條圍巾的前一秒鐘，有另一隻手抓住它的尾穗，漂亮的手指像練過鋼琴。

現在，有兩隻手在其上僵持不下。

我狐疑地抬起頭，身邊的男生也側過臉往我這邊看，那是我遇到冬天的場景。

男生有一雙透著憂漠而不失聰明的眼眸，又靜又沉的性情，略嫌纖瘦，乾淨的臉佈著混血兒的蒼白，穿著不錯，他有王子的氣質。

「啊……你拿吧！」我很有禮貌地抽回手，然後等他等會兒再很有紳士風度地把圍巾讓給我。

哪知道他先用「妳這人莫名其妙」的目光瞟我一下，以聽不出抑揚頓挫的音調說：「這本來就是我先拿到的。」

他的話語沒有溫度，卻有著好聽的聲音。

不過我沒空欣賞，我傻掉了，身旁的小芸左右為難地看看我，又看看他，想把我拉走，一面耳語著：「我們去問店員還有沒有貨好了。」

「我才不要跟他買一樣的。」

我故意回答得很大聲，而且雙眼直盯住那男生的臉。他停一下腳步，微微回頭看我，我想我有瞪他那麼一眼，不記得了，反正後來我氣呼呼地跟小芸走開，還講了他不少壞話，例如那個人那麼冷，根本就不適合戴暖色系的圍巾，他眼光一定有問題。

如果高至平是夏天，那麼林以翰便是冬天了，我不能拿他們做比較，我用季節來區分他們，他們唯一的共同點，大概就是剛開始都會和我鬥得凶，後來就……

爲什麼一開始我老與重要的人不合？

這個問題還來不及得到解答，我已經先接到來自高至平的電話。

那是一串陌生的電話號碼。

和小芸在星巴克喝咖啡的時候，我的手機發出一陣悅耳的卡農曲，引起其他客人側目，一邊讀著號碼，一邊迅速猜過幾個可能會撥我手機的人物，高至平並不是其中之一。

「喂？」我不確定地出聲。

「……珮珮。」對方停了一兩秒鐘才接話，一開口便十分肯定他找對人。

我的心臟在聽見那個聲音的剎那重重往下沉，忘了再恢復呼吸。因爲太害怕希望落空，所以掙扎半天才小心翼翼叫出他名字：「……高至平？」

「是我啊！唔……妳那邊好吵喔！」

我抬頭晃一下四周，剛好一輛機車以蛇行的方式飆過機車道，還無意撞上小芸狐疑的目光，她已經沒在喝拿鐵，只是重覆著攪拌的動作。

我匆匆收回慌亂的視線，「我在外……在外面哪！你……你呢？」

夠了！我幹嘛結巴呀？

「我到台北了，現在用宿舍的公共電話打給妳，妳要不要抄一下我這邊的電話？」

「喔！好，等一下喔！」

笨手笨腳地從背包找出紙和筆，還一度把它們摔在地上，完了，我已經緊張得亂七八糟。

高至平唸了一串數字和分機，接著問我要不要他的地址，於是我從沒像現在這麼認真作筆記地把他的資料通通寫下來。

「我們學校大後天就開學了，那……」他停頓一下，丟來一個令我霧煞煞的問題：「妳都幾點睡覺？」

「咦？不一定耶！大概……十一點吧！你問這個幹嘛？」

「我想知道我什麼時候打電話去才不會吵到妳。沒事了，拜拜。」

「……」我的嘴還張得大大的，來不及吐出下一個字，電話那端已經傳來「喀鏘」一聲。他掛我電話？他掛我電話？那傢伙到底打來幹什麼的啊？

「怎麼了？」小芸忍不住，探身問我。

「沒有啦……」

說我這邊很吵，要我抄下他的電話和地址，然後問我幾點睡覺。

其實，問問我好不好也可以呀……

「騷擾電話喔？」

「不是，是個朋友。」

我大嘆一口氣，把手機收進背包，終於確定自己沒有認定他是我男朋友的勇氣。

和小芸又坐了一會兒才離開星巴克，路經一間大書店的時候，她聊起最近剛看完的一本網路小說，多特別、多受歡迎的故事和它的作者。我沒怎麼專心聆聽，只是隨意踱步，輕輕在心裡回想剛剛電話中簡單又乏味的談話內容。

高至平怎麼說來著？嗯……他想知道我什麼時候打電話才不會吵到我。

意思是，起碼他會再打電話來了。

「恩珮？」小芸歇了口，很有興味地瞅著我笑，「什麼事那麼高興啊？」

「咦？」我趕緊回神，正好照見自己在書店玻璃櫥窗的倒影，啊！嘴角還笑笑的！

「我知道了！電話是那個叫高至平的人打來的，對不對？」

小芸頑皮地擠到我身上，我再把她撞開，卻止不住微笑的漣漪持續擴大，幸好，他那些木頭到不行的對話裡還有那一句約定，嘿嘿！

晚上，我躺在床上哼歌，把玩著接通高至平的手機，日光燈下，慢慢描繪出一個在我腦中千迴百轉的男孩子，並且胡猜起他下一通電話的時間，我在緊抱的被窩中高興得尖叫。

怎麼辦？我似乎很喜歡、很喜歡他。

晚些，小芸拿著一本書到我房間來，她說那是她今天提到的網路小說。

「妳一定要看！這本書眞的寫得很棒，那個作者雖然是新人，可是他就是可以寫到讀者心裡，哎呀！反正妳一定要看。」

小芸極力鼓吹，她知道我平常不碰網路小說，我盛情難卻地收下那本書，翻了幾頁，果然寫得很好，文字的使用十分成熟、洗練，內容不知爲什麼透著吸引人的淡淡悲傷，看起來不像出自學生之手。我靠著牆，曲著腿，窩在床上一口氣把書看完，那時已經凌晨兩點了。

那本書的名字叫《如果沒有太早遇見》，內容描述的是一對從小就相識的青梅竹馬，彼此都有好感，長大後他們失去聯絡，後來再重逢時，女主角已經是一個孩子的媽了，偏偏在最後一頁的最後一段，她在睹物思人時透露出原來始終牽掛著男主角的心情。

因爲最後一頁的最後一段，那是個悲劇，而我向來不看悲劇，尤其是跟青梅竹馬有關的悲劇，稍早明明我心情還挺不錯的。

情緒的大起大落變得無法管控，在愛情面前，我是瘋瘋的吧？

開學後，我和高至平講過三四通電話，可惜聊的大部分都是學校的話題，我不禁有些著急，當然不是希望我們可以談談有意義的內容（政治和人生的課題還不適合我們），而是希望……希望能讓我發掘到多一些他也喜歡我的證據，就算只有蛛絲馬跡也好。

高至平依然一本他木頭的作風，重點講到了，就可以掛電話了，因此，和他聊天，我既高興，又感到無力。對著被摘下一片片花瓣的小雛菊，我跟著垂頭喪氣，不敢再把「喜歡、不喜歡」的占卜唸下去。

很想很想他，並不打緊，我覺得最可悲的是他不曉得我那麼拚命地在思念他。

大一新生的活動多，我們沒機會見面，不過，我知道他一直沒交女朋友，他也知道我一直沒交男朋友，我們卻沒有在一起。

我潛在的憂鬱就在星期三那天被打亂，像是有一道北風撲捲而來，吹散了深秋落葉的飄零秩序，我開始在意高至平以外的男生。

那天有堂通識課是國文，我帶著《如果沒有太早遇見》的網路小說，準備還給小芸，她今天要再把書推薦給另一個同學，我們下堂課就會見面。

上課前一分鐘，我挑個位置坐下，沒多久老師也來了，他約莫快六十歲，長得很老學究，點完名後便用他平板的音調唸起課文。過了二十分鐘時間，教室後門走進一位男學生，他不是偷偷摸摸地溜進來，而是大搖大擺走到我前面的座位，瞥了桌椅一眼，才把書本擺在桌上，順勢坐下。當時我很想打瞌睡，沒留意到他戴了一頂好看的帽子。

「怎麼這麼晚才進來？」老師中斷課程，質問他的來歷：「你叫什麼名字？」

「林以翰。」他很快就回答。

他的聲音眞好聽，而且「林以翰」這名字我已經耳熟能詳了，開學已經快三個禮拜，每次點名都點不到這個人。我眨眨眼，想看看這位同學，他戴著黑藍色類似棒球帽的帽子坐在我前面，帽簷拉到左邊，幾乎擋住我大半視線，而黑板上的筆記卻是我考試拿分的救星。

「嘿！」我用筆輕戳他的背。

他回頭，我登時嚇一大跳，林以翰也愣住，我們同時認出對方了！他就是在百貨公司跟我搶同一條圍巾的傢伙！

我們認出彼此之後，氣氛一度凍結，他頓頓，又轉過頭去。

於是我再次用筆戳他，這回戳得有點用力，他側個頭，不太耐煩的樣子。

「你是不是把帽子脫掉比較好？」

「……我覺得沒必要。」他不屑一顧地回答，二度把臉轉回去。

這個人的個性怎麼那麼差呀？新仇加舊恨，我咬牙切齒地怒瞪他自在的背影。你害我看不到黑板，我也不會讓你好過！

許恩珮，正值十八歲花樣年華，決定放棄當淑女的權利。我翹起二郎腿，開始擺動腳尖，我的鞋子便會以固定的節奏踢到他的椅子。一會兒，他自動回身面向我，我正交叉雙臂，銳利地回瞪他。

他低下眼瞧瞧椅子，然後抬起頭，「妳能不能別踢了？」

「我覺得辦不到。」

林以翰明白我在挑釁，不再多說地坐好，那一瞬間我以為我贏了，哪知他的背突然使勁朝我桌緣靠過來，我的桌子被他撞得高仰了一下又落地，發出可怕的撞擊聲。

國文老師推推老花眼鏡，很不高興地往我們這個方向看，我則眼睜睜望著留在桌面上的最後一枝筆也掉下去。

高至平常說我凶，這次我總算有自知之明。顧不得那散了一地的筆，我揚起腳，用力朝他椅子狠狠踢過去，附近同學開始對我們投以異樣的眼光。

我跟林以翰都是拗脾氣的人，對自己的原則有所堅持，所以一旦槓上便沒空再管現在是上課中或幼稚不幼稚的問題，我猛踹他椅子，他直撞我的桌子，就這麼來來往往之中，始終沉默是金的老師終於把我們兩個叫起來，他的聲音聽起來依舊像在唸一首哀淒的絕句。

「你們，出去罰站。下課鐘一敲，我要看到你們都還乖乖站在外面，不然期中考沒分數。」

就這樣，我和林以翰成了走廊上最受矚目的焦點，雖是上課時間，可在教室外遊蕩的學生也不少，路過總免不了要一番指點。我懊惱地注視天花板，不敢相信老師竟然會把這種過時的處罰方式用在我們身上，我不是第一次被罰站，但上一次是在小學二年級，還不太懂得丟臉的定義。

我紅著臉暗暗生氣，不去看隔壁的林以翰，他在離我三公尺以外的地方安靜站著，手插褲袋，壓低的帽簷斜斜遮住他無動於衷的臉，一副天塌下來也無所謂的模樣更叫我不甘心。

下課鐘一響，等老師確認過我們真的老老實實站在外面後，我和林以翰雙雙走進教室收拾東西，才發現原來不只桌上的東西都掉在地上，我原本擱在椅背的包包也躺在椅腳旁邊。

撿到那本網路小說的時候，頭頂驀地傳來林以翰的聲音：「妳看過那本書？」

我暫時打住，充滿敵意和不解地盯住他，他已經收拾好了，正要離開的樣子。

「妳喜歡那本書嗎？」他又輕輕問。

顯然他沒有任何要較勁的意思，而且還和我談起書，坦白說，我的好奇心大於防禦。

「還滿喜歡的。」我站起來，那本書正在我的手中。「你也看過啊？」

他兀自牽動一縷憤世嫉俗的苦笑，「這畢竟只是小說，如果是真人真事，是不是就不會輕易地說喜歡這悲劇故事了？」

說完，他把背包負在身後逕自離開了。等林以翰一踏出教室門口，我不以爲然地努努嘴，將那本書放進包包。怪人，聽不懂他在講什麼。

把《如果沒有太早遇見》還給小芸之前，我特地把封面看清楚，作者的筆名就是他在網路上使用的ID，「alone」。

我自言自語地把那個單字唸一遍，舌尖沒來由化開一絲孤單的滋味，校園中學生們三五成群從我身邊經過，我也感染不到他們說說笑笑的活潑氣力，大概是因爲……

是因爲和我鬥嘴的人不是高至平吧！回頭望望系館後方晴朗的藍天，說我們正生活在同一個天空底下，也安慰不了兩顆貼不近的心。

當我剛剛萌生一丁點放棄的念頭，那個日子毫無預警地來臨了。

十月一日，天氣晴，我把它稱作「一〇一平珮建交」。

我和小芸是共用一支室內電話的，九月的最後一天晚上，小芸拿著無線電話到房間要給我。

「恩珮，電話喔！」

最近有個學伴老要約我出去，站在女孩子的立場，我不喜歡那種屢敗屢戰的作法，所以用唇語反問小芸那是誰。

小芸神祕兮兮地扯了嘴角，「妳接就知道。」

我只好硬著頭皮把電話接過來。「喂？」

「喂，是我，妳的手機沒開對不對？」

是高至平！我的精神爲之一振，趕緊摸出不爭氣的手機，原來沒電了。

小芸見到我又驚又喜的模樣，笑嘻嘻朝我揮揮手，離開的時候順手幫我把門帶上。

高至平說他推掉一堆活動，還把路線研究清楚，他問我明天能不能去陽明山。

掛了電話之後，我興奮地在床上跳兩下，跳得好高好高，幾乎能碰到天花板。然後開始取消明天的所有計畫，包括和小芸去喝下午茶。

「去去去，翅膀長硬了嘛！」小芸擺出母親大人的架勢朝我擺擺手。

我靠近她，撒嬌起來，「我還是很愛妳的啦！下次我請客。」

「不用啦！」她笑著推開我，「妳要加油，快點讓他向妳告白，我都快替妳急死了。」

「妳考倒我了，這種事我不知道該怎麼加油……」

「嗯……」小芸偏頭想了想，頗有同感，「說的也是，要讓自己跟異性的關係變得更好，好像眞的很難耶！」

因爲小芸看起來眞的挺煩惱的，我不由得認眞觀察她如癡如醉的神情。

「小芸，妳有喜歡的人了？對吧？」

她吃一驚，小芸藏不住祕密的，我尖叫著抱住她，爲她感到快樂。

「太好了！有人陪我了！對方是誰？我認識嗎？上次說要送妳去車站的那個？」

「不是啦！那個人妳不認識，沒有那麼嚴重，我只是對他感覺還不錯，更何況，我連他名字、是哪個學校的都不知道。」

「咦？你們該不會是萍水相逢的那種吧！」

小芸說，這一切要從她的機車沒油說起。粗心的她在到超市途中把車子騎到沒油了，她一個人可憐兮兮地牽著摩托車找加油站，好不容易看到一家，那裡的工讀生發現她的窘境，就跑過來幫她牽車子。

「他的眼睛好利，我還在很遠的地方他就看見我了，幫我牽了好長一段路，我覺得他長得挺帥的，不過那不是重點，重點是他很好心。」

有關那個男生的話匣子一開，小芸就停不了，我聽著她不斷重覆他們相遇的經過以及她對那男生的印象，她說以後沒事也要把機車騎到沒油，然後再去光顧那家加油站。

我偎靠躺椅，從熱烈討論到靜靜聆聽，深深覺得戀愛可以和傻氣畫上等號，而且傻氣有理！傻氣無罪！

我已經有所覺悟，自己註定是要陷入這種傻里傻氣的戀愛法則裡，不過，高至平呢？他會不會？如果他肯爲我做一兩件傻事，我一定很開心，而且絕對不會笑他。

十月一日，天知道早上九點鐘以前我花了多少心思在裝扮上。

我上了淡妝，後來把口紅顏色換成比較淺的粉紅，因爲怕被他笑是大花臉；我還從一床上的衣服挑出一件穿起來身材比例最好的長裙，不過最後裙子也被我換掉了，因爲想起他說要騎機車載我，等等，他哪來的機車呀？

站在政大校門口等候，我的心情是非常緊張、害怕的，患了儀態恐懼症般，不停撫順我的頭髮和上衣。見到他的時候該說什麼呢？對於今天的陽明山之行我該表現得高興萬分還是平常心以待才好？他今天只是單純邀我郊遊踏青嗎？要是他沒有我想像中地喜歡我，我會不會當場哭出來啊？唉！如果高至平是來找我吵架的，或許我會好過一點。

就在我準備做個深呼吸時，我看見高至平！他騎著一輛黑亮的摩托車過來，在我白花花的視野中，其他人都變成路邊石頭，只有那個身影牽動著我加快的心跳。車子輕輕在我面前停下，當他摘下安全帽，我對那張睽違兩個月的臉感到既陌生又眷戀，緊悶的悸動，撲通、撲通的。

「妳等很久了？」他問。

「沒有。新車耶！你買的？」我問得很輕鬆，背在身後的手卻似乎在發抖。

「嗯！還在分期付款，有車比較方便。」他遞了頂安全帽給我，「上來吧！」

我跨上機車，雙手抓住後座支架，他平穩地騎駛，這一路上沒有跟我說話，我也沒跟他說話，流竄在我們周圍的暖風滿滿、滿滿承載著我的思念，可惜他聽不懂風的語言。

他剛說有車比較方便，到底是什麼事會比較方便？來找我嗎？真討厭，他應該多說一點的。

高至平的機車一路往山上衝，山哪、樹呀、花啊，愈來愈多，我見到不少上了年紀的人徒步爬山，最後他在停車場停車，告訴我從這裡開始走。

我早就認出這裡是往擎天崗的環形步道，其實要去哪裡無所謂，重要的是我現在終於和他見面了，竟然有一種……一種欣慰而踏實的感覺。

「我第一次來陽明山呢！」他回頭瞟我一下，「妳一定來過好多次吧？」

「我好久沒來了。」我飛快作答，不叫他有任何失策的後悔。

「妳參加社團沒有？我記得妳說過想加入新聞社。」

「還沒。」

「爲什麼？」

這一次我支吾說不出口，我怎能說是爲了不讓社團佔去太多時間，好在他開口約我的時候都能毫無顧慮地答應。

「你呢？你有加入社團嗎？」我把問題丟回去給他。

「沒有，我忙著付清那輛機車的帳，等還完債再說吧！」

我還是提不起勇氣問他到底爲什麼買車。

我一直把視線放在他修長的腿和穿著灰色球鞋的腳，他穿鞋了，不得不如此啊！在台北如果你還赤著腳到處跑，搞不好會被抓去收容所那一類的地方。來到台北，高至平失去一項自由，我替他感到遺憾。

「你都幾點睡？」我問了一個青黃不接的問題。

他稍稍彎下身子，有些會意不過，「妳剛說什麼？」

「你知道我幾點睡，我還不知道你幾點睡呢！」

「比妳晚。」說完，高至平望向斜坡上的天空，沒有雲的天空藍色總是特別地深。「奇怪，星星好像不會出現在台北一樣，不管我撐得多晚，還是找不了多少星星。」

他說，台北人好多，房子好多，車也好多，星星卻是稀少的。

我曾在電話裡向他誇讚台北都會的光環，不過，太耀眼的城市並不適合看星星，於是，我發現高至平失去的另一樣東西。台北彷彿奪走他不少寶物，大概因爲如此，看著他的背影，我覺得在這個城市的高至平好孤獨喔……

我賣力加快腳步，試圖跟上他，眞的不知道該聊些什麼，我相信他也一樣。可是，可是我會在你身邊呀！我也願意陪你一起找星星，比起星星，難道你不更在乎在這個城市的許恩珮嗎？我咬咬唇，仰頭呼吸新鮮空氣，很多話我只放在心裡。

我們走了將近半小時的路，就在涓絲瀑布那裡休息，瀑布細柔飄逸如涓絲，下方的岩石呈紅褐色，和水花形成強烈的視覺對比，可惜我只瞥了一眼就沒興致欣賞了，這一路我又喘又累，只得找塊岸邊的大岩石坐下，幸虧附近的林木茂密，終年陰濕，我覺得很涼快，尤其林木間散發著大量芬多精，幾分鐘後便舒服多了。

「還會很難過嗎？」

我搖搖頭，把喝掉一半的礦泉水還給高至平，他在我身旁坐下，說他忘記我有氣喘病，不然就不會找我來這裡，他說得很內疚。

「不是氣喘的關係，是我太久沒運動了。」

「那我們坐久一點再走吧！」

穿過掩映的竹林，帶著水氣的風沁到肌膚裡，我不禁動手撩撩頸子後的頭髮透氣，無意間，捕捉到高至平正在看我，他靜默不言的眼神似乎很易懂，又似乎深奧難測，我提心吊膽地把手放下，擱在粗涼的岩石上。一定是我的頭髮！去年說它是西瓜皮頭，今年說它是拖把，現在不知道又要給它什麼難聽的形容詞。

沒想到高至平一下子把頭低下去，腳下的潺潺流水取代了我的地位，他拾起一片蕨類的小葉子，揉成一團，用力朝水面丟。每當他懊惱的時候就喜歡扔東西到水裡去。

他沒有針對剛才的注視做出解釋，我變得坐立難安，只好面向另一邊打蚊子，我還是比較習慣我們吵吵鬧鬧地鬥嘴。

十分鐘後，我們再次啓程，目標是擎天崗上那片大草原，我十分用心地走路，這段路程中曾經想起奶奶，自從她過世後我好一陣子沒想到她了，此刻，我在漫長而舉步維艱的古道上懷念著奶奶，或許是和高至平見面的緣故吧！高至平聯繫著我對奶奶的記憶，以及那片土地的夏天。

奶奶向我提到寫下那封信的人，這麼形容過他，「他對我意義不僅只於喜歡」，我想，對我而言，高至平也是如此。

就在離大草原剩下數十公尺的距離，我終於受不了地咳起來，這一次肯定是跟氣喘病有關。高至平幫忙拍撫我的背，等我情況穩定，他朝我躊躇地伸出手，「我牽著妳走。」

我沒辦法逞強，也沒辦法抗拒，他將我的手握在他暖和的掌心，我感動得有點想反拉住他大了我許多的手指，就在那個時候，一直走在前面的高至平叫出我的名字。

「珮珮。」

他沒有回頭，我也沒有答腔，因爲眞的喘得說不出話來。

「珮珮，做我的女朋友，好不好？」

他還是沒有停住的打算，我卻錯愕地亂了步伐，任憑他拖著走，剎那間，高至平的手、高至平的話令我的心跳亂到數不出拍子，我的聽覺只剩下腦海和耳腔劇烈的喘息。

又走一小段路，我們已經踏上大草原了，高至平終於在一塊雜草稀疏的空地佇立，回身望我，帶著靦腆的可愛神情。

「妳沒聽到？」

當下我有點氣他，故意搖搖頭，他難道不曉得我已經喘得快暈過去了？

高至平嘆口氣，走到我正前方，我們今天第一次四目相交，他有一雙美麗的眼神，我的手還在他那裡，卻不想抽回來。

高至平又柔又澀的聲音在偌大的原野上異常清晰，他平靜問著：「妳知不知道……我一直很喜歡妳？」

我猶豫一下，很不好意思地點點頭。

「可是我……不太確定妳的想法，妳說過不討厭我，那就是喜歡囉？」

他好賊喔！趁我沒辦法講話的時候這樣問！可是，可是……我又點了一下頭。

我感到他把我的手握得更緊一些、更疼惜一點。

「那，從今天起，我們在一起，好嗎？」

從今天起，這句話有著宣示的意味。

高至平接二連三的問題已經害得我又慌又亂，這完全不是我演練幾百遍的告白場景，我應該要表現得從容感性，然後背景有櫻花在飄，很唯美的啊！

現在沒櫻花也就算了，我的臉頰紅得跟猴子屁股一樣，它的溫度一直在飆高，我只好緊緊閉上眼一口氣答應他：「好啦！好啦！我拜託你不要再問下去了！」

十月一日，是我們約定要在一起的日子，史稱「一〇一平珮建交」。

高至平見他不費吹灰之力就把我弄得這麼狼狽，得意洋洋地笑了起來，他開朗的笑聲有一大半應該是來自我的回答。

「我跟你說，」我調勻了呼吸，在他面前掄起拳頭，「今天我們的話你要是敢告訴別人，我一定打扁你！」

他頓時止住笑聲，訝異地看我，我是認真的！開玩笑，如果讓方才的對話千古流傳，我寧可現在直接拿著「我喜歡高至平」的牌子遊街示眾。

「我知道了，不說就不說，反正我有聽到就好。」

他笑笑，啓步繼續向前走，我的臉更燙了，但是心情好舒服，而且他的笑臉眞好看。腳下竄出的草香圍繞著我們，我們牽著手的影子留在翠綠的路面，斜斜的成雙，斜斜的，我曾數度回頭觀凝那一對剪影，悄悄微笑。從今天起，我們相約要在一起；從今天起，我們在一起了耶……

後來，高至平突然想起似的，走到一半又納悶地問我：「話說回來，妳到底是什麼時候知道我喜歡妳的啊？」

我怨懟地瞪著他，可好了，那一陣高溫還沒完全散去，我的臉一下子又「噗」地漲紅。

「就……你第二次罵我笨的時候。」

說我們正生活在同一個天空底下，也安慰不了兩顆貼不近的心。

第九章

那是一種難以言喻的感覺。就在我擁有愛情的同時，隱約感到某種純眞的流逝。

十月一日，是我們在一起的日子，高至平成爲我生平第一任的男朋友。

以前認爲男生愛女生是件無聊的事，國中和高中時代念書都來不及了，哪有空去談戀愛，不過，事到臨頭，才曉得自己終究也會踏上這座橋，朦朧之交，橋的那一端似乎早已經有人在等著我了。

小芸的戀情也有進展，她拚命把機車借給同學騎到沒油，再假公濟私地去會見那個男生，我想小芸已經成爲那家加油站的榮譽顧客。

有一個沒課的下午，我待在住處上網，心血來潮，特地去 BBS 站搜尋「alone」的文章。他的文章被收錄的不多，不過他的文筆眞好，我還發現他一項特點，alone 的筆觸牽動著人性悲觀的黑暗面，我想他一定是個憂鬱的人，而憂鬱通常擁有吸引人的特質。

文章看到一半，小芸回來了，她的樣子怪怪的，丟下背包，蹲在客廳，把臉埋進膝蓋之間，沒臉見人似的。

「小芸，妳幹嘛？」

「恩珮，我好糗喔……」

她冒出的聲音聽起來快哭了，我也在她面前學著蹲下。

「妳糗什麼？」

「……我今天又去加油……」

又去？她大前天才剛去過的耶！這小妮子當加油站是她家開的呀？

「然後呢？」

「然後，那個男生一看到我就說，『妳又來啦？怎麼妳的機車這麼容易耗油』……他都能認出我了，我是不是做得太超過啦？」

呃……當暗戀的男生記得妳，應該是一件好事啊！

「就這樣？」

「嗯！我當然不知道該說什麼，恩珮，我覺得以後不能再去那裡了。」

「為什麼不去？去，他認得妳最好，妳以後就可以光明正大跟他聊天啦！」

小芸終於肯抬頭，露出她羞儒的水汪汪雙眼，「眞的？我不想讓他認為我是那種死纏爛打的三八女生……」

「做得漂亮一點就好了。」我自己其實也是個菜鳥，沒資格說教，但我太想鼓勵小芸了。

「聊些最平常的事情啊！我覺得第一步先成為朋友很重要喔！」

「嗯……」她抿抿唇，我見到一點點可愛的小梨渦，「差點忘了妳是前輩。」

「什麼前輩？」我摟住她頸子，我的額頭輕靠她的額頭，「我幫妳加油，好讓妳快點加入死會行列。」

「呵呵！死會，聽起來有點可怕耶！」

我和小芸就坐在客廳地板，地板已經快一個禮拜沒拖了，不過我們不在乎，她枕著我右邊的肩膀和手臂，喃喃訴說單戀的甜蜜與苦澀，我則輕輕回憶我和高至平從前的甜蜜與苦澀，電腦持續播放著療傷系的流行歌曲，堅強的歌詞中流動感傷旋律。

我和小芸認識將滿兩個月，那是我們感情最好的時候。

期中考快到了，我各科的出席率幾乎達到百分百，通常老師會在這個非常時期體貼地幫學生畫重點，但那個國文老師卻不會，要學生靠自己。不得已，我每堂課都準時報到，至於那個林以翰自從和我大戰之後，也沒蹺過一堂課，他總是坐在我前面的位子，我曾經懷疑他是要藉機報復，可是到目前爲止世界還是和平的，我不想再被趕出去罰站，他大概也是。

同學們都說林以翰是個神祕的學生，他不跟人來往，只知道他一個人住在外面的公寓，我想也是，那麼冷的人能有多少朋友。

然而，有天中午到學生餐廳吃飯，卻讓我目睹到他神祕面紗的另一邊光景。

我點了餐，坐在靠窗位置細嚼慢嚥，快要吃完的時候，見到林以翰端著餐盤在我前三排的桌前坐下，他好像沒發現我，而且他當然是一個人。沒多久，一位穿著雍容華貴的婦人從我身邊經過，她的高跟鞋在佈滿油煙的地板敲出響亮的節奏，身上散發一股好聞的香奈兒香水味，可惜戴著一副雅緻墨鏡，我猜她應該長得不錯。

婦人走到林以翰旁邊，她的手一放在他肩膀並開口說話，林以翰立即停下用餐動作，他並沒有看那位婦人，由著她自己唱獨角戲，彷彿他們早已認識。

我仔細觀察垂著頭的林以翰，他的臉又沉又嚴肅的，拿筷子的手始終擱在桌緣動也不動，面帶和藹笑容的婦人簡直是在對牛彈琴。

他們交談幾句話（事實上林以翰根本沒吭聲），婦人便從另一道側門離開，林以翰獨自坐了半晌，忽然端著餐盤起身，然後把他才吃了兩口的午餐通通倒進回收筒。

就算林以翰把自己搞得再神祕，我也不會想要知道他的任何一件事，不過今天的情景卻勾起我的好奇心，這人一定不單純，而且，他把午餐倒掉的叛逆動作，不知為什麼，我莫名其妙地萌生同情的情緒。

下午，我去新聞社社辦遞申請書，我決定參加社團了。

離開社辦後，幫小芸買了一些麵包，又遇見林以翰。他獨自坐在長方形的露天亭子下，亭子上鋪滿九重葛，叢叢簇簇的桃紅花朵懸綴，宛若鮮豔的屋簷，林以翰孑然的身影幾乎就要被盛開的花海淹沒，怎麼說呢？他實在太孤僻、太淡泊、太……太寂寞了。

遠遠望著他一會兒，低頭瞧瞧捧在手上的麵包，我直覺他在浪費一頓午餐之後一定沒吃東西，現在的林以翰在我眼底就像一隻沒人要的小狗，而且是不會向我搖尾巴的小狗。

「哪！」在石椅的另一端坐下，我向他遞出一個麵包。

他先半驚半疑地看我，再看麵包，然後用不冷不熱的語氣問：「給我這個幹嘛？」

「你不是沒吃午餐嗎？」

話一出口，我馬上做出「後悔莫及」的表情，該死！許恩珮，怎麼那麼心直口快啊？

果然，他聰明地警戒起來了，「妳爲什麼會知道？」

「……我在學生餐廳看到你。」

「喔……」他苦澀地笑一下，「所以妳也看到我媽了。」

哇！那個貴婦是他媽媽呀！怎麼母子感情不是很好的樣子……

不太愉快的家務事，我不便再追問下去，逕自把紙袋中另一個紅豆麵包拿出來，撥下薄薄的塑膠袋，咬了一大口。

林以翰很沒禮貌地看著我吞下去，才吐我槽：「妳沒在麵包裡下毒吧？」

「我這不是在試毒給你看了？」

他又笑一笑，不過這一次氣氛不是那樣陰陽怪氣了，他的笑容滿清爽的。

麵包裡的紅豆餡發出甜甜香氣，感覺特別好吃。

奶奶，我正照妳的話努力地做，不去在乎不好的事，我做得還不賴吧？

我和林以翰一起坐在亭子下啃麵包，他給我的印象漸漸不是那麼壞，雖然我還是有點介意那條駝色圍巾和教室外的罰站。

「妳要回家了嗎？」他主動關心我的去向，好像我們不再有深仇大恨了。

「可能先去晃晃書店吧！我想買本書。」

「什麼書？」

「你也看過的啊！就是我上次拿的那本《如果沒有太早遇見》。」

他吃掉最後一口麵包，把裝著麵包屑的塑膠袋揉一揉，握在手掌中，靜靜凝望冷清校園。林以翰有一綹劉海特別長，總會頹廢地蓋在他讀不出思緒的眼前。

「我有一堆，送妳吧！」

「什麼啊？」

「書。」他站起來，有些大男人主義地邀請我：「不介意去我住的地方拿吧！」

這人眞的好可疑，要送我書也就罷了，幹嘛還說他有一堆？

我滿腹懷疑地打量他漫不經心踱開的背影，還是啓步跟過去。眞的不是那麼想要書，我其實是想看看他到底能搞什麼鬼，難怪奶奶說我的個性應該適合當名記者。

林以翰住的公寓就在學校附近，步行五分鐘就到了。他在一幢大廈前停住，可有可無地問：「要上來嗎？」

我反瞟他一眼，搖頭，「我在這裡等你。」

他一聽，把我從頭看到腳，微彎的唇線透露出他猜到某些端倪。我很不喜歡那種賣弄聰明的小動作，於是霸氣地扠起腰，表示我開始等得不耐煩了。

後來林以翰自己走進大門內，我無聊地在路邊等，偶爾估量他住的地方，這大廈雖然有點舊，不過有管理員和警衛，房租應該不便宜吧！他也許是位富家子弟。

不跟他上樓，是因爲想到了高至平，我兀自了不起地笑笑，拍拍自己頭頂，「好乖。」

這時，身後傳來林以翰的聲音：「妳有毛病啊？」

我迅速回頭，面前霍然出現一本《如果沒有太早遇見》，他眞的有！

收下書，書皮的觸感還很完新，不過之前曾被重物壓過的樣子，扁扁的。

「那沒辦法，」他解開我的疑惑，「二十本書疊在一起，自然就變成這樣。」

「二十本？你說你有一堆，是指有二十本這本書嗎？」

「是啊！」

「可是爲什麼……」我倏地住口，爲什麼你要買下二十本？不對，不該這麼問，應該是……

「幫我簽個名吧！」我又要把書還給他。

「爲什麼？」

「你就是作者吧！那二十本書是出版社送的？」

然後，這次林以翰的笑容不僅清爽，還十分柔和。「妳好聰明。」

他嘉許我聰明，但我在他深邃的眼眸捕捉到才華的光芒，無法遮掩。

說老實話，我從沒想過他會是寫下那本書的人，或者說，根本不會去假設作者就在我身邊，可是，在他面前我不想表現得太吃驚，那顯得我很蠢。

「你爲什麼不告訴我？」

「如果妳早知道，是不是就會對我另眼相看？」他興味地反問我。

我現在不想跟他較量嘴上功夫，便把書遞得過去一點，「快簽啦！作者在送出去的書上簽名是一種禮貌吧！」

林以翰把書拿走，眞的找出一枝筆，邊寫邊說：「我不曉得，這是我第一本送出去的書。」

我原本還在留意他獨特的簽法，他這一說，害我敏感地抬起頭，換句話說，我是第一個拿到他的書和簽名的人了？

「好了。」

他把書交給我的時候，自然而然對上我失措的視線，我很快把書抽走，迴避開來。

「謝啦！」

連再見都沒說，我匆匆跑走，此刻的心情難以形容，成爲別人生命中的第一個，不論是什麼事，我總認爲那「第一」的意義非凡，不能輕易就擁有。林以翰眞倒楣，不小心就把他的第一次給了我這個死對頭。

我跑了一段路才不再跑了，轉過兩三個街角，他不可能再看得見我。我打開封面，林以翰在第一頁的空白處簽下他的筆名，alone。

他寫的英文字比我的還漂亮，alone 書寫得很有藝術感。我靠在某戶人家的方形磚柱順做休息，秋陽很高，風很輕，路上人潮和車流熙熙攘攘，我在喧鬧城市的一角端詳起那墨黑的筆跡流利地在蒼白紙面滑出一道鮮明的孤寂。

我和高至平的交往歷程走得不快不慢。

不慢，是因爲在我答應之前我們已經牽過手了；不快，則是至今他還不讓我看他打工的地方。他說最近打工的時間排到晚上，女孩子走夜路太危險，爲了預防我偷偷溜去，他連他的工作都不告訴我。

「如果妳來看我工作，我什麼都會做不好。」高至平說得很篤定。

「這是爲什麼？我又不會吵你。」

「不是吵不吵的問題，」他加重了力道在我頭上按一按，害我看不見他說話時候的表情。「妳在，我會緊張。」

雖然看不見，但我相信這時候的高至平一定可愛到不行，他是那樣老實。我喜歡這個男生的指數一下子飆高好多，不同於人的壽命、電壓、重量等等，喜歡的指數似乎沒有上限。

不過，爲了補償我，高至平提議星期天到他學校一起念書，我們都快期中考，圖書館是學生的最佳去處。

前一晚，我特地跑到一家有名的烘培坊，搶到所剩無幾的手工餅乾。隔天高至平來載我，我向他亮亮精美透明袋中的戰利品。

「我們念到肚子餓的時候可以吃，這是 All-Pass 餅乾！」我快樂地說。

「圖書館裡面不是不准吃東西？」他納悶得眞掃興。

「笨，一口吃餅乾哪！誰會看見。」

「原來妳也滿皮的嘛！」

他不在乎地笑一下，要我快點上車。沒有得到褒獎，我有點失望，要不要跟他說爲了這餅乾我有多拚命呢？還是不要吧！他八成會反問我幹嘛非要吃那裡的餅乾不可。

高至平帶我進入台大的圖書館，那裡緊張的氛圍瀰漫迫人的壓力，但高至平一派在鄉下那種泰山崩於前而面不改色的精神，問我坐哪個位置比較不會打瞌睡，我捶他一下，才剛選定座位，有三個男生從斜前方的桌子走來，或許是高至平的同學吧！他們一面寒暄，一面往我身上瞄，我再笨也看得出這些人是爲了高至平帶來的女孩子才特意打招呼的。

「啊……她是珮珮。」高至平也留意到同學們不高明的舉動，主動向他們介紹我。

他說「珮珮」，聽起來彷彿他老早就跟他們提過我，我反而感到不好意思，笨拙地向他們點頭致意。

他都怎麼跟朋友說到我？他的朋友曉得高至平的女朋友就是我嗎？他有沒有抱怨過我的壞毛病？他會不會拿我跟其他女孩子比較呢？他……

我的頭頂被敲了一記！我錯愕地看著對面的高至平，他把他厚厚的參考書捲起來，毫不憐香惜玉，給我來個當頭棒喝。

「念、書、啦！」

我白他一眼，撫撫亂掉的髮絲，翻開筆記的第一頁。

高至平專心用功的時候，看起來像資優生，他念的是電子，一堆我完全不懂的名詞和圖表，我敬佩莫名，同時也領悟到，連他拿手的科目都不清楚，我對高至平的瞭解實在太少了。

我們認眞地複習各科，一共吃掉五塊餅乾，後來高至平去洗手間，我瞧瞧指尖殘留的餅屑，決定去洗乾淨。男女生的廁所是相鄰的，才剛轉開水龍頭，就聽見隔壁傳來高至平和他朋友的對話，他們的聲音在安靜的館內一清二楚，我不是故意要偷聽，眞的不是故意的。

「欸！你馬子很正喔！」那是高至平的朋友甲。

馬子？我最討厭男生用這個字眼來稱呼女生，動物的「馬」加上人類的「子」，到底是哪個沒中文底子的人發明的呀？

「是嗎？還好啦！」高至平，這時候謙虛什麼呀？

我照照眼前的鏡子，髮型和服裝都OK，明明就不差啊！

「蹺的咧！她算漂亮的好不好？你也不看看我們班女生。」高至平的朋友乙抗議了。

「她漂不漂亮我不知道，不過她挺凶的。」

什麼？我豎起耳朵，貼近這一牆之隔，高至平肆無忌憚地說下去：「記不記得小學的女班長，通常都很凶對不對？尤其講話又得理不饒人，她就是那樣。」

他這麼一說，周圍的朋友馬上心有戚戚焉地附和起來，愈聊愈起勁。我在另外一邊氣得直跺腳，我哪有凶？小學的時候是當過班長，但我才不是他說的那樣呢！

我把水龍頭轉大，自來水嘩啦嘩啦地噴灑出來，我的雙手和原本雀躍的情緒都在清涼的水花中降溫，而且開始後悔偷聽他們的對話，如果沒聽見，也許我的心情不會變糟。

我很明白自己絕不是十全十美，可我非常在意有一丁點的缺陷從高至平的口中透露出來。

「不過她今天突然變得好可愛喔！」

高至平話鋒又轉了回來，我悶悶抬一下眼，胡猜他接下來要抖出我什麼糗事。

「她今天帶餅乾來……」

「不會吧？她親自烤餅乾給你吃喔？」朋友甲吃驚地插嘴。

「不是啦！她哪那麼賢慧，那是她買的。」

眞抱歉啊！我連餅乾也不會做。

「她特地買來說要一起吃，怕念書念到肚子餓，笑咪咪地把餅乾拿給我的時候，我覺得我們家珮珮眞是可愛到不行。」

那一刻，我睜大眼，怔怔地和鏡中紅了臉的自己相對，水，還是嘩啦啦的。

他說「我們家珮珮」，「我們家珮珮」耶！

「是喔？有那麼誇張嗎？」朋友乙無法理解情人眼裡出西施的邏輯。

「有，雖然上次我跟她告白的時候，她臉紅通通超可愛的，不過這次也很讚。」

我害羞地摀緊嘴，高至平的話語含著得意的笑意直竄耳裡。我的天哪！他爲什麼可以講得這麼不害臊？

雖然現在洗手間沒其他人，我還是很想挖個洞鑽進去，儘管我很高興，高興得要命，不過我想還是難爲情的成分多一點。

就在這個時候，那一頭又傳來高至平的疑惑：「你們有沒有覺得隔壁水龍頭好像忘記關？」

我嚇一跳，關了自來水便奪門而出，搶在高至平他們走出洗手間之前先繞到一排書架後面。

高至平回到座位找不到我，四處張望，我才慢吞吞走過去。

「妳去哪裡了？」

「找書。」我晃一下隨手抽出來的原文書。

「對了，我也得找個資料，聽說不好找呢！」

他起身離座，我鬆口氣，匆匆把濕淋淋的手在背後抹乾。

「我幫你找吧！」

我和他在同一排書架前尋找同一本書，有時我們離得遠遠的，有時我們靠得很近，或遠或近，我的心始終維持暖洋洋的溫度，那是高至平給了幸福的火種。

忽的，隔壁女學生在低聲叫喚一位男同學，因爲她喊著「志朋」，我一時錯認是在叫高至平，從她格外嬌滴的語氣輕易就能辨識出那個志朋是她男朋友。

別的女生都親暱地直喚男朋友的名字，不像我連名帶姓地叫他「高至平」，高至平一直對我存在「凶巴巴」的印象，會不會跟這點有關？那如果我……我……

是我先找到了那本書，將它抽離書架，在灑落的灰塵反覆暗忖著該與不該。微仰著頭的高至平，他半邊側臉被通道上射入的陽光輝映得透明起來，鼻子的弧線安靜閃耀，不能分出鑲嵌在他髮梢上的是光的粒子還是紛飛的浮塵，我不太敢接近，只是在一旁凝望，覺得心口好滿好滿。

「至……至……至平……」我用小貓一般的音量叫他。

「啪」一聲！一本十公分的書就這樣重重摔在地上，嚇壞附近學生。我看看應聲落地的書本，再瞧瞧失手的高至平，他正驚恐地望著我，我想，此時此刻只能用「悔不當初」來形容我的心情。

「妳……妳妳……妳幹嘛那麼噁心啦？」

「你很沒禮貌耶！有這麼噁心嗎？」

我們的音量不知不覺提高，引人側目，高至平趕緊蹲下去，拿起一本書擋住我們的臉，我也跟著做，幸好，這裡的光線並不明亮，他亂了方寸的表情不是太清楚，所以我相信我的窘迫他一定也沒發現。

「妳在鬧我喔？」他不能確定我的失常所為何來。

「誰鬧你？人家很認真耶！」我惱他，也惱自己。

「那……」高至平欲言又止地中斷，抬頭瞥瞥四周，然後認眞地審視我半天，再問：「妳平常不都喊我高至平嗎？」

「我看其他人……都這麼叫她男朋友啊……」我像犯錯的孩子，不敢面對他的目光。

「笨蛋。」「笨蛋」成了他給我的暱稱，用手指不多加一分力道地彈我額頭則是他愛寵的小動作。「妳習慣怎麼叫就怎麼叫，用不著管其他人。」

我按著額頭，無辜地問：「你希望我怎麼叫你？」

他沒輒地緘默一會兒，理直氣壯，「……只要是妳叫的，我都會習慣。」

日後，我一定要他原諒我，原諒我此刻的不解風情，因為我忍不住要……

「眞的？那……平仔？噗！」

「許恩珮！妳完了！」

他伸手攬住我的頸子，我咯咯的笑聲藏在他硬邦邦的胸口上。

親愛的高至平，請你原諒我，要是不岔開剛剛那樣美好的氛圍，我一定忍不住要撲上去，緊緊抱住你，抱著你，接觸你的體溫，就像撲火的蛾，我大概就不會想再放開了。

期中考的結果，高至平考得不錯，我則有兩科不太理想，看來和他一起上圖書館並不是個好點子。小芸的成績更糟，英文不及格，起初她一度想去求老師放條生路，不過又樂觀地想，要是眞的淪落到暑修命運，或許她和那個加油站的工讀生還能有繼續見面的機會。我覺得她這念頭有點走火入魔了。林以翰也考不好，奇怪，我總認爲像他這樣的人應該會是前幾名的佼佼者。

大考過後，我接下新聞社第一個任務，有個專欄要我負責，我得去採訪一個特別的人或是一件新奇的事物。

有天，林以翰在電腦中心開啓他尙未發表的作品給我看，我看著看著，沒來由地想知道：

「你寫的都是眞實故事嗎？」

他瞄我一眼，當我問了一個白癡問題。「我想寫眞實故事就照寫，不想寫就隨便我唬爛。」

「這話如果被你的讀者聽到，一定鄙棄你。」

「妳不是嗎？」他的眼神像會變色的鏡片，偶爾會變得深不可測。

「我是你的顧問。」

自從知道林以翰是網路作家，他開始有了要我幫忙評論的習慣，他說我這個女生不懂客氣，大可直截了當地告訴他意見，我也從沒讓他失望。

「你那本書裡的故事也是眞的？」

「眞的啊！」他不假思索：「只有最後的結局是杜撰的，因爲連我自己也不知道那個女主角的想法。」

難道，他眞的和青梅竹馬有過一段情，而現在對方已經嫁作人婦了？林以翰這個人比我想像中還要早熟許多，他也曾經因爲車禍而休學一年，所以年紀上是比同屆的都大一歲，我質疑過他為什麼要在第一堂課那麼孩子氣地跟我槓上。

「我知道那麼做會讓妳更生氣。」他狡猾地咧開嘴。

而他文章真的寫得很好，我常驚豔於他對文字的神奇組合。三不五時去逛書店，他的《如果沒有太早遇見》總是在暢銷排行榜的架上，網路上也不乏網友對這位作者的討論，我想林以翰已經擁有一定的知名度了。

「欸！你要不要讓我採訪？」

我單刀直入地要求，把他弄愣了三秒鐘。

「……好吧！」

沒想到他意外乾脆，我反而招架不及。

「呃……你怎麼那麼好講話？」

他笑一笑，彎身去綁鬆脫的鞋帶。「妳是我第一個朋友，說什麼都得給面子。」

我的心揪了一下，就在他將潔白鞋帶繫成活結的瞬間。

他抬起身，我轉過臉，佯裝正專心閱讀他的作品，電腦螢幕的游標一閃一閃，如同他的才情在我面前無法掩藏，我沒辦法不去注意，注意有一種微妙的情感在我周遭隱隱發亮。

也許，是和高至平交往的關係，我的直覺變得敏銳多了，除了拿到林以翰第一本書和簽名之外，我又成為他第一個朋友，這「第一」的頭銜，開始讓我嗅到壓力的味道。

採訪工作有了好的開端，我天真地以為一切應該會進行順利，並且圓滿結束，哪知，林以翰根本不是省油的燈。

「妳要跟林以翰約會？」

晚上，小芸抱著枕頭鑽進我被窩，幸福洋溢的，一看就曉得有什麼好事迫不及待要和我分享，不過我先告訴她，明天要跟她借機車，她十分慷慨，歡迎我把它騎到沒油。

「眞可惜，我本來明天要帶妳一起去看那個男生的。」

我在熄燈前鄭重澄清她的誤會：「首先，我不是要和林以翰約會，那是社團的工作。至於妳的男人啊，妳抓緊一點，我遲早見得到。」

「是喔？就我所知，有女生滿欣賞林以翰的耶！他外型不錯嘛！」

「不要提他了啦！」閃躲般，我要小芸講些別的。「快，報告一下妳的進度。」

小芸並不知道對方的名字，當然，對方也不曉得她叫什麼，他們之間維持著店員和客人的單純關係，最不尷尬的關係。

小芸既興奮又羞澀地說起一個夜晚的對話，她鼓起勇氣問加油站的男生，她常找他聊天會不會造成困擾，男生於是開朗地回答：「妳來，我很高興啊！」

身邊小芸摟緊抱枕不停猜測那句話背後的意思，我雖然很想幫她確定那句話到底是一種兩情相悅的試探，還是對方完全是爲了店家生意著想，不過平時和高至平見面的機會都嫌少了，怎麼可能抽空去看別人的男人？

而，去見林以翰，純粹是公事，公事。

和林以翰約在咖啡廳碰面，他比我先到，揀了人煙稀少的靠窗位置，原本在看汽車雜誌，見到我來，先放下書，把我上下掃過一番，他那身鐵灰色的襯衫和他斯文冷漠的外形十分搭襯。

「幹嘛？」

林以翰聳個肩，把手自嘴邊挪開，「沒事，我以爲妳會特別打扮。」

我瞧瞧自己，不請自來地在他對面坐下。「你管我穿什麼。」

「不是愛管閒事，我只是想太多了。」

他秀氣的嘴角又揚著神祕的彎弧，我拿起 Menu 擋在我們之間，快速點了杯檸檬汁，去冰。

「我們快開始吧！」按按原子筆，把準備好的筆記本攤開，「我問什麼，都要老實回答喔！」

「那我們得商量一下。」

嗯？我不解地面向他，商量？

「有話快說，我想早一點完成這個專欄。」

「我本來沒打算要老實回答……」

「喂！」

不等他說完，我立刻衝動地站起來，林以翰示意要我坐下再說。

「妳這個人眞奇怪，也不先聽別人怎麼說，妳一定是頭腦簡單那一類的。」

「……你說。」可惡！

「我本來是想隨興一點就好，跟我寫作一樣，不想寫眞的部分就隨便扯。」

「那，現在呢？」

「如果真的要我據實以告，那不太便宜妳了？」

「你想怎樣？」

林以翰面向窗外，逕自思索起來，我以為他是有備而來要反咬我一口的，現在這麼一看，似乎又是臨時起意。

「不然這樣好了，妳問一個問題，我也問妳一個問題，公平吧？」

「好啊！那有什麼問題。」

我灑脫地接腔。其實，說沒有疑慮是騙人的，我暗地擔心他會問到難以啓齒的事，而我並不想賴皮。

總之就這樣，一問一答的遊戲在咖啡廳的一角開始了。我問他寫作的動機，他就問我的血型和生日；我問他作品中的鋪陳手法，他就問我最喜歡的顏色。

他一直問著關於我的事情，我每回答一個問題，他就多瞭解我一分，在這個遊戲當中，我感到自己原本穿得厚重的衣服正一件件被剝下來，眞想喊停。

「《如果沒有太早遇見》，這故事是眞實的？」

林以翰原本散漫的目光忽然射向我，明亮有神，而且含著聰黠笑意。我得承認，他是個頗具魅力的男孩子。

「妳早問過了。」

「我只是想確認。」

「妳好像對這故事很感興趣。」

因為，這關係到你曾經狠狠地失戀受創，而我很好奇。

因為，青梅竹馬的故事也算是我和高至平的版本。

「算了，我重新問，為什麼書名要取作《如果沒有太早遇見》？」

「世面還沒見足，人生的變數還很多，一般青梅竹馬的組合通常都太早投入感情。」

「那有什麼不好？彼此都很熟了，當然可以在一起。」

「一個人到了新環境就會變，也跟著時間變。那些變數往往不是我們預料得到，或者，我們還沒有那個能力去應付，不然，人何必長大？」

我不安地望著他，說不出話，他老成地侃侃而談，我彷彿能明白他在說什麼，卻不想明白。如果真是這樣，那麼他的書便是一本討厭的預言。

「這個問題跳過吧！好無聊。」林以翰自己先感到不耐煩，啜了一口咖啡，再用金色湯匙慢慢攪勻，宛若捏陶細膩的手部動作，很好看。他一安靜，整個人的精神便跟著沉鬱下來，是個適合品嚐黑咖啡的人。

我也湊近吸管，吸了大量的檸檬汁，微酸，我想起他逝去的戀情而感到惆悵。

「沒問題了嗎？」

我離開吸管，迎面撞上懾人的冬季光景，一如冰封的大地，沉篤穩靜，又像滑過雪片的日光，透明美麗。

「啊……該你問我了，我不能耍賴。」

我換個坐姿，表示準備好了。他想想，很難想到還有什麼沒問的樣子，不久，終於開口：

「說眞的，妳討厭我嗎？」

「這也是問題嗎？」

「當然。」

這並不好回答，巧的是，他和高至平都問過類似的事。

「一開始超級討厭你到極點，現在倒還好。」

「那妳要不要知道我對妳的印象？」

「不要。」

「問下一個問題吧！」

有時候，我欣羨著林以翰那種處變不驚的從容，從容，可以讓你清楚不少事物，我甚至懷疑有一天他會比我還更瞭解我自己。

「我問最後一個了，」我故意預告可能的結果，「你不要生氣喔！要拒答也沒關係。」

「問哪！」

「你跟你媽媽怎麼了？」

今天他犀利的目光第二次射在我身上，我被灼傷般地畏縮一下。

後來是林以翰遵守遊戲規則，主動鬆了口：「還能怎樣？就跟一般問題家庭沒兩樣，她跟我爸離婚，法院把我判給她，她最近要跟一個大陸台商結婚，我則是站在老爸這一邊，不能苟同。」

「……上次見到你們在餐廳，我覺得她很疼你。」

「我討厭她，就跟天生不愛吃青椒一樣，和她疼不疼我沒有相干。」

他竟然把母子關係比喻做對青椒的喜好，我不禁皺起眉。

林以翰見到我不經粉飾的臉色，湊近前，壞壞地笑，「妳該不會想輔導我吧？」

「哼！你愛鑽牛角尖是你的事。」

「妳要把它當成專欄的題材？」

「我沒那麼爛。」我嚴厲地瞪他。

他不予置評，靠向椅背，再度凝視起窗外街景。他不說話的時候，看起來在想著好多好多心事。我動手收拾採訪用具，將錄音筆、原子筆、筆記本以及他的書一一放進背包中。他發現了，脫口而出：「妳要走了嗎？」

「我都問完啦！趁我印象深刻要趕快把資料整理起來，啊！今天我請客喔！」

「妳還欠我一個問題呢！」

「唔？」

「妳問完最後一個問題，再來就輪到我了。」

我已經拎起背包準備要走了，經他提醒才恍然大悟，卻也懶得再坐回去。

「快問吧！」

他果眞問得很快：「妳有沒有男朋友？」

不妙！

在愣住的瞬間，我的腦海閃過一道不祥預兆，我用力望住他，卻望不出半點開玩笑的成分在他溫馴的眼眸。

「我先問你，你覺得我是不是一個好女孩？」

林以翰看著我，是接近情人的深刻方式，然後良善點頭，「算是。」

「那，像我這種好女孩，當然名花有主了。」

然後，他聽了沒什麼太大動作，只是臉上的亮光褪了些，淡淡「喔」了一聲。

林以翰拿起那本汽車雜誌，翻回中斷的那一頁，沒再管我。

我離開那家咖啡廳，騎著小芸那輛快沒油的機車在市中心胡亂遊蕩。平常坐慣了捷運，我反而不太認識路，很快，不得不在陌生的路邊停下來。

下午三點一刻，紅綠燈不斷切換，各式各樣的交通工具川流不息，行人以慢不下來的腳步一個個從我身旁經過，我和那熄了火的機車猶如這城市廢棄掉的零件，跟不上其他齒輪的轉動，我捧著安全帽，茫然發呆。

這是我和高至平談起那不算長距離戀愛的第一次，第一次感到莫名的無助。

要拒絕一個對他毫無感覺的人對我來說輕而易舉，但，偏偏林以翰是我並不討厭也不願傷害的人。

經過再多年，林以翰從沒說他喜歡我，一直都沒有過；而我始終明白他的心意，始終不曾點破。

我在喧鬧城市的一角端詳起那墨黑的筆跡流利地在蒼白紙面滑出一道鮮明的孤寂。

第十章

我常常夢到那個地方，綠油油的田野、飛揚的棕色塵土、靜謐的三合院，景色向來一如油畫般色彩分明，但就像壞掉的鐘晷，始終是靜止的。高至平搭火車回家之前曾問我要不要一起回去看看，我拒絕了，在心底深處似乎一直畏懼再回到沒有奶奶的那個地方。

儘管離開那個地方還不到半年，不過，奶奶還在那片菜圃澆水的時光、我和高至平在泥土路上懷著微妙情感的爭吵，都回不去了。

我在採訪後的一個禮拜交稿，社長和其他社員對於我能找到這位網路新秀作家都感到訝異和讚許，我則在心裡打定這是最後一次與林以翰有課堂之外的交集，不料他又出了個人第二本書，並且大賣，那已經是兩個月後的事。

我沒跟小芸說林以翰對我有意思，因爲他根本沒有行動，但，是不是起碼要讓高至平知道？但這麼一來，會不會顯得我在炫耀什麼似的？

讓我煩惱的並不是被人追求，事實上我不想爲此失去他這個朋友，當初他說我是他第一個朋友，那句話果然是道甩不開的枷鎖。

杞人憂天了一陣子，我自動打電話去高至平家，問他坐幾點車子回台北。星期天傍晚六點半，我搭公車來到火車站，等不到十分鐘就看見高至平提著一大袋行李朝南門口走來。

「珮珮……」

高至平發現我的時候，顯得好吃驚，原本匆促的步伐一度放慢，等回過神才趕緊朝我跑來。

我佇立在原地，不由得迸出笑聲，嘿嘿！給他驚喜的感覺眞好。

「妳怎麼來了？」

「來接你呀！」

「我又不是不認識路。」

「管你認不認識路，我就是想來。」

他怪異地瞧瞧我抱在胸前的東西，「妳連安全帽都準備好囉？」

「給你載囉！」

「搞不懂妳。走吧！」

他繼續往南門口走，我沒有立刻跟上，反倒偏著頭困惑起來，關於我的出現他爲什麼不很在意的樣子？我不是要求毫無保留的浪漫，我只是要……要多一點他在乎我的感覺，太貪心了嗎？

坐上高至平的機車，他專心地在擁擠車潮當中穿梭，我則安分地把雙手放在後座支架，雖然已經在交往，但我猜要是眞的從後面抱住他，他肯定當場撞車，爲了我們的安全，我最好別輕舉妄動。

我們和一般情侶不太一樣，到目前爲止並沒有什麼卿卿我我、甜言蜜語之類的狀況出現，那會很怪，鬥嘴可能比較適合我們，我和他都不是勇於習慣親密距離的人。

高至平在一家頗受好評的路邊攤停下來，我們各自點了餛飩麵和焢肉飯，吃起簡單晚餐，他聊到萍萍的近況和高伯母託他帶給我的一袋橘子。

「喂！有女生喜歡你嗎？」我突兀地在橘子話題外飛來一筆。

他皺了眉，夾起白飯送進嘴，大口大口嚼著，「沒有吧！我那麼土。」

才不是呢！以一個旁觀者來看，高至平算是一位不錯的男孩子，既會念書又懂得玩，外表也不差，不少女生應該都對他有好感吧！

如果遇到了，他會怎麼應對？

「妳問這個幹嘛？」

「只是問問。」

我功敗垂成地想要夾起麵條，卻一再滑落。高至平那碗飯倒是快吃完了，他扒了幾口，沒來由又說：「就算眞有人喜歡我，也不干我的事，我喜歡的人不是她們。」

我停下筷子，望向他，溜掉的麵條濺了一滴湯汁在我臉上。他伸出手，在我臉頰上抹抹，笑一下，是那樣地天眞，「妳今天到車站等我，害我好高興。」

他指尖上的溫存差那麼一點點就要觸動我心上即將蕩開的弦。於是，其實我也不是那麼貪心，能夠遇見高至平並且喜歡他，我已經覺得很幸福。

也因此，擁有這些想法的我，若是再有任何自私的隱瞞行爲未免太不應該，所以，我決定一五一十告訴他。

「那我跟你說，我修的一科通識課和一個男生同班……」

一講到「男生」這字眼，高至平立刻停住所有動作，他碗裡還剩最後一口白飯。

「那又怎麼樣？」

「我跟他交情還算可以，上次為了新聞社的專欄，還去採訪他，然後，採訪那一天我們去喝咖啡，我覺得……覺得他好像對我印象不錯。」

我休息片刻，偷瞟他一眼，啊啊！高至平臉上的表情完全僵住了，一副有話要說偏偏死要忍住的模樣。心裡想什麼都寫在臉上，大概就是他現在這德性吧！

「我先說清楚喔！只是『好像』，完全是我自己猜的，那男生根本就沒有對我說什麼，還有，我不喜歡他。」

說完，我等著高至平回答。說「回答」，我承認是動了試探的念頭，我把林以翰當作一根量尺，想要測測高至平的愛有多深。

我這麼卑鄙，難怪高至平不會上當，從頭到尾他只問了一句對方叫什麼名字。

「林以翰。」

「喔！」他喝起他的貢丸湯。

我等了一會兒，淡淡反問：「就這樣？」

「就這樣。妳快把麵吃完吧！糊了。」

「不吃了。」

我扔下筷子，他瞥了凌散的筷子一眼，起身走去付錢，我也站起來，搶在他把錢交到老闆手中之前，把我那一份遞上去。

他看向我，我不服氣地回瞪一記。高至平不多說，一貫是男子漢不管兒女私情的瀟灑，自己走向摩托車，把安全帽丟給我，我一跨上機車，他便驅車離開熱鬧的路邊攤子。

這條路線，是要到我住處的途中，高至平要送我回去了。

他的車速有點快，我感到些微寒意，冷風颼颼擦摩過我忘了穿外套的臂膀，我不禁騰出雙手環抱胸前，觸摸到不容小覷的冬天氣息，聽說，最近有一波冷氣團要到了。

高至平沒理會我這邊的狀況，他的態度跟室外空氣一樣冷，我感覺得出來。其實，我也好不到哪兒去，最先怪怪的人可能是我。

八分鐘後，他果然送我到家。

我慢慢脫下安全帽，眞的很慢，不希望今晚就這樣結束，啊啊……糟糕，眼淚快飆出來了，今天包包裡好像忘記放面紙耶……

高至平沒有下車的打算，不過他忽然想起什麼似的輕輕「啊」一聲，我喜出望外。

「對了，橘子。」

在我們氣氛這麼糟的時刻，他竟然可以想到置物箱的橘子?!

我有氣無力地接下那一袋橘子，他又上了車，發動引擎。我低頭，不想看他離去的身影。那些橘子……看起來好好吃的樣子。

「我回去了。」

他說，我依舊巴著橘子，摩托車聲呼嘯著走遠，我拎著袋子的手一度用力握緊，又無力地鬆開。早知道，就不要提起林以翰了，我多嘴什麼嘛？笨透了。

經過管理室，管理員阿伯跟我打招呼，我勉強對他笑笑走向電梯，電梯還在十二樓，便靜靜站在門口等待，那時，身後響起一陣跑步聲，管理員阿伯「欸」了一大聲，接著是一句匆忙的道歉：「抱歉，我找她！」

耶？是高至平的聲音吧？

才剛回頭，我已經撲進一個不太熟悉的胸膛，不太熟悉的手臂正擁著我冰涼的身子，我睜一下眼，怔住了，前方管理室裡的阿伯也傻得張大嘴，然後尷尬地躲回他的電視機前。

橘子，從我手中袋子散了一地。

就這樣，我覺得過了好久好久的時間。

「原來妳這麼冷啊……」

高至平略微沙啞的聲音輕輕吐在我的髮際，我微微發抖，卻不是受寒的關係。

「橘子……橘子掉下去了……」

「誰管橘子。」

我發現他也在發抖，我不知道他爲什麼發抖，一定也不是因爲天氣冷，滿生澀地，他把我抱得更緊，他的胸膛比我想像中還要硬實、有力，覆庇著大男孩疼惜的味道，明明，我和他都不是勇於習慣親密距離的人，我覺得高至平好大膽喔……

這是我最靠近高至平的時候，舒服又溫暖。只是貼著他體溫的心臟跳得很快，我自己從未這般緊張，也有點害怕，卻捨不得放開，是的，捨不得，因此他把車子掉了頭，因此我無法憑著矜持停止這份悸動。

「我現在才知道，自己原來這麼小氣。」

「什麼？」

我從他粗糙的牛仔外套蹭出頭，他又把我頭壓回去，不要我看他現在的表情。

「一定很古怪。我其實很生氣。」

我靠著他外套磨白的口袋，歡喜地笑了。他在指哪件事，我懂；他說他生氣，那很好。

那天晚上，在電梯門開啓之前，在一地橘子中間，我調皮地舉起右手，「我敢發誓，沒有高至平的同意，別說許恩珮會愛上別人。」

他笑起來，用手肘撞我一下，「喂！妳拍哪支廣告啊？」

回到住處，我和小芸分著那一袋橘子吃，儘管摔過，還是很甜，撥開橙色外皮的時候，那條梔子花巷道的香氣彷彿噴灑了出來。小芸提議下次邀高至平一起來吃火鍋，我應好，她接著說第一次看到有人吃橘子可以吃得這麼高興。

我以爲，談戀愛不比最頭疼的三角函數困難；我以爲，再曲折的感情最終也會流入幸福的大海；我以爲，我的以爲是如此天經地義。

誰知道呢？我也不過是十來歲的黃毛丫頭而已。

直到現在，我都還不確定當初該不該吃那一頓火鍋。

我和小芸都發現的事實，也許不能完全歸咎到火鍋頭上，不過，那的確是個說巧不巧的契因。

大陸冷氣團籠罩全台的那天傍晚，我和小芸把火鍋湯頭和火鍋料準備得差不多了，正好高至平來按門鈴。

「喔！阿娜答來囉！」小芸故意用肘臂推推我，她雙手還忙著洗菜，「快去快去，這裡我來就好。」

「我等一下再來幫忙。」

「不用啦！我快弄好了，快去。」

我濕透的手朝身上抹抹，踩著吵鬧的室內拖鞋跑去開門，高至平端端正正站在門口，帶進一縷外頭的北風。我有些意外，他剛卸下安全帽的頭髮凌亂，裹覆黑色風衣的胸肩看起來壯闊許多，臉部線條被凍得僵硬，拙拙的。從前我只在夏天和他見面，這還是初次見到他冬季的打扮呢！

他進來的時候，先將客廳看一遍，才畢恭畢敬脫鞋，整齊地擺在牆角邊。

「你緊張什麼呀？」

「我第一次到只有女生的地方。」

「呵呵！你這個樣子一定會被小芸笑啦！」

「小芸？喔，妳室友。」

「嗯！坐嘛！」

他脫下大外套，在和式桌前坐下，我幫他倒杯日本煎茶，聊起最近哪一部電影好看，當時，高至平是半邊臉向著廚房，我在他身旁，正對廚房門口。小芸端著洗好的茼蒿出現之際，我眼角餘光瞥見她臉上浮現無限慌恐，我沒辦法貼切形容她的表情，就跟電影中撞見殺人魔的女主角差不多。

「小芸……」我沒喚得太大聲，不過她突然一溜煙躲回廚房去。

高至平發現到我的目光，也側頭往廚房瞧，「怎麼了？」

「沒事，我去看看喔！」

丟下高至平，才踏進廚房，小芸就碰倒了砧板，砧板滑入水槽中發出巨大聲響。

「小芸，妳怎麼了？」

我沒管砧板，也不管她死抱在懷中的那鍋茼蒿，剛把手搭在她肩上，便覺得小芸變得很怕我。

「恩珮……」

「什麼？」

「他就是妳男朋友？」

「嗯。」

我也跟著她莫名其妙地緊張起來，她困擾地思索一下，把鐵鍋子塞給我。

「我想，火鍋你們吃就好，我……我有事要出去。」

「啊？」我叫得特別大聲，被突來的變卦弄糊塗了，「妳說眞的假的？」

「眞的，眞的啦！我想到我還有事，不能吃火鍋了。」

「那吃完再去辦嘛！」

「不行，眞的不行……」

小芸還要努力跟我爭，高至平就在這個時候探頭進來。

「喂！需不需要幫忙啊？」

那一刻，小芸嚇得放開手，幸好鍋子已經在我手裡，不然就枉費洗得那麼乾淨漂亮的茼蒿，我壓根兒也沒想到火鍋會是場難堪的聚餐。

「咦？」高至平望見小芸，又驚又喜地指認出來：「是妳啊！」

我轉向小芸。

因此，這個世界上，一定有一種奇妙的感應，是戀人的直覺，特別敏銳、特別神準。

小小的廚房，當我聽見高至平那一聲「是妳啊」，當我看到小芸懊悔又傷心的神情，戀人的直覺，我在瞬間猜到了某些微妙的關聯，在小小的廚房裡。

火鍋，最後只有我和高至平將它解決掉。

我攔不住小芸，我也不想攔她，她的脫逃讓我感到不安。

高至平問爲什麼小芸不一起吃，我說不知道，只是慢呑呑吃著碗裡的魚板，心底無端端冒出一堆問號和驚嘆號。高至平掀開鍋蓋，我趕緊別開頭，怪起蒸氣。

我鼓起勇氣問他，是不是在加油站打工，他聽了很驚訝，反問我怎麼會知道。

我還問他是不是認識小芸，他回答小芸常去那裡加油。

那一夜，小芸很晚才回來，高至平離開之後，我回到自己房間，關著燈，卻一直醒著。後來小芸到家了，聽到開門的動靜，我看看鬧鐘，是凌晨一點半左右。

小芸喜歡高至平，我沒那麼在乎，不停在我腦中播映的，是憑著小芸平常幸福的描述，我不能抑止地想像她和高至平怎麼浪漫邂逅、怎麼日漸熟稔、怎麼讓她滿心以爲高至平也對她有好感了……

我很嫉妒！

在火鍋前那一陣心酸驀然又湧上來，眞的就跟蒸氣一樣，不管你要不要，一打開鍋蓋便會熏了滿臉。我闔上眼，拉起棉被，最好是小芸誤會了！

我和小芸很少分頭出門去上課，最近這一兩天卻都如此，雖然一起出門不代表感情好。

當我鬱悶撐著下巴，有意無意翻動桌上的詩詞歌賦，林以翰的身影在鐘響時刻進入我心不在焉的視野，在前方座位坐下來。

我稍稍坐正，假裝預習今天要上的內容，以免待會兒他跟我講話。不過，整堂課林以翰只有一次彎身撿拾他掉落的筆，其他時間好像都在打瞌睡。

下課的十分鐘林以翰並沒有待在教室，我出去爲自己泡了一杯熱烏龍，秋冬之交，我的氣喘特別容易發作，咳起來像肺癆，再度上課才安靜一些。我在廢紙上胡亂塗鴉，不知不覺畫出了食物鏈般的串連。

小芸躲著我，我躲著林以翰，而高至平那個木頭到底曉不曉得小芸的心意……

一張紙條！

我嚇一跳，摺成方形的小紙條落在我的食物鏈上，是林以翰扔來的。我先晃晃老師，他很陶醉在古人的詩情畫意中，我把紙條打開，有一顆八仙果和寫著「治咳嗽」的筆跡。

我用兩根手指掐住正方形的黑色小果子，看看前面的林以翰，他交叉雙手，面向黑板，跩個二五八萬地靠在椅背上，不過我很清楚他絕不是在認眞聽課。

我把八仙果含進嘴裡，甘辛的涼氣快速揮散，充滿了鼻子和喉嚨，這通暢的清爽讓我暫時不去想一些煎熬的事，例如火鍋。

第二堂下課，我趁林以翰收拾書本的時候對他說：「謝謝你的八仙果喔！不過你爲什麼不下課再給我？」

他瞟來一眼，沒爲什麼，「因爲妳很吵。」

我眞的搞不懂這個人，他常常表現得一副不在意的模樣，我甚至要懷疑是我自己錯覺，他其實對我沒興趣。好比有一次約好要請他審稿，專欄要出刊，必須得到受訪人的同意才行，我在學生餐廳等到兩點，自助餐都收光了，學生也只剩下我一個，還是沒見到林以翰的人，我氣沖沖跑到他住的地方猛按電鈴。

「你幹嘛不來呀？」

「忘了。」

他竟然那樣理所當然地回答我！

好吧！算我想太多，他並不喜歡我，我的麻煩自動減少一個。

我揹上背包，走出教室，聽到旁邊有人叫著我的名字。

「你還沒走啊？」

林以翰站在走廊上的扶欄邊，我走過去，他遞出一個透明罐子，裝了數不清的八仙果。

「忘了給妳，好像眞的有效。」

我接過來，忘了道謝，他已經走掉了，罐子的紅蓋貼著標上價錢的標籤，八仙果還滿滿的。

我不要自己那麼想，但，左看右看都像林以翰在那十分鐘爲我買到了這罐八仙果。

似乎，我的麻煩又回來了嗎？我捧著透明罐子在走廊上一直佇立到下個鐘響，被雪中送炭的感動和委曲打散思緒，混亂中想起高至平，我渴望他的安慰，然而，小芸的事是不能找他訴苦的吧！

昨天晚上，去了趟他打工的加油站，諷刺的是，那條路線還是平時聽小芸說著說著才記住。我站在馬路對岸，輕易就找到高至平的身影，他爲了償還那部機車的貸款正在認眞工作。

我依舊留在原地，留在馬路的另一頭，憂傷地想像小芸是抱著怎樣的心情故意把車子騎到沒油又來見高至平，我不能怪小芸，她並不知道那個善良的男孩子就是我的男朋友。

下班的車潮來來往往，有那麼幾秒高至平消失在我的視線中，令人心慌。我掉頭逃走了，那裡我介入不了，那個地方到處是屬於小芸的回憶。

我凝望罐子裡的八仙果，眼睛好像被辣濕了，當下眞想一口氣將它們全部呑下去，治好討厭的氣喘，順便醫好這陣子的不快樂。

也許會寫作的人都比較懂得察言觀色吧！有一回林以翰問我要不要幫他看新文章，被我找藉口拒絕了，他沒有接下一句話，只是沉靜望著我。我心虛地去看公佈欄上的活動海報，深怕他會聰明到問我是不是在躲他。不過林以翰頭一仰，也跟著觀賞起海報活潑的美工，他的不語彷彿就代表他什麼都明白。

過了半晌，林以翰提到別的事情。「妳為什麼最近心事重重的樣子？」

面對這麼直接了當的問題，我一時語塞答不出來，說實在的，有人細心觀察你好不好，眞的很窩心。

「女生的心事比較多吧！」我裝作沒什麼大不了，繼續看著公佈欄。

「不會是跟男朋友有關吧？」

他又來這一句，我飛快瞪他，卻凶不起來，大概是因為被他猜中的關係。

「通常女生都煩這種事。」他笑笑，儼然一副兩性分析家的嘴臉。

「因為女生都很在乎她們的男朋友。」

我故意在他面前強調「男朋友」這三個字。他攤攤手，又把焦點轉回海報大標的日期，說句「耶誕節快到了啊」，我覺得我們像兩個傻瓜，被紅紅綠綠的海報吸引住，走不了。

「對了，可以把妳和妳男朋友的故事給我作參考嗎？」

林以翰信口問，我一看就知道他在開玩笑。

「你敢寫我就撕爛你的書。」

「妳對男生都這麼凶嗎？」還來不及回答，他又接著問下去：「還是妳對不討厭的人都這樣？」

我錯愕地面對他痞痞的笑臉。

「不要講得好像你什麼都懂。」

我頂回去，快步離開現場，多虧他，我不用再對著看膩的海報發呆。回到住處，我在單人床上躺成大字型，對著天花板出神，因爲不能思考，所以什麼都沒想了。等到客廳老舊的布咕鐘響起整點的分岔叫聲，我霍地跳起來，頓悟了！以一個旁觀者來看，我、高至平、小芸之間的事根本就不嚴重嘛！我幹嘛要一個人唯恐天下不亂呢？搞得自己活脫像憂鬱症的重患者，還把我和小芸的友情弄得陰陽怪氣。

我應該找小芸談，把話講開，小芸爲人憨厚又善良，她一定很明理，萬一她跟我說什麼對不起之類的話，我一定要抱住她，告訴她我也很替她心疼。

「對！就這麼辦！我眞是天才啊！」

我說過，我喜歡小芸，因爲喜歡，所以不能妥協、不能裝傻。

小芸在晚上九點回來了，她今天回來得比較早。我過去敲她房門，她在裡面安靜了起碼有五秒鐘才來開門，五秒鐘後我見到一張藏不住倉皇的臉，納悶起有多久沒看到小芸那兩個可愛的小梨渦啦？

「嘿嘿！我們兩個好久沒聊天了喔？」

我傻氣地笑，她沒吭聲，還是很放不開。

「我這個人比較直，妳也知道嘛！所以就直接問喔！妳不要介意。」

我試著讓她知道我誰也沒責怪，而且多麼想讓一切恢復原狀。小芸的唇是抿緊的，目光從沒自腳下的向日葵踏墊移開過，唉！如果她的笑臉也能跟那朵花一樣綻放就好了。

「妳……平常說的那個加油站的工讀生，就是高至平，對不對啊？」

她清秀的眉心緊蹙了一下又放開，而我的聲音一停，竟然就聽見自己大鼓般的心跳聲，原來，原來我也這麼緊張喔……

小芸的回答，決定了日後我們要走的路，絕不會是平坦、光明的。

話說回來，成長的路上石頭總是比較多，也不時常晴朗，奶奶這麼溫柔地告訴過我未來可能會遇見的光景，她不要我傷得太嚴重。

良久，良久，她抬起頭，拿著前所未有的堅定眼神望住我。

這個世界上，一定有一種奇妙的感應，是戀人的直覺，特別敏銳、特別神準。

第十一章

這個周末，我在星期五一沒課就回家了，家裡離我住的地方有半小時以上的車程（包括塞車），我平均一個月回去一兩次。

用鑰匙開了門，迎面展開一片空洞的顏色，窗簾是拉上的，外面光線進不來，客廳茶几上的花瓶插著幾朵半枯的姬百合，它散發出酸怪的香味，和傢俱的木頭氣味混成冷冷的寂靜。

沒人在家。

我放下行李，打開燈，把姬百合拿去垃圾筒丟掉，幫自己煮了一碗泡麵後，一直看電視直到媽媽回來，那時已經晚上十點。

她有點不太相信我這禮拜會回來。

「妳不是上星期才剛回來？」她一面脫高跟鞋，一面問。

「反正沒事嘛！妳吃晚餐了嗎？」

「吃過一些，我現在也累到吃不下了。」

媽媽扔下鞋子和皮包，直接往廚房走，不久便拿著一杯五百 C.C. 的白開水出來，跟我一起看 HBO。

「爸爸今天加班哪？」

上一次見到爸爸，已經是三個月以前的事。媽媽喝去一大半的水，費力地嚥下去，抹抹嘴，口紅也被抹去一角，露出了幾分疲憊之色，她盯著螢幕，平板地說：「又去大陸了。」

說完，媽媽上樓洗澡，今天我只跟她相處三分鐘不到的時間。

爸媽都是不同公司裡的高級主管，他們分頭忙碌，見面的機會愈來愈少，其實，我們家不用賺那麼多錢也沒關係啊！奶奶並不富裕，但她卻很快樂。

當我眼皮再也撐不住，才回房間睡覺，夜晚氣溫驟降，腳趾頭冰冰涼涼的，棉被被我裹得很緊，租賃的地方比較暖，不過我寧願回家過冬，好歹心不會覺得冷。

那天，我被硬生生澆了一桶冷水，是冰雪融化不了的冷，從此心的溫度再也回升不過來。

小芸說謊了，她當著我的面說出不知是美麗還是善意的謊言。

「不是。」小芸篤定地吐出兩個字，然後自己覺得好笑般地乾笑兩聲，「不是啦！妳怎麼會那樣想？太誇張了。」

我笑不出來，只是一味發愣，而且很難回得了神，她的答案不是我上百個預期中的其中一個，小芸為什麼要否認？

「我又不會跟妳搶男朋友，可能我常去那裡吧！高至平應該有見過我幾次。」她停頓了一下，見我毫無表情，於是垂下頭掠掠她的頭髮，「總之，那個男生不是高至平。」

「喔，這樣啊……」

我只能勉強擠出這幾個字，看著小芸同樣很勉強的笑容，失望的落差感龐然無邊地在我們之間拉了開來。

或許，小芸是想用這種方式來維繫我們的姊妹情誼吧！

昏昏沉沉入睡前，我這麼催眠自己。

高至平曾問起小芸的事，他說最近都沒見到她去光顧加油站了。

「是喔……」

我不曉得該不該跟他說明原委，只好讓視線在台北街景游移。

「她的車以前經常騎到沒油嘛！現在沒來了，我在想她會不會……」

高至平話說到一半就中斷，陷入煞有其事的推理，看得一旁的我心驚膽跳。

他接著講：「我在想她會不會換新車啦？」

「……」我差點忘了這個人是屬於剛毅木訥的品種。

然而，小芸的否認卻帶來我們的和平，這樣的結果出乎我的意料之外。那天之後，小芸又恢復到從前的小芸，會到房間找我聊天、和我一起出門上課、相約去喝下午茶，當各大百貨公司開始火熱地打起耶誕節的特賣大戰，她甚至慫恿我去買一條圍巾給高至平。

偶爾，我發現她一個人獨處的時候容易發呆，帶著憂傷的側臉，直到瞧見我，她才笨拙地堆起友善的笑容。

小芸在盡全力說服我她不是個威脅，她選擇了裝傻便相安無事這條路，我不曉得這樣對不對，要是我執意拆穿，就肯定是個傷害了。那麼，就這樣吧！我誠心希望她能早點愛上另一個很好的男孩子，而那個男孩子也很愛小芸。

我和小芸一起去逛百貨公司，找了好久才決定買下最適合高至平的圍巾，我幫他挑選藍灰相間的顏色，雖然我還是比較中意駝色，不過上回已經讓林以翰搶了去，我不想讓他們兩人戴著一模一樣的圍巾，不想將他們放在同樣的位置。

抱著滿心期待，打電話約高至平一起過耶誕節，沒想到他竟然說要打工！

「本來不是我的班，不過那天一堆人都請假，站長很頭痛，說什麼都要我幫他這個忙。」

電話那頭，高至平聽起來也很爲難，他是講義氣的，所以推不掉站長可憐兮兮的請求。

「抱歉，珮珮，眞的對不起。」

他不停向我道歉。坦白說，不失望是騙人的，耶誕節不能跟男朋友一起過，似乎很悲慘，可是，高至平並沒有比我好過，這通電話我一共聽他說了五次以上的對不起。

「沒關係啦！只是你做替死鬼，我替你抱不平。哼！那個臭站長。」

「我會再試試能不能找到其他人代班，萬一不行，那我凹站長讓我提早下班，去找妳。」

聽見他說到「去找妳」的時候我輕輕笑起來，感覺得到了補償。

「你不用太勉強，我可以自己打發時間哪！學校有舞會，我也可以跟朋友一起去，然後隔天我們再見面，隔天還是耶誕節。」

「好，隔天我一定沒事。那個……抱歉啊，珮珮。」

高至平內疚的聲音暖暖的，融化在我被入冬低溫凍得發冷的耳朵，好，我原諒你了。

掛了電話，我把圍巾從百貨公司的紙袋中拿出來，攤在膝上端詳半天，雖然要晚些才能看見他收到禮物時的笑臉，不過，他戴起來應該會很好看。

我在去年耶誕節曾經想起你，那時我們還沒有瓜葛；今年在送你圍巾之前，先祝你耶誕快樂了，男朋友。

學校的舞會以耶誕夜那一場最爲華麗熱鬧，愈來愈多的人群、愈轉愈快的霓虹燈光、愈來愈High的DJ、愈來愈吵的會場。

高至平跟我說過，他不喜歡舞會這種東西，太吵、太擠，他更不想在一堆人面前扭來扭去，我猜他跳起舞來一定拙斃了。我就不同，在台北我根本不用適應，一出生便習慣充斥在這座都會的空氣、人口密度和交際方式。

所以，我們兩人不能一起參加舞會也好，我可以和朋友玩得很盡興。這當中有幾個男生過來邀舞，都被我擋掉了，還沒和高至平共舞，怎麼可以把第一支舞隨便送出去？休息的片刻，我發現靠近樂團的角落，小芸正和一位斯文害羞的學長共舞，音樂播放著一首法文情歌，她的臉紅通通的，笑得很燦爛，我還見到深陷的梨渦在霓虹燈光的轉動下，猶如嵌入的碎鑽，閃閃發亮。

這樣很好呀！雖然我不很欣賞那位學長（他個性優柔寡斷），可是現在巴不得他會和小芸迸出愛的火花，這麼想是不是有點自私？

當我在震耳欲聾的聲光場所待到所有感官幾乎要麻木，忽然想起一個最不可能和耶誕舞會聯想在一起的人，林以翰他現在在做什麼啊？

課堂上隨口問過他要不要參加舞會，他說他會在電腦中心過耶誕節。

從小，我就覺得一個人過節是件殘酷的事，好像你在那天失去快樂的資格。

離開會場，到外面去吹風，我的臉因爲缺氧或少許酒精的緣故而微醺，卻穿得不夠多，沒多久便覺得冷，不由得環抱雙臂，一邊走，一邊仰頭尋找天上的星星。鄉下的星星多到可以匯成一條銀河，這裡卻只有稀疏的亮光，有一點沒一點地散佈在夜空中，添了幾分冬天的清寥，但，起碼星星不是單數的，看星星竟然也會讓我感到寂寞。

不知不覺走到電腦中心外頭，相較於舞會會場，這附近靜得耳鳴，十二月二十四日的晚上，我遇到一個完完全全讓孤獨包圍的人類，在黑暗中靠著牆，嘴邊的手指縫有著星星之火在發光。

我沒走得很接近便打住，他自動留意到我，側了頭，離開裊裊白霧，頗爲詫異。

「你會抽菸？」

「十五歲就會了。」

「別抽菸。」

林以翰望了望我，然後依依不捨地凝視夾在手中的香菸，喃喃自語一句話後便把它丟在地上踩熄。「難道女人天生眞的比較囉嗦？」

「你在說什麼啊？」

「沒有。」他舉起另一隻藏在黑暗中的手，正拎著一個紙盒，「要不要吃？」

我遠遠觀量，那好像裝著糕餅之類的食物。

「那是什麼？」

「鳳梨酥，還沒開，全給妳。」

「你怎麼會有鳳梨酥？」

「我媽給的，她剛剛來找我。」說完，他顯得不太耐煩，「到底要不要？我手酸了。」

我走近兩步，沒接手，「你吃，我才吃。」

「我不要吃她的東西。」他回答得跟孩子一樣任性。

「跟你爸離婚的又不是鳳梨酥。」

他辭窮了，沒輒地收回手，拆起紙盒外的包裝，遞一塊鳳梨酥給我，自己也拿一塊。不過他沒先碰媽媽的禮物，反倒問起我的來意。

「妳爲什麼來這裡？」

「拖你去舞會。」

「爲什麼？」

「耶誕夜不適合一個人。」

「爲什麼？」他今晚好愛問爲什麼。

「會把寂寞加倍呀！你媽媽也許是因爲這樣才來找你。」

我說完，咬了一口鳳梨酥，很好吃，甜而不膩的口感，他媽媽上哪找這麼特別的鳳梨酥啊？這回林以翰沒再問爲什麼，可他也沒吃鳳梨酥，只是對著舞會的方向出神。

稍後，林以翰提起他媽媽更多事情，他媽媽小時候被一位定居日本的富商領養，那位富商從沒結婚，所以他媽媽也不曾有母親照顧，林以翰猜這大概就是她害怕一個人的原因。

「所以她跟我老爸離婚沒多久，馬上又找了一個男人嫁。」

「但是……」肚子有點餓，我很快便把鳳梨酥解決掉，而且還想吃第二塊。「你媽媽有權利讓自己過得快樂一點吧？」

多管閒事地落完話，他又盯著我緘默著，我不太好意思，表示該走了。

「等一下。」

「嗯？」

林以翰微涼的指尖沒來由停留在我嘴角，我的唇沾到他略嫌粗糙的皮膚，愣了一下。

「還有一點在臉上，我是說鳳梨酥。」他頓頓，往下看，「妳幹嘛握拳頭？」

「是……」我的說話能力短時間內還能沒恢復過來，「是本能反應，不過，好像應該謝謝你。」

「呵！不客氣。」彷彿看透了我會錯意的尷尬，他回答得幾分陰險。

「我講眞的，去舞會晃晃也好，這個晚上別一個人吧！」

黑暗中，林以翰微微一笑，臉上貴氣的輪廓不意竟柔和多了。「這個晚上見過妳，已經夠了。」

他的話，說得語焉不詳，卻足以令我慌張無措，他這個人好危險，輕易就能弄亂別人的思緒，話又說回來，那是因爲林以翰本來就有令人心動的本事。

「隨便你。我要回去休息了。」

「我送妳吧！」

「不用啦！」

「現在已經很晚了。」

他這麼一說，我趕緊看錶，哇！快十二點了耶！

林以翰陪我走了一段路，快要到家我才警覺到，不對！依照一般電視情節的模式，女主角在這個時候通常都很帶衰，好死不死偏偏會被男主角撞見她和另一個男孩子在一起。不行，不行。

「送我到這邊就好了。」

林以翰奇怪地瞧瞧四周，「妳住的地方到了嗎？」

「沒有，不過這附近已經夠亮了，人也很多，我可以自己回去，真的。」

我特地在最後加了句「真的」，表示很堅持，他含笑審視我，難道真的什麼都瞞不過他嗎？

「好吧！妳想當好孩子，我知道。」

「……謝謝你送我，再見。」

也許，是耶誕節的關係吧！明明已經逼近午夜，街上還是燈火通明，有不少人正趕著下一攤的活動，我低著頭，不去目送林以翰被車流燈光所淹沒的背影，辜負一個人的好意只會讓我更同情他的孤單，眼不見為淨，不去看他，就不會開口叫他名字了。

走進大廳，管理員阿伯喊住我，他說有一個男生在找我，就是上次在電梯門口抱住我的那個男生（那天果然給阿伯留下深刻印象）。

「大概是……是……幾點呢？快十點吧！那個男生要找妳，我就記得妳還沒回來嘛！他說他要等，我就叫他坐在那張沙發等，因為也不知道妳什麼時候會回來，今天是耶誕夜，你們年輕人都玩到三更半夜的。然後呢……我看完一段焦點新聞，最近又有飛車搶案咧！妳要小心喔！會砍人家手掌的那種喔！啊！反正我想看他走了沒，沒想到他已經坐著睡著了，好像很累的樣子。」

哎唷！阿伯講起事情極爲巨細靡遺，害我聽得好心急，如果阿伯身上有開關，眞想給他按個快轉鍵。

「我怕他感冒，就把他叫起來，他說他直接去學校找妳比較快。」

好！我聽到重點了！

正想掉頭就跑，阿伯從管理室的小窗口推出一本登記簿，「他有留名字，妳看認不認識。」

我凝視著那個名字，眼眶輕微泛熱，我怎麼會不認識？簿子上寫著「高至平」，依稀還感覺得到他曾經在這裡停留，曾經坐在旁邊那張沙發坐到打瞌睡，曾經來找過珮珮。

我留在房間裡的手機顯示七通未接來電，靜靜躺在包裝好的圍巾旁。

於是，我拿著圍巾在最短的時間內奔回學校，在擁擠的舞會會場打轉，卻怎麼也找不到高至平，難道我晚一步，他已經走了嗎？

「咦？恩珮！」和我一起去舞會的朋友發現我，馬上離開她的男伴走過來，「妳怎麼又回來啦？」

「我來找人。」

「喔？剛剛也有人在找妳耶！」

「誰呀？」

「不認識。」她偏頭想了一下，笑笑，比出一個高度，「大概這麼高，長得挺帥的。」

「他呢？他在哪裡？」

「八成去電腦中心了吧！之前我有看到妳往電腦中心走嘛！所以我要他去那邊找找看，妳快去吧！十五分鐘前他才走的。」

我當然又火速趕去了。

今天晚上，我一直重覆著走過的路線，也一直沒遇上想見的人。站在冷清的電腦中心外，中心已經熄了燈，大門深鎖，這個地球上只剩下我一個，望著自己呼出的白色霧氣，圍巾還抱在我喘不過來的胸口前，戀人的直覺，我想他已經回到宿舍，而且，看見我和林以翰了！

十五分鐘前，正好是我和林以翰要離開電腦中心的時候。

眞是晴天霹靂！我萬分懊惱地蹲了下去。

到頭來，原來我還是逃不過帶衰的命運。

耶誕節那天，我和高至平同時染上重感冒，聽說心靈的脆弱，會使得抵抗力也跟著變差。那麼，那天我們兩個人一定都非常傷心。

起初，我傷心是因爲怎麼也找不到高至平，索性到他學校宿舍去，然而那是男生宿舍，不是我可以大搖大擺進出的地方，我在大門口打了不下十通電話到他房間，無人接聽，而我並沒有回去。

於是，十二月二十五日的凌晨過一分鐘，我在台大的男生宿舍外面守株待兔，愈等，天氣愈冷，蘇格蘭格子短裙外只罩著一件大外套，要參加舞會嘛！穿太多就不好看了，直到打了第三個噴嚏我才深深體會到那句台語諺語，「愛美不怕流鼻水」，前輩眞是說得太好了！

接近凌晨兩點的時候，宿舍門口忽然熱鬧起來，大概是各地的耶誕活動差不多都結束，學生們紛紛回到住處，還不乏攜著女伴進宿舍的男生。

我的存在在同時形成一個明顯而尷尬的地標，幾乎每一個路過門口的人都要朝我稀奇地打量一下，這不打緊，我還聽到有人自以爲是地說「她八成被甩了吧」。

我看起來……眞的像是被甩了嗎？當人潮逐漸散去，我喪氣地在圍牆外回想今晚的一切，追根究底，都是因爲我太在意林以翰這個人嗎？那，我認了。剛上大學，等不及要認識來自各地的學子，更何況，網路作家也不是隨隨便便就能遇見的，所以，我承認我對他的好奇心是過了頭，不過，如果高至平要因此誤會我，那我絕對死不瞑目！

「哈啾！」

揉揉鼻子，鼻子早被我搓得發疼，而且我再受不了腳酸，乾脆就地蹲著，把身體縮成一團，感覺暖和多了。我的手腳和臉頰像結了一層霜，凍得硬邦邦的，連我都沒想到自己會等得這麼傻里傻氣。我撥了第 N 通電話，依然聽見令人心碎的冗長鈴聲。

如果後來高至平發現我被凍死，會不會爲我掉一兩滴眼淚？他到底會不會路過這裡？萬一我眞的等到天亮怎麼辦？算了，好冷喔！冷到連腦筋都不想動了。

我在兩點不知道幾分打起了瞌睡，矇矇矓矓間，聽到緩慢的腳步聲，那聲音在孤清的夜宛若踩過碎冰般刺耳，我睜開眼，彷彿見到了高至平，他看起來好驚訝。

「珮珮……」

高至平朝我跑來，而我動不了，全身酸麻得要命，不知道什麼時候我已經靠著牆，直接坐在地上。

「珮珮，妳怎麼在這裡？」高至平過來拉我失去知覺的手，又嚇一跳，「妳一直在這裡等喔？妳等了多久？」

他一問，我不曉得自己是怎麼回事，原本哮喘的呼吸迅速變成啜泣，淚水落在冰涼的臉上，猶如一道求之不得的暖流，因此，我的眼淚狂飆。

眼淚，完全不是我準備要向他解釋的理由之一。

這下子高至平被我弄得手足無措，趕緊用手背幫我擦臉，「妳不要一直哭啊！我先帶妳進去，啊！這個妳穿上。」

他脫下他的外套披在我身上，上面留著他熱烘烘的體溫，我暗暗慶幸，眞的等到他了。

高至平帶我到他房間。他的房間和我以前在鄉下見到的格調差不多，乾淨簡單，雜物並不多。另一區比較不修邊幅，還有一本色情漫畫擱在椅子上，應該是他室友的吧！

我坐在床上，他二話不說就把大棉被往我身上扔，要我蓋著它保暖，然後倒一杯很燙很燙的熱開水給我。

熱呼呼的水蒸氣一熏到我的臉，我的鼻水馬上流個不停，喝了兩口便急著找面紙，高至平自己坐在我對面的椅子，看我擤完了鼻子、喝光熱開水，他眼底那份心疼與不捨始終沒有消滅。

「好多了嗎？」

「嗯！」

「氣喘的藥……需不需要吃？我再幫妳倒一杯水。」

「不用了，沒那麼難過。」

「喔。」

他稍稍垂下雙手，顯得放心多了。我悄悄端詳，高至平臉上殘餘著一絲倦容，精神並不比我好。

「你室友呢？」

「他說過今天晚上不回來睡，可能去找女朋友了吧！」

「你呢？你剛剛在哪裡？」

「打工啊！」他遲了半拍。

「我知道你到過我住的地方，還有我們學校。」

「嗯！」

他的答案愈來愈簡單，就表示他很在意。

「你爲什麼走得開？」

「我後來……找到別人代我的班，所以才想去找妳。」

「那爲什麼又回去打工？」

「……」

他沉默著，我知道我觸到問題核心了。

「你看見我了，對不對？」

「我在……你們學校的電腦中心那裡看見妳。」

他老實地說，我卻難過起來，我很難過他當時看見我。

「他就是妳說過的林以翰？」

「……嗯！」我的答案突然簡化，我也很在意。

「他看起來挺不錯。」

我眉頭一皺，他接下去是不是要說「你們滿登對的」呢？

「我不喜歡你那麼說。」

「因爲我不知道該說什麼才好。」高至平終於正視我，我望見他原本隱藏得很好的心痛在驛動著，「看到妳和他在一起，我什麼話也說不出來。」

「所以你跑走了？」我的眉心，比原先蹙得更緊、更緊，像一糾解不開的結。

「……」

「和他在一起，是我不好，不過我們什麼事也沒發生，我們是朋友，可是……」我的聲音隨著激動的情緒高揚起來，連自己也管不住，劈哩啪啦一直講下去：「可是你怎麼可以跑走？我寧可你生氣地出來問我，許恩珮！妳這傢伙是不是腳踏兩條船？」

「珮珮……」

「你幹嘛不問我？你爲什麼要讓我繼續和林以翰在一起？我明明是跟你在交往，所以我現在也很內疚，可是……」

「珮珮！別說了。」

「可是你怎麼可以跑走……」

我嚐到心酸的滋味，我以為，在幸福的汪洋不會有鹹鹹的 H_2O 存在。

「對不起。」他的頭抵住我的前額，他暖燙的手心觸碰我逐漸恢復溫度的臉頰，「一看到妳出現在宿舍外面，我就後悔了，妳怎麼可以那樣一直等呢？」

兩個人彼此喜歡，也包含著抱歉的情緒，戀愛似乎不是想像中那樣完美。是世界上沒有戀愛的童話？還是童話根本不是那麼一回事呢？

我不懂，我想高至平也不懂。我們不懂的事情太多了。

「啊！對了。」我想起一件重要的事，連忙將他的禮物遞出來，「這是要給你的，耶誕快樂。」

「咦？」他顯得有些錯愕，雖然把禮物收下卻不敢拆，「可是，我沒有準備妳的耶！耶誕節要送禮物喔？」

「嘻嘻！沒人這樣規定啦！是我自己想送你的，快打開啊！」

高至平小心地把包裝紙一一拆掉，見到那條藍灰色的圍巾，我用目測就曉得一定會很適合他。正喜孜孜等著看他戴上去的模樣，哪知高至平一出口就是一句毫不猶豫的「笨蛋」。

「笨蛋！既然有圍巾，妳剛剛怎麼不懂得拿出來戴？」

我不認為這是懂不懂的問題。

「這是要給你的禮物，怎麼可以先拆？」

「有什麼關係？妳明知道我不會介意這個。」

「管你會不會介意，反正我……」

下一秒，我頑固的聲音埋入他毛衣的棉絮中，高至平他又毫無預警地抱住我了……

這一次和上一次他都害我呆呆愣愣的，而且同樣緊張，我埋在他溫暖的臂膀，很想打噴嚏，卻動也不敢動。

「傻孩子，我是捨不得。」十二月二十五日的凌晨三點二十三分，他的嗓音格外地滄桑，「耶誕快樂。」

後來的事，我已經記不起來了，唯一還有模糊印象的是，我們兩人一起坐在床上，我疲倦枕著他的肩，他也累壞了的樣子，有一搭沒一搭的。

充滿男性味道的房間還駐留在天光乍現前的幽暗，我千斤重的眼皮閉了又開，開了又閉，恍恍惚惚聽到高至平微弱的說話聲。

「珮珮。」

「嗯？」

「妳會不會想念村子？」

「一點點。」

「我最近很想它，明明每個月都會回去一趟的。」

「那爲什麼？」

「我在台北不快樂。」我勉強打起精神，抬頭看他，他有氣無力地對我笑。「我不是說我一直都不快樂，當然大學的生活很棒，和朋友去世貿看展也讓我學了不少，對，捷運超方便的。只是，一個人的時候，我就會覺得好像少了什麼東西，不是我能在台北找得到的。」

「所以你不快樂嗎？」

「大概……呵！大概是因爲台北不是我的地盤吧！」

就算如此，有我還不夠嗎？我沒辦法取代他遺缺的那樣東西。

「珮珮，當我開始在台北生活，才知道原來平常的妳是在怎樣的地方長大的，好奇怪，我忽然覺得沒有想像中那麼瞭解妳。」

對我而言，我一直是我啊！只是換個角度，我也並不十分瞭解在村子長大的那個高至平。

我們應該很近很近，原來還很遙遠。

「高至平。」

「唔？」

我靠著他肩膀的頭愈來愈沉，硬是拿著所剩無幾的意識牽住他的手，稚氣呢喃：「台北也好，村子也好，我們要一直在一起喔……」

雖然頭腦不是很清醒，我卻感受到莫名的悽愴。

然後，我記不得他的回答是什麼了，或者，高至平也已經睡去。

隔天醒來，高至平並不在我身邊。

呆呆望著眼前陌生的房間，發現自己正躺在陌生的枕頭上，身上裹覆陌生的大被子，九點鐘的冬陽斜曬在我昨夜沒喝完的水杯，晶瑩剔透，像極那個清晨我特別早起所見到的朝露。

我坐起身，找不到高至平，而他剛巧開門進來，手上提了一袋早餐。

「早。」

「早。」

有點鼻音，這是感冒的前兆。我連忙用手指梳開睡亂的頭髮，暗叫不好！睡相被看光了，慢著，我昨天有沒有擺大字型還是用腳踢他啊？

「我幫妳買了一些簡單的盥洗用具，哪！」

他遞出另一個袋子，陪我到浴室去，幫我把風，幸好沒其他人，我以最快的速度梳洗完畢。現在睡意全消，才警覺到自己還置身在男生宿舍當中。

我跟在他後面，難爲情地低頭走，在男生的房間過夜，一覺醒來還共享早餐，這樣的發展對我們來說會不會太超過啦？前面那個叫高至平的男孩子到現在絕口不提昨晚的事，到底是完全不在意還是害羞啊？

這時，我的手機乍響，我繞過他衝去接電話，原本想藉機擺脫臉紅心跳的胡思亂想，沒想到……

「媽媽？」

我驚呼一聲，高至平快速看向我，那個表情，我才發現他原來是害羞。

「小珮，妳去哪裡啦？昨晚打妳手機妳沒接，晚一點再打去妳住的地方，那個小芸說妳還沒回去，那時候已經十二點了耶！」

完蛋了，我壓根兒忘記要回媽媽電話。

「我……我在外面啊！」

「外面？外面是哪裡妳說清楚嘛！」

我抓著電話，急得像熱鍋螞蟻，抬頭瞥瞥高至平，他正擔心地注視我，他就在旁邊反而害我更不好意思。

「我……跟朋友去參加別的學校的舞會，玩太晚了，大家就一起在其中一個人家裡過夜。」

母親大人，對不起，我說謊了。

切斷電話，難題還沒過去，我和高至平立刻陷入所謂純純之愛的青澀裡頭，只有塑膠袋吵鬧的響聲。

高至平將兩人份的夾蛋土司和柳橙汁全部拿出來後，才半帶緊張地打破尷尬：「妳媽媽……有沒有生氣？」

「沒有，她只是要告訴我這個禮拜她出國。」

「喔。我等一下送妳回去，先吃早餐吧！」

聽他這麼說，我沒來由一陣落寞，誤會才剛冰釋，還想在他身邊多待一會兒呢！不過，冷靜想來，我不願意自己是個隨便的女孩子。

很巧的一秒鐘內，他看著我，我看著他，我們都看見對方的黑眼圈，不禁笑了起來。

「快吃吧！」

他笑著摸摸我的頭，自己坐在我前方的書桌喝柳橙汁；我則坐在他的椅子上啃著香噴噴的土司，隨手玩起他從家裡帶來的地球儀。

「你為什麼那麼喜歡這個東西？」

「想環遊世界啊！」

……好老土的答案喔！

「我不知道你想環遊世界。」

我天眞地望向我的男朋友，他輕輕一笑，這個笑容竟然千不該萬不該地迷人，會是今天陽光的緣故嗎？

「我聽說，國外有很多像村子那樣的地方，我想出去走一走，看看有沒有比村子漂亮。」

「你覺得村子漂亮呀？」

他想一想，機靈地回答：「某方面來看，是。」

「嗯。」我盯著地球儀，有意無意去轉動它平滑的球面，「如果是我，我比較想去北極啦，亞馬遜河流域啦，那種比較稀罕的地方。」

「是喔？那，我們可以先分開旅行，再約個地方碰面。」

我們開始童言童語，聊著還是未知數的將來，一面頑皮地在地球儀上爭取最喜歡的碰面地點。

「這裡！這裡啦！」我佔了上風，用力把地球儀轉過來，興奮地猛指大洋洲上的一個小黑點。

「不要啦！去那邊只能游泳，要去就去又可以爬山又能游泳的地方。」他彎下身，使勁地掌控一個地球的自轉。

我登時醒悟地怔怔，任由五大洲自指尖一一溜過去，高至平奇怪地停下手，我這才慢吞吞地告訴他：「還是不要好了，分開旅行……一點都不好，我們才剛說要一直在一起的啊！」

他不再有任何動作，我凝視他感動指數持續上升的眼眸，自作聰明地嘿嘿笑，「一起去旅行的話，世界總有一天會讓我們走遍，你說對不對？」

高至平他什麼話也沒說，就是一直深情望著我，他堅定不移的瞳孔和耶誕節當天的陽光都好和煦，我在閉上雙眼之前，最後見到的是地球儀還沒停下它不疾不徐的轉動，轉哪轉……其實，台北也好，村子也好……

我的唇瓣碰觸到了柳澄汁的芳香。

他吻了我，又好像，我吻了他。那一天有兩個傻瓜同時感冒了。

地球上隨便哪一個地方都好，高至平和珮珮，我們要一直在一起喔！

台北也好，村子也好，我們要一直在一起喔……

第十二章

今年一月底，過農曆年的前夕，林以翰出版了他的第二本書，夾帶上一波賣座的威力，他的新書很快又上了銷售排行榜，在書局流連，總能見到他的書陳列在最明顯的位置。

私底下問過林以翰，他說他最喜歡的作品還是《如果沒有太早遇見》，而且搞不懂爲什麼第二本書會賣得比它好。

那是林以翰作者心頭上的困擾，事實上，他的第二本書也給我帶來不小的麻煩。

「再去採訪這個作者，期末考那周之前交稿。」

社長劈頭就丟這個任務給我，他難得會主動指定我的專欄主題。

但是，我不想再找林以翰了，我問社長能不能請別人接這個採訪工作。

已經念大三的社長看上去比他的實際年紀還要老成，他是那種會念到博士的學生。

「妳覺得他肯讓別人去採訪他嗎？」

……應該不肯吧！

我離開社辦，陷入兩難，抱著疏遠林以翰的心態對他本人是不太好意思，不過我更不想傷害高至平，既然硬著頭皮接下新聞社的任務，還是要先讓高至平知道才好。

回到住處，我錯愕一下，小芸在家，而且高至平也在。

他們原本聊天聊得正開心，見到我回來，不約而同笑著打招呼。

「等妳等好久了，高至平來找妳耶！」

小芸跟著我直呼他「高至平」，他們很談得來，我原以為上次跟小芸的心結事件後，她在我們面前會顯得不自在，看來是我想太多了。

只不過……只不過呢……

他們兩人交談的時候都習慣講著講著就用起台語，那是他們家鄉話，有同樣的口音。我聽得懂，可插不上話（講台語會害我咬到舌頭），因此，雖然只是在旁邊陪他們聊天，卻感到自己置身在奇異的密閉空間裡頭，我聽得見他們，他們聽不到我。

「啊！」小芸在發出不自然的驚嘆聲之前，曾經謹慎地瞥我一眼，「我去煮花茶好不好？前幾天剛買回來的，你們先聊。」

於是，她像是故意要留我們獨處般地走進廚房。

高至平等她離開了，才興奮地告訴我：「我剛才知道原來小芸老家就在隔壁村子，難怪我一直覺得她的口音很耳熟。」

「你去過她的村子嗎？」

「小時候去過。」他拿起一塊餅乾吃，又輕輕微笑，「可以在這裡遇到同鄉的人眞好，什麼都可以聊，我們剛剛就在說趕鴨子的事。」

什麼趕鴨子？我只知道鴨子是養來吃的。我停下將餅乾送入口的動作，他開始快樂地說起不少趣事，那是我沒到過的世界，我撐著下巴乖乖地聽，好無助。

我取代不了高至平在台北缺少的那樣東西，而小芸她可以嗎？

「珮珮？」見我一直沒反應，他歇了歇，「妳不高興？」

望著那令我深深迷戀的臉龐，而他也喜歡著我，我應該要高興的啊！為什麼這一切卻不是我想像中的單純美好？

「我好像在吃醋。」我坦白地說，有一種無所謂的豁然。

「誰的？」

「小芸。」

「她是妳的好朋友。」高至平有一點點驚訝。

「我知道。」她還是有可能會喜歡你呀！豬頭。

「妳們女生腦袋瓜到底都在想什麼啊？」他半開玩笑地敲敲我的頭，「虧我特地來約妳。」

「咦？眞的？要去哪？」

「去勝興車站好不好？我一直都想去看看。」

「好啊！好啊！什麼時候？」

「這禮拜六，行不行？」

我的嘴張得老大正要答應，猛然想起一個可怕的衝突，不妙！那天是跟林以翰約好要做採訪的日子。

高至平發現我又怪怪的了，便問：「那天妳有事是不是？」

「呃……對，我要採訪耶……」

「喔？採訪誰呀？」

在這個節骨眼，我才抱怨完吃小芸醋的節骨眼，該不該抖出推掉他的邀約是因爲林以翰呢？不對不對！稍早我還打算要老實跟高至平提這件事的。

「一……一個學校的教授。」

我沒辦法理解當年華盛頓哪來天大的膽子，承認那棵討厭的櫻桃樹是他砍的，眞的沒辦法。不過，故事並未記載華盛頓說了謊，所以我永遠不會知道他老爸會有什麼樣的反應，我只覺得，採訪林以翰的事如果東窗事發，我一定會死得很慘。

我爲什麼會選擇說謊？該死！眞該死！

「沒關係，我們再敲其他時間。」

高至平完全不在意，走去把我們掛在牆上的月曆拿下來，開始跟我敲最恰當的時間。小芸端著濃郁的花茶加入我們，也幫忙出主意，偏偏卡在我們兩人的期末考快到，高至平也得趕回家過年，根本抽不出時間，勝興車站是去不了了。

最後，高至平要回去，我和小芸送他到門口，也許我一直神色不安，他誤以爲我是失望。

「珮珮，等寒假我們再一起去勝興車站吧！」

我愧疚地看他，點點頭，很想把砍倒櫻桃樹的斧頭拿來自我了斷。

接著，高至平頗識大體，轉向小芸，「小芸，到時候妳也一起來啊！」

「啊？」小芸因爲他的話而慌了，出奇地慌亂，她又不自禁地往我這裡瞄，笑著搖手，「不要啦！你們約會幹嘛還帶我這顆電燈泡啊？」

我相信高至平那個邀請是一片無意的好心，而小芸的慌亂，則是她被無意挑撩的悸動。

我看見了，她臉上的梨渦只讓緋紅浮落得更深邃鮮明，戀愛會使人美麗。

我們一起收拾和木桌上的食物，在廚房的水槽前，我負責清洗杯盤，她一一擦乾。

小芸一直和我聊天，說寒假的時候我和高至平見面的機會應該會比較多。

我把溫溫的花茶毫不保留地倒掉，沒有答她的腔，沒有附和高至平的邀請，整個水槽飄散著久違的夏日香氣，那條梔子花巷道在我腦海溫柔蜿蜒。

對不起，小芸，只有高至平不能讓給妳，失去了高至平，那麼我的夏天也不存在了。

「妳白癡啊？」

一大早，林以翰在聽完我的說明後毫不留情地數落，他連罵人的口吻都冷冰冰的。

我特地去找他改時間，他很難搞，非要我說出個緣由不可。不得已，我通通說出來了，包括過去我和小芸之間的心結、高至平在耶誕節對林以翰的誤會……通通說了，不知爲什麼，心情變得痛快許多，好像把一屋子的烏煙瘴氣全趕出去。下課那十分鐘講不夠，我們索性蹺課在樓梯間打混。

我大概會跟林以翰成爲無話不談的好朋友吧！哥兒們的那種，他在聽我講話的時候不會插嘴，我講完了，林以翰自己還會思考個幾分鐘才肯告訴我他的想法，他擁有冬天該有的沉著特質，這種特質治我很管用。

後來，林以翰得知我在嘴巴和頭腦銜接不上的情況下而說謊，直接罵過來。

「妳這是自作孽。」他說。

「能不能等一下再教訓我？你可不可以改時間啊？」

「我不要。」

「啊？」

「我可以改時間，可是，不要。」

我嘟起嘴，倒抽著冷氣。他見我一副不甘願的模樣，慢條斯理地告訴我：「妳自己捅的簍子要學著自己補起來。」

「怎麼補？」

「自首認罪。」

「那不是會愈描愈黑嗎？」

「那就是妳笨了。」

他一直損我！我怨怨地瞪他，不懂他今天幹嘛特別冷酷。

「妳眞以爲我會無所謂啊？」林以翰是站在階梯上，背靠粉牆，面向樓上走廊外的晴空，幾分漫不經心，「妳連要採訪的人都不肯承認。」

我坐在階梯，抬著頭看他，怔忡起來，一束柔和的光線從廊道射下，穿越幽靜的樓梯間，拂過林以翰挺直的鼻梁，落了我滿心的抱歉。

「對不起，不是因爲你怎麼樣，是我……太想保護自己，我自私嘛……」

他轉向我，背光，林以翰的剪影輪廓織繡著耀眼金線。

「其實，以女朋友的立場看，妳算很好了，只是……」

「只是什麼？」

「……我不知道，總之談戀愛並不像電視上演的那麼簡單吧！」他說得彷彿頗有感觸。

我等他走下一個階梯，坐在我旁邊，問起長久以來始終不敢觸及的疑惑：「你想起你書裡的那位女主角啦？」

「妳說什麼？」他掉頭，表情很不解。

「就是……那個青梅竹馬，後來嫁給別人的女孩子啊！」

「誰的青梅竹馬？」

「你的。」

「我哪有青梅竹馬？」

他先感到莫名其妙，然後輪到我，我們兩人詭異地對看一會兒。

「你不是說《如果沒有太早遇見》那個故事是眞的？」

「是眞的沒錯。」

「那你幹嘛又否認沒那回事？」

他意味深長地盯了我許久，久到讓我覺得自己蠢得可以，「誰說那故事寫的是我？」

「咦？」我叫起來，大徹大悟，「你寫別人的故事呀？」

「不行嗎？反正那是我外公。」

我嘔嘔地撐起沉重的下巴，「害我原本很同情你的……」

「喔？」他彎身故意由下往上地朝我微笑，突然從冬天變成一位陽光男孩。「我不曉得妳這麼在乎我的事。」

我警覺地坐直身子，睨他一眼，別開頭改看牆角架起的蜘蛛網，「與其說在乎，倒不如說好奇。」

「隨便，總之我是受寵若驚。」

「那你到底要不要改時間？」

「不要，妳自己想辦法。」他頓頓，說得跟眞的一樣，「頂多妳被甩，可以來找我。」

「我才不會被甩。」

我還是堅持避開他的視線。

在一座曖昧不明的翹翹板上，每當林以翰試著靠近一步，我就退後一步，我們默契持守著好朋友的天秤，從未讓它傾斜過。

小時候，聽過一個叫〈豌豆公主〉的童話故事，落難公主睡在好幾十層墊子的床上，依然被床底那一顆小小豌豆弄得難以入眠。我沒有公主那般纖細，卻也無法忽視那顆豌豆的存在，也許終有一天，我一直擔心終有一天它會在我和小芸之間發芽。

決定去找高至平解釋一切的那天，我見到小芸出現在高至平打工的加油站。我在行道樹下站了好久，直到穿著長筒靴的腳邊已經積了一堆落葉，才敢確定那個跟高至平有說有笑的女孩子是小芸沒錯。

那一天，行道樹因爲粗暴的北風而落葉紛飛，猶如下起了朵大的雪片，風再來，葉子們在原地互相追逐一陣又各自散開，很美的。我不能被感動，這一次，我很生氣，氣得不得了，連自己也想不透這一幕怎會如此激怒我。

小芸明知道我介意著她和高至平，爲什麼寧願用她的快樂來考驗我對朋友的信任？我也厚著臉皮告訴高至平我吃小芸的醋，爲什麼他可以滿不在乎？我掉頭跑走了，我老走不近加油站，大概……那個繽紛的地方眞的不屬於我吧！我賭著氣收回對高至平坦白的決定，若是他會發現眞相也就罷了！採訪林以翰的時候，他特別問我知會高至平沒有。

「我幹嘛要那麼乖？」我叛逆得有點自甘墮落。

林以翰那麼聰明，也許他看出什麼不對勁，卻只事不關己地聳肩，「反正那是妳的選擇。」原來，我每天每一刻都站在無數個分叉路口上，過了這一個，還有下一個。如果奶奶在就好了。奶奶柔軟的言語向來可以爲我指出正確的抉擇，如今她不在，我面臨孤軍奮戰的困境。

然後，是這個學期的期末考，直到考試最後一天我都沒和高至平見面。考完最後一科，一個人走回住處，在外面那一排機車停車格發現面熟的黑色摩托車，我三步併作兩步跑進大廳，果不其然，高至平正坐在大廳的破舊沙發椅，大大的厚外套還罩在身上。我躡手躡腳地靠近，他的頭垂得低低的，竟然在打瞌睡！

我往後看，管理員阿伯吃吃笑了兩聲，他好像已經認得高至平了。

「這位同學一大早就來了喔！他說他剛考完試，昨晚熬通宵的樣子。」

我在他面前蹲下去，安靜地端詳他的睡臉，為什麼男生還能有這麼純眞無邪的臉孔？他兩次來找我都睡著了，是這張沙發椅特別舒服嗎？高至平就在我眼前，我的思念卻還是發酵得厲害，就跟我沒來由想念奶奶一樣。

「唔……」

高至平驀然間自己醒過來，他睜開眼，見到我，大叫一聲就往後跳，我也被他嚇得跌坐在地上，他驚魂未定地緊靠椅背看著我，然後喘出一口氣，「差點被妳嚇死……」

我努努嘴，自己爬起來，拍拍褲子，「你要來怎麼不先打電話給我？」

「之前妳說考完試之前先不要聯絡，我又不知道妳什麼時候考完，直接來這裡等妳比較快。」

我聽了，有些過意不去，說不聯絡根本不是考試的關係，是因爲我還在生氣。

「那，要不要上來？我泡茶，喝了就不冷了。」

「不用了，我只想來看一下，妳最近怪怪的。」我飛快抬頭，神色緊張，他見狀又補一句：

「我只是不放心。」

「你覺得……我怎麼了？」

「在躲著我，我猜對了嗎？」

「……嗯！」

「爲什麼？」

如果我乖乖說實話，你會不會認爲我不夠大方？

「上個禮拜我看見小芸去找你，在加油站，我不喜歡。」

事實上，我也許眞的不是個大方的女孩。

「小芸？」高至平費了些工夫回憶，想起似乎有那麼一回事了，反而一頭霧水，「妳不喜歡什麼？」

我看著別處，不讓他見到我現在的表情跟我的小心眼一樣醜陋。

「不喜歡你和小芸走得近。」

「啊？妳有毛病啊？」

「你不要說我有毛病！」我忽然悶惱起來，「我不介意才有毛病呢！」

高至平噤了聲，管理員阿伯正安安分分地躲回去看電視。完了，我一定失常了吧？

「珮珮。」高至平也是頗有個性的男孩子，在四下鴉雀無聲後，他清清楚楚提出他的想法：「妳誤會我是一回事，可是小芸是妳的好朋友，妳沒必要這樣疑神疑鬼。」

「是我疑神疑鬼？」

「本來就是，我搞不懂妳怎麼會突然把小芸扯進來，她就跟我其他朋友一樣，隨時都可以聊天的，妳該不會不准我跟其他女生講話吧？」

「我才不會那麼做。」

「那妳是針對小芸了？」

「因爲……」

我幾乎要說了！因爲小芸她喜歡你！這句話……卻不該從我嘴裡講出來，小芸她並沒有承認過，我也不想奪走一個女孩子向她喜歡的人告白的權利，那是意義非凡的。

這個時候，我到底在龜毛什麼啊？我無奈地想。

「我只是覺得，再這樣下去，我們有一天一定會爲了小芸而吵架。」

高至平不可思議地瞥我一下，冷冷地，「我們不是已經在吵架了？」

「那也是因爲你一直不把我的困擾聽進去！」

「我就是聽了，才覺得妳無理取鬧！」他的聲音也大起來，一副理直氣壯的模樣。

我瞟見阿伯已經悄悄把管理室的小窗口關上，繼續看他的鄉土劇，我覺得他眞倒楣。

「我問你，爲什麼你們男生老愛說女生無理取鬧？你們會不會太自以爲是啦？」

「妳隨便誤會我和小芸，我才覺得無辜咧！我個性有那麼爛嗎？」

「我沒有我沒有！我只是說出我的感覺，你別把我扭曲成神經質的人。」

「不管！妳今天說的話我會當作沒聽過，如果以後見到小芸，我還是會跟她打招呼。」

高至平不曾對我咆哮，說眞的，他對女孩子有一定的禮遇程度，即使是如此火爆的這一刻，他依然平淡地回答我。但這反而令我更加生氣，氣得想扛那張沙發去砸他。

「你不用裝作不知道我是這麼心胸狹窄的女孩子，我偏要再說給你聽，我討厭你和小芸在一起！討厭死了！」

於是，他吸了一口很沉的氣息，鎖著眉宇看我，他也會有這麼可怕的表情啊？

「妳這個樣子……一點都不可愛。」

我咬住嘴唇，咬得很緊，甚至嚐到了腥澀的味道。高至平嘆了氣，啓步走向他停在外頭的機車。我憤怒瞪視他的背影，目送他戴上安全帽，發動引擎，騎出我快瀕臨燃點的視野。

我就是沒辦法……

他走沒多久，林以翰拿著校完的稿子來了，見到我就在公寓樓下原本顯得驚喜，可是他很快就察覺到我的異樣。

「許恩珮，妳幹嘛？」

我全身緊繃的神經鬆了開來，對著留下髒鞋印的地板說：「跟人家吵架了。」

林以翰環顧四周，又問：「跟誰？」

我慢吞吞舉起手，用手背按抹終於決了堤的眼眶，「一個說我不可愛的人……」

那個時候，我就是沒辦法委曲地掉下一顆眼淚。我想起討人喜歡的小芸，拚命告訴自己，如果哭了，就輸了……

我的眼睛，腫得像泡泡魚，紅血絲加上黑眼圈，樣子看起來很糟。

這學期已經結束，學生紛紛返家準備過寒假，我躺在床上一整個上午，不想起來。小芸來過房間關心我，我冷淡地騙她是因爲感冒。難怪人家說，說謊像滾雪球，一旦起了頭，便停不下來。她看起來好像有很多話要跟我說，後來跟高至平一樣自己嘆一口氣，彷彿心事重重。翌日，連小芸也回老家去了。

整間屋子空蕩蕩，我的心也是這樣。

我沒和高至平聯絡，他也沒有，我們在一夕之間成了傷害對方的陌生人。

我看著浴室鏡子中的自己，沒有朝氣的神色，不見一絲熱情，不怎麼像我呀！我根本沒想過自己會因爲談戀愛而憔悴，怎麼會連微笑的力量都沒有？

梳洗一番，穿上鋪棉外套，披上圍巾，一個人走到附近的公園。公園挺大的，斜坡上寬闊的草坪有那麼一點點與村子的景色相似。不遠處有個兒童遊戲區，看著在溜滑梯嬉鬧的小朋友就會想起那個喜歡我的小飾品的萍萍。我在草地上坐，靜靜消磨時間，這個地方看得到鐵軌，也聽得見火車經過的聲音，有個衝動，我想回到村子去，不顧一切。

「奶奶……」二月初的低溫，只有我凝望遠方的眼眸是溫熱的，「妳爲什麼要走了呢？」我緊抿住一縷突發的悲傷，無助地環抱膝蓋，不一會兒，聽到旁邊枯草娑動的聲響。

「嗨！今天很冷呢！妳還在這裡納涼？」

「……想吹風，不行？」

林以翰自動在我身邊坐下，我沒理他，只要想起那天在他身上哭得淅瀝嘩啦，就覺得難爲情，不過，在我非常傷心的時候，幸好有人借了肩膀給我。

林以翰身上有淡淡的菸草味，耶誕夜他觸碰到我唇角的手指也沾著那樣的成熟味道，帶著安靜燃燒的溫度。我不贊成抽菸，但，待在那味道旁邊卻能感到心安。

「大家都回家去了，妳還不走嗎？」

「反正我家就在台北，隨時都可以回去。」

「早點回去的好，不要一個人吧！」他語重心長地用我耶誕夜那晚的話勸我。

我不客氣頂他：「你才是呢！別讓你和你媽都一個人。」

「她才不會，她有新老公陪，我呢……我負責陪妳。」

我不好意思地縮一下腳，「我很好啦！還在生氣就是了。」

「那就奇怪了，我的小說概念是，通常女孩子不會這麼快就恢復的。」

「我只是……只是不知道接下來該怎麼辦。」

「學校沒教我們怎麼和好吧？有很多事，不是白紙黑字就學得到。」

「如果奶奶還在，她就會告訴我該怎麼做。」

「那就假裝妳奶奶還在，妳覺得這時候她會跟妳說什麼？」

「怎麼能假裝嘛？」

我再次轉向公園，小孩子有點吵，他們三五個人爭奪起溜滑梯的使用權，倒把鞦韆冷落在一旁，剛剛誰才玩過，兩條長鐵鏈繫住一塊脫漆的木板，還在風中搖晃，每一個擺盪便與空氣擦出蜻蜓翅膀振動般的亮光。曾經有那麼一隻手，被歲月刻畫出許多撫不平紋路的手，守護般地推動我的重量，我只要仰起頭，就能見到她寬容慈祥的面容。

平仔是好孩子……

鞦韆輕輕地擺盪，我在習習風裡聽見鏽鐵的嘎嘰聲，還有化散在歲月洪流的話語。

遠方一列自強號火車正經過，我望著那橘銀相間的彈頭型車廂筆直滑行，寒假到了，車上乘客一定很多吧……

驀然間我拉住林以翰，非同小可地猛問他時間：「今天幾號？八號對不對？現在幾點？幾點？啊！我自己有錶……」

「喂……」

不等他問明，我拔腿就跑，差點在斜坡上摔了跤，林以翰被我嚇到，不明就裡地追來，我得專心跑步，沒有餘力再告訴他，今天是高至平回家的日子。

穿過公園，看看時間，還有七分鐘高至平的車班就要開了，偏偏怎麼也攔不到計程車。

「這裡很少會有計程車經過！」林以翰從後面攫住我的手肘，指向前方街道，「到前面一點看看！」

「不穿鞋到底有什麼好處？」

幾年前我問過高至平他打赤腳的原因，他一邊吃糖炒栗子，一邊舉高他骯髒的腳。

「很多，例如，跑起來就比較快。」

我踉蹌幾次，脫掉了襪子，也脫去馬靴，用赤裸的腳掌結結實實踩在冰透的柏油路面，很冷，可是當我專注於奔跑，一度有了置身在村子的錯覺，我有赤腳的自由，有追趕的力量。

「許恩珮！」

就在穿越一個平交道之際，警鈴大作，林以翰把企圖闖關的我拉回來，兩邊柵欄緩緩放下，周遭行人和車輛紛紛聚攏著，左看右看，終於等到火車以放慢的速度駛來，我喘得異常厲害，天知道那一刻我是多麼心急如焚，我就要見不到他了……

當列車過去，柵欄並沒有升起，怎麼不升起？

我聽見林以翰令人心碎的猜測：「還有一班的樣子。」

第二班列車在一分鐘過後開來，在我面前平順橫行，大片玻璃窗那頭形形色色的乘客一清二楚，紅色警示燈來回閃爍，我被攔擋在奔往高至平的路上，喘著，哭了，放開原本拎提在手上的鞋襪，也終於放開了那份堅持。

我心底清楚，就算沒有這個平交道，一樣趕不上他的班車，我只是在白費力氣。

「許恩珮……」林以翰擔心地搖搖我，「妳還好吧？喂！妳有帶藥出來嗎？」

我難過到不能理會他，除了傷心地哭泣之外，我還聽見一種盡了最大努力卻落空的掙扎，一聲又一聲，急促地在我發黑的視線裡咆哮。

我有好些年沒因爲氣喘發作而昏厥，今天它似乎累積不少沉重的能量才爆發開來。

我的奔跑，或許充其量只是曾經努力過的證明，然而如果我眞的那麼在乎高至平，應該早些去找他的，我驕傲的自尊是罪魁禍首嗎？

後來，我做了個夢，在夢中看見奶奶的三合院成爲一座深海礁石，水流晃悠，身子變得特別的輕，又像是特別的重，我朝那海底世界不斷地潛沉，沉呀沉的，到了好深好深的地方。

整個水槽飄散著久違的夏日香氣，那條梔子花巷道在我腦海溫柔地蜿蜒。

第十三章

過農曆年之前，我已經回到了家裡，爸爸晚我兩天到家，除夕夜，我們一家三口難得到齊，一起吃年夜飯，碗筷與陶瓷器皿碰撞聲很清脆，飯桌上，卻比往年寂靜了一些。

晚上，我下樓拿礦泉水，在樓梯間便聽到媽媽正對爸爸說話，爸爸坐在沙發看資料，媽媽站在他的斜前方，環抱著自己。我說不上來，那是一種憤怒又無助的姿態。

「你能不能別那麼常跑大陸？小珮被送去急診室的時候你在哪裡？」

媽媽的音調低低的，不含一絲感情。爸爸則繼續用公司文件將自己擋在沉默裡。

我退回去，回到樓上房間，我昏倒的時候，身邊只有林以翰，連媽媽妳也沒到啊！

爬上床，鑽進被窩準備睡覺，一會兒又翻身找抽屜，拿出一張微微發黃的相片。

那是我和高至平唯一的合照，夏季的背景，國小五年級的高至平和我，不怎麼像現在的我們呢！不過，我們眞會吵架，就算在照片裡，誰也不肯先低頭。

覺得好玩地笑幾聲，便靜下來端詳小小的我和小小的高至平，眞的不太習慣。

我不習慣過於依賴你的好；不習慣爲你難過到掉眼淚；不習慣擔心會失去你；也不習慣自己這麼思念你。

「我的氣喘發作得特別厲害，你知不知道？」我對著相片自言自語：「一定是你害的。」

很想很想回到過去，雖然那時你還沒說喜歡我，不過我卻懷念當年的你，和同樣沒說喜歡你的我。

傻瓜一樣，我盯了一晚上的照片，明知自己在逃避，卻也不願主動撥電話，被高至平說不可愛的我，現在怎麼做得出可愛的動作嘛！

寒假即將過去，這一個月感覺特別漫長，等待，會讓時間走得格外緩慢，我死心離開電話旁，收拾簡單的行李，準備重返學校。

高至平，你算過日子嗎？我們冷戰了整整一個寒假。

一到公寓後，我馬上就感冒。小芸也回來了，她驚訝我的病怎麼一個寒假也好不了。

我想比較嚴重的不是感冒。

小芸打算大一下學期要打工，她得到處去尋找打工機會，對於不能照顧我感到歉疚。

「不過，我找到人來充當看護了！」她幫我買便當回來的時候這麼說，我還在用力擤鼻涕。

「誰啊？」嗚喔！好重的鼻音。

「林以翰。」

「啊？」我用難聽的聲音大叫：「爲什麼是他？」

「剛好在路上遇到他嘛！」小芸把便當放在桌上，幫我們兩人倒杯熱開水，說得有何不可的樣子，「他問起妳回來了沒有，我就順便說妳感冒了，他如果有空就會來探病。」

早知道，就先跟小芸說我對於林以翰這個人有避嫌的必要，小芸少根筋，我又這麼粗心大意。

吃完便當，吞了藥，小芸也出門了，我昏昏沉沉地躺在沙發上看電視，後來，林以翰真的來按門鈴。

「嗨！」

他一聽到我的聲音馬上退避三舍，「這麼嚴重？」

「還好吧！」我抱著面紙盒幫他開門，「只是鼻子一直不聽話。」

「我買了些蘋果給妳。」

「謝謝，你要不要也吃？我現在很想睡覺。」

我又縮回沙發，蓋上毛毯。他坐在另一張椅子，自己找出水果刀，安靜地削起蘋果。我悄悄凝望，不小心憶起去年高至平也在醫院頂樓幫我削蘋果……我一骨碌躲進毛毯。

「你知道，你來探病其實不好。」我不清晰的話悶在暖暖的毯子，看不到林以翰的表情，他也不會看見我的。

半晌，傳來他一貫冷靜的語調和果皮被削去的單調節奏，「我知道。」

「不是因爲我不歡迎你。」

「我知道。」

「……」

「就當我任性想來。」

我很明白林以翰從來就不是孩子氣的人，他的一字一語成熟得令我心傷。

「我睡一下，對不起喔！」

客廳好冷，鼻子好痛，高至平你好笨喔！竟然讓別的男生照顧我……

不知道過了多久，也許只是一會兒，客廳那支電話響了，我還半夢半醒著，不怎麼想動，乾脆繼續裝睡。林以翰抬頭瞥瞥電話，再打量我，鈴聲一直沒斷，他猶豫片刻便起身過去接電話。

「喂？啊……我是她們的同學，許恩珮嗎？她在睡覺，感冒了，唔？原來是你啊！我會轉告她你打過電話。」然後，林以翰有那麼幾秒鐘沒吭氣，以為就要掛電話，忽然他又開口：「她有去追你，你搭車回家那天，許恩珮去追你了，我不知道她在想什麼，她脫掉鞋子要追火車，當然沒成功，氣喘發作，在平交道那裡昏倒，我只是認為你應該知道。」

我的腦子很混沌，不能運作，林以翰剛講完電話，我又睡去了，事後才曉得原來是發燒。

當我再睜開眼睛的時候，人是在外面街道，疾馳著，路上行人和大樓被一一往後拋，冷風把長長的髮絲吹得到處亂竄，打在臉頰上痛痛的，我自己與其說是坐在機車上，倒不如說是用趴的，因為四肢無力，而癱倒在……在……

我抬起惺忪的眼，發現自己的臉正貼著暖得足以催淚的體溫，這個略嫌結實的背部似曾相識，罩了件眼熟的黑色風衣，有條我在耶誕節送出去的藍灰色圍巾在飛。

前往醫院的途中，我是坐在一部曾經搭乘過的摩托車上。

我不知道一般人會有什麼的反應，如果一覺醒來就看見馬路和周遭的一切都在跑。

因為太過突然，我根本沒想到自己正在行駛中的機車上，「哇」地差點摔車，高至平趕緊騰出左手攬住我，它的機車在路上滑出一道S型車軌，最後被力挽狂瀾地帶回到原來的路線。

「妳還好吧？」高至平回頭問。

我點點頭，驚魂未定。

他原本要送我進醫院的急診室，我堅持不去，一個月之內就光臨兩次急診室，好像罹患什麼重症一樣。我掛了號，在診療室外面等候傳喚，高至平陪我坐著一塊兒等，我們兩人都目不轉睛地盯著牆上那個紅色號碼燈。

我只能看號碼燈，看高至平，會讓我緊張到病情加重。

「聽說……妳昏倒過？」

我朝他轉了一下眼珠子，他仍專心追蹤現在號碼跳到了第幾號。

「一下子而已，我忘了把藥帶在身上。」

「那，是那個叫林以翰的人送妳去醫院的？」

一聽到林以翰的名字，我便不自在地假裝吸鼻子，不太妙，關於是誰陪我去急診室以及剛剛誰在我的住處，高至平顯然已經知情，我的不良紀錄怎麼一下子冒出這麼多筆？

「我發病的時候他正好也在旁邊，剛剛……他就是來探病。」

「我第一次看到他。」高至平喃喃自語，思索起自己的事情。不久，忽然對我認真地表示意見：「他這個人好像不錯。」

見到他憨直的模樣，我沒來由想發笑，硬是忍住，高至平則又安靜下來。此刻，對於他的感覺不像是僅僅睽違一個月的時間距離，我分不清這是一種強烈的想念，還是漸行漸遠的疏離，因此，有點害怕。

「我一直想找妳。」

不意地，高至平又出聲，溫柔許多的音色，卻半摻無奈。我側過頭，他依然沒看我，只是我也說不出他凝然的視線落在哪一點，我的心酸酸的，不知所爲。

「跟妳吵架的那天就想馬上回頭找妳，回村子那天也想，寒假的每一天都想過，我常常自己盤算，如果現在就去搭車，幾點幾分就可以見到妳了，不知道妳是不是還在生氣，還是很難過。」

我聽著聽著，竟掉下一滴眼淚在手心，眞討厭，鼻子不中用，連眼睛也不爭氣。

「坦白說，我很怕妳難過，倒寧可妳氣我氣得半死，珮珮，也因爲這樣，我決定還是不找妳了。」

「爲什麼？」我慶幸這時濃濃鼻音有絕佳的掩飾作用。

「如果我們見面，說不定還會再吵架，以前我們吵架是鬧著玩，現在……一不小心就可能傷害妳，我從沒想過我們會吵得這麼嚴重，我很怕。」

可是，不見你，我一樣傷心得要命啊！

一位年輕護士帶著病歷表經過，曾經狐疑地探探端坐的我。

我轉過頭，不讓任何人觸見我眼淚掉不停的面容。眞的很慶幸今天重感冒，就算我頻頻吸鼻子也都理所當然。

「你想太多了，我就是生氣，很生氣！」

「是嗎？」他聽了倒有些寬心，笑一下，「說的也是，妳個性那麼凶。」

「奇怪了，那天明明是你來找我，說我不可愛也就算了，竟然還在沙發打瞌睡，任誰都會生氣吧！」

「那個啊……」他低下頭，扯弄起卸下的圍巾，「那個地方好像離妳很近，所以很好睡。」

我悸動了一下，望向他，他也看著我，我覺得他還有很多話沒有說出口，不然瞳孔不會不可思議地……呈現很深的憂鬱顏色。

還想問清楚，他卻指指號碼燈，「輪到妳了，我陪妳進去吧！」

我們一起進去，醫生專業性地說了幾句慰問和注意事項，高至平比我自己還關心病情，向醫生問東問西的，後來我們又到大廳等領藥，我猛然想起林以翰，他咧？

「欸！是……林以翰叫你送我到醫院的嗎？」

「對啊！他說妳好像發燒了，我一去接妳，他就要回去了。」高至平歇一歇，煞有其事地再強調一遍：「他人眞的不錯。」

「……嗯！」

林以翰並不是會炫耀他的好的人，甚至不屑去承認他的體貼，比之於夏天窮盡一時的亮麗熱鬧，他如低溫悄悄地來，靜靜過去，在我身邊任性地睥睨世界，也陪伴我的孤單。

「眞不甘心。」

高至平忽然對上空大呼一口氣，我感到奇怪。

「送妳去醫院的是他，先去探病的也是他，我到底在幹嘛啊？」

我愣愣看著他仰著頭，蹙起眉宇，好像連醫院天花板都跟他有仇。

「眞不甘心……」他在懊惱，不過附近沒東西可讓他丟，所以他狠狠踹了大理石柱一腳。

我領藥的號碼到了，我沒動，只是咬著下唇，噙著淚水，他望望我，問爲什麼我的眼睛紅紅的，我賣力地吸鼻子，回答他：「感冒的關係吧！」

有些病，不是按時吃藥就會好的，當我無窮無盡地思念你，就覺得自己已經無藥可救。

高至平幫我領完藥，帶我到停車場，把安全帽遞給我，再叫我上車，從頭到尾我都是被動的。

機車直朝我的住處奔行，風中透著刺骨寒意，不斷突襲我毫無保護的臉。我畏寒瞇著眼睛，只能艱難地看他讓我睡過的背，而我絕對、絕對不要再傷心目送這個背影離去！

「我有去找你！」爲了與風的呼嘯爭競，我扯著快破的嗓子大喊。

他回一下頭，把安全帽的透明帽蓋掀開，也奮力喊來：「妳說什麼？」

「我……我去找你了！你回家的那天我想去找你！我不喜歡我們吵架！不喜歡我們都在生氣！不喜歡一直不說話！所以……所以我去找你了！」我發炎的嗓子破了，很難聽，間雜一種大概是哽咽或是鼻音的怪調子，「可是……我沒追上！我忘了那天你要回家，我跑得太慢……我眞的……我眞的有去追你！」

生平第一次這麼聲嘶力竭大喊的經驗很糟糕，怪腔怪調，連我自己都覺得丟臉到極點，但，那當下就是什麼都顧不了。

高至平慢慢停車，正好停在我公寓外頭，他下了車，摘下安全帽，我還待在座位上，鼻腔完全堵塞住，只能用嘴巴呼吸，筋疲力盡的感覺……

他走到我面前，幫我把安全帽拿下，我的長髮凌亂地垂散下來，他將糾在我臉上的髮絲一一撥開，大感訝異。

「妳怎麼哭得這麼慘？」

他一說，我又開始哭，這次是因爲難堪到不行了，枉費我一直拚命地忍到現在。

高至平壓低自己高度，好看清我不肯抬揚的臉，他說：「我知道，珮珮，我知道。」

我濡濕的視線微微揚起十度角，「啊？是喔？」

「下次別再做這麼危險的事，追不上我就算了，那沒什麼大不了。」他不怎麼熟練地結巴起來：「反而……會害我很擔心妳耶……」

「我沒事。」我邊掉眼淚邊說沒事，樣子狼狽得很，「會昏倒是特例，平常……平常都好好的……」

高至平在我努力要清晰地說出下一句話之前，伸手攬我入懷，他的擁抱方式彷彿深怕隨時都會失去我，在他舒適堅定的臂膀中我險些透不過氣。

我不能想像我們會分開，就像我這輩子從不會想要去攀登聖母峰一樣，不能。

高承載量的捷運電車平穩進站了，路上行人爭相奔走，車流中的喇叭聲不停，不停。

「如果這個城市還有一樣會令我感動的事，那就是妳了，珮珮。」

有時候，我們會覺得感動，感動到因此幸福地微笑，美滿的日子似乎很近；有時候，我們會分離，分離的日子往往像賊來得毫無預警，倒也把美好的假象一併偷走。

開學的三個月後，五月二十五日，「平珮斷交」。

「他抱妳的動作眞好看。」

那天回到公寓，我和小芸在客廳看電視，又覺得睏了，她忽然面對重播的電影說，高至平抱我的樣子好看，小芸說話的方式比較接近嘆息。

「妳在說什麼？」

「高至平來接妳去醫院的時候，我回來了，正好看到他抱妳下樓。」她鬆鬆摟著小抱枕，失落的姿態，清秀臉蛋上的空洞並不多加掩藏。「他抱妳的樣子感覺眞的很喜歡妳。」

小芸現在看上去有點和現實脫了節，逕自在悠閒的傍晚發呆，與其說發呆，比較像傷心。

「我開始後悔了……」小芸沒頭沒腦冒出這句話後，起身離開沙發，繞過我身後，回自己房間去。

從此，小芸就變得有點怪，不是太大的變化，只是我總能隱隱察覺到她在意的心事並不尋常，並且每每她無意間露出歉疚和擔憂，那神情和那段迴避我的日子相似，非常相似。

接下來，變得古怪的人是高至平，和我在一起的時候，多多少少會有個空白時段是他心不在焉，彷彿想著其他事情。我猜不到是什麼事困擾著他，有一回當我憂忡逡巡地凝望著他時，他驀地抱住我，只是緊緊抱著，一句話也沒說。

他的沉默，以及他沉默裡微小的慌措和悲傷令人不安。

後來我才知道，小芸後悔的是一封信，是一份再也隱瞞不了的悸動，覆水難收。

「啊！票！」排隊到了一半，高至平突然想到他的粗心大意，「我忘了把票帶出來。」

春暖花開的時節，我們相約去看電影。他手上還端著兩杯熱咖啡，我馬上機靈地脫離電影院外的長隊伍，接住他扔來的機車鑰匙，跑到他停放機車的地方。

「背包前面的袋子，前面的袋子……」

打開置物箱，拉出他的NIKE背包，開始摸索忘在小袋子裡的兩張電影票。

「啊……」

票是找到了，不過我也不小心把袋子裡的東西蹭出來，有張摺疊整齊的紙飄了兩三圈落在地上，我彎身拾起，觸見攤開的紙面書寫著眼熟的字跡。

嗨！收到我的信一定嚇一跳吧！說真的，我自己也好不到哪裡去，只能先用一聲嗨來減少我現在握著筆的緊張。

這份緊張是從什麼時候開始的呢？大概……是你好心過來牽我摩托車那一刻就一直存在了。你忘了吧？我卻記得清清楚楚，我們見面時候的景色、交談過哪些話，甚至你對我笑了幾次，即使我要自己忘記，那些畫面都會自然而然地溜出來，就像吃飯、睡覺、呼吸那樣地自然。

恩珮問過我，你是不是我喜歡的那個男生，我對她說謊了，對朋友說謊是不好的事，可是我不能害她為難，也不能讓這個事實繼續下去，那天起我就不要自己和你有太多交集。可是……你好呆喔！我愈是要遠離你，你偏偏跟平常一樣對我很好，其實，換個角度想，那是因為你不知道我喜歡你吧！那麼，我到底該高興還是難過呢？

為了不喜歡你，我很努力，試著和其他男生聯誼、試著發現你的缺點、試著為你和恩珮的交往高興，真的好難喔！原來喜歡上一個人簡單多了。

這封信和我的心情，請不要讓恩珮知道，呵！我還真矛盾，那為什麼還要寫這封信？也許一把信寄出去我立刻就後悔了，只是，就是要你親口對我說不可能，我才能真正死心吧？恩珮說過，你是她第一位男朋友，她不懂失戀的感覺，那就由我告訴她吧！被一個很好的男孩子拒絕，應該不會太難過才對。

請原諒我用這麼膽小的方式告白，希望我們還是朋友，我和恩珮還是朋友，而你們依然相愛。

祝　快樂

小芸

「珮珮！妳找到沒有？」

排隊早過了頭，我都沒出現，高至平索性跑來找我，他原地愣了一愣，我自信紙抬起頭的剎那，多希望自己沒讀過這封信。

他吃驚地望著我，也望著信，不再進前，不知怎麼，他此刻的神情令我心碎非常。

我把信扔到高至平身上。

「你爲什麼不告訴我？爲什麼不告訴我？我討厭我是全世界最後一個知道的人！」

「我不認爲這有什麼嚴重的，如果有，也是我和小芸的問題。」他停一下，宛若想起小芸的心情，口氣轉爲惆悵，「她沒有惡意。」

他和小芸的問題？他和小芸？我就是超級厭惡這種說法！

「你爲什麼都幫她說話？我當然也曉得小芸沒惡意，可是你爲什麼不站在我這邊幫我想想呢？看到你和她在一起是什麼心情？讀了她寫的信是什麼心情？知道你隨身攜帶她的信又是什麼心情？你說！我會怎麼想啊？」

他的車停在小巷子，沒什麼人會經過，只有樓上住戶曾經開了一下窗又關上。我不在乎了，這暴走的情緒百感交集，已經辨不出到底是憤怒還是傷心。

我激動，而高至平則是冷靜的，是我所無法理解的冷。

他的神情更加肅然，像在沉思，又像猶豫，五秒鐘後終於再開口：「坦白說，我沒辦法理解妳，珮珮，我以爲我可以，不過，眞的不行。」

「什麼？」

然後，他將我一度遺忘了的錯誤殘酷地挽撈回來，「我看見你們社團這期的社刊，有妳採訪他的專欄。」

他？起初我會意不過高至平在說什麼事，幾秒鐘過後恍然大悟。那篇專欄壓有採訪日期，一五一十道出寒假前我扯出的謊言，我不能跟他去勝興車站，因爲我得採訪，林以翰。

當時那愈滾愈大的雪球現在終於砸在我自己身上！

「珮珮，妳爲什麼要對我說謊？」他不加重一分力道和情感地問，沒有責備，就是失望而已。

不遠處響起一連串喧囂的消防車警笛，不管是哪裡失火，我這邊情況也危急得很。

在和他大大小小的爭吵中，我從沒如此難堪，原來他早已知情，只是不願點破。

「我擔心……如果你知道我必須採訪林以翰而推掉你的約會，你一定會不高興，我不想見到你不高興，所以說謊了，我……知道這是不對的啊！」

「不管什麼理由，我們之間都不應該有謊言，我們可以冷戰，可以吵架，可妳都不該說謊。」

沒想到他把我這個過失看得意外地重，我急到有點生氣，「我說過，我說謊是因爲在乎你！你爲什麼聽不出來？起碼我懂得在乎你的感受，你卻完全不理會我！」

「我不需要這種在乎！」高至平並沒有大吼，只是他低沉的聲調更具威嚇性，我頭一次見識到他憤怒的樣子。「我不是那種妳隨便哄哄就能打發的人，別把我看扁了！」

「是！我是不老實的小人！你最清高，清高到不屑我的心情、我的在乎！那你走！走開！別和我爲伍！」

豁出去的感覺是如此難受，我說了一堆言不由衷的話，好想哭喔！

他不耐地呼出一口長氣，改看假日熱鬧的街頭。很諷刺，電影院附近不乏熱戀中的男女，一對對甜甜蜜蜜路經巷口，我們卻像兩頭陷入困獸之鬥的野獸，撕扯彼此的傷口。

奇妙的是，當小芸的自白以及那個謊言爆發開來，我有如釋重負的錯覺，我不必暗地裡背負罪惡感，也不用再猜測小芸真正的心意歸屬了。

一會兒，高至平總算吐出一句話：「我送妳回去吧！」

「我不會搭你的車。」

我不去看他，連視線也不願與他有所瓜葛。他靜了片刻，逕自戴上安全帽，騎著摩托車離開，不留半點依戀。

我閉上眼，終究沒有大哭特哭，除了不知名的疲倦之外，再無其他知覺。

他把我留在停滿機車的巷子，或說，我把自己留在那裡，看不成的兩張電影票還牢握手心。

我們心底都明白，原因絕不是小芸，也是不林以翰，那是我們最後一次爭吵。

有些病，不是按時吃藥就會好的，當我無窮無盡地思念你，就覺得自己已經無藥可救。

第十四章

我們要一直在一起……

那句約定言猶在耳，只是耳邊呼嘯的風一下子吹散歷歷在目的回憶，我的髮絲在眼前狂飛，在這個空曠的高空。

這裡的空氣稀薄，如同我失去一對溫暖的臂膀，再不會有人擔心我現在站立得岌岌可危，再不會有人攔阻我欠缺思考的勇氣。

我一個人，什麼也沒帶走，只有一根縛在背後的繩索，風很大，心跳很快，腦海……很靜。教練和其他團員正在幫我做大漢橋上的倒數，倒數著這些日子以來我怎麼從深陷的傷痛中尋求解脫，我的心口，破了一個癒合不了的大洞，風呼呼地竄進來，把先前亂糟糟的胡思亂想颳得一乾二淨。我望著眼前一片蔚藍，海闊天空的，只想著要在今天的日記上這麼寫：八月二十三日，天氣晴，我去做了高空彈跳。

離別的日子，總是特別令人難以忘記。比如，我不記得第一次讓爸爸帶到奶奶面前的情景，卻忘不了她去世的那天我嚎啕大哭。因此，也許我不會忘記聽見高至平說喜歡我的那個快樂日子，但與他分別的痛徹心扉始終遠比那快樂深刻。那個時間的畫面泛著復古的色調。

畫面的起幕，是高至平和他的黑色機車，泊在我的公寓渡頭。

我曾經和他冷戰過一個寒假，所以我估算電影院外的爭吵後免不了又是一段時間的煎熬。不料，經過兩個禮拜，高至平主動來找我了，那天，天氣預報將會有梅雨鋒面來到。

在這之前，我和小芸慢慢形同陌路，她曾傻傻地問我怎麼了，我不告訴她，就跟她不告訴我她喜歡高至平一樣。我強烈感受到背叛的不愉快，氣她當初不老實，也氣她明知故犯，不過到頭來，也難怪高至平會如此不諒解我說謊的事實，於是面對小芸，我無話可說。

接近傍晚的下課時分，就在我思量是不是該搬出那間公寓，高至平出現在我眼前。

我在稍遠的地方就發現他，他一個人坐在機車上，說不出原因，我沒來由地畏懼和他碰面，高至平帶著嚴肅與沉思的面容來找我，為什麼？

當下很想轉身逃離那裡，不過為時已晚，他已經看見我了。

我逃不了，只好原地佇足，不再靠近。高至平一步步走向我的時候，我的心跳很快，也很亂，低著頭，看他的球鞋在我一公尺前停住。

「珮珮，妳有沒有空？」他的聲音沒有異樣，柔得像剛飄過去的蒲公英種子。

「要做什麼？」

「我們去陽明山。」

那是我們建交的地方。我不禁暗暗訝異。

「現在？」

「嗯！」

「我不要。」

「珮珮……」

「現在已經晚了，幹嘛還上山？」我害怕重遊舊地，啓步向前，準備繞過他。

「珮珮。」高至平拉住我，堅定地要求：「拜託妳，陪我去，不會太久的。」

我抵抗不了的是，他哀傷的眼神。坐上機車後座，我的心情沉重到谷底，這完全不像是和好的前兆，我反而有不安的預感，天知道我多麼不想走這一遭。

車子一直以高速爬坡，繞啊彎的，日落前我們到了陽明山，那裡的景致變化不大，倒多分盎然春意，我們徐步緩行，他沒明說，我卻曉得他要去擎天崗，那個告白的地方。

長長的步道依舊耗人氣力，我必須留意自己的步伐，才不會踩錯石磚塊，偶爾抬頭換氣，不經意瞥見前方璀燦的天空，渾厚的灰雲壓得低，雲的邊緣卻透出明淨的光，看起來就好像那片雲層上空是一方別有洞天的的晴朗，這樣的天空，我從前也見到過。

「當大自然要為大地進行洗禮，它會先把天空給洗乾淨，暴風雨來的前夕，天空總是很漂亮的。」

幾年前在鄉下，中度颱風即將侵台的當天傍晚，奶奶指著那樣的天空告訴我，她的說法讓我經常猜想，雲的上端是不是住著什麼勤勞的神祇，隨時樂意把天空和大地打掃乾淨。前方的大岩石聳立一棵我叫不出名字的喬木，枝椏單薄清爽，在春末它的新葉算是晚了半拍，然而這株沒幾片葉子的樹在低氣壓的天空下出奇驚豔，雲中灑下的亮光映襯出枝幹的立體層次，彷彿只要朝它伸出手，就能觸碰到未乾的油墨。

「希望不會下雨。」走在前頭的高至平說。

我回了神，見到他的背影也跟今天的天空一樣奇特。

「下就下吧！」我無所謂地說。

他回頭笑一笑，「那妳又可以跳舞了。」

我瞬間領悟到他指的是去年撞見我脫掉涼鞋，在雨中胡亂跳起沒有節奏的舞步。

「我不知道你在說什麼。」

我沒好氣地裝傻，心裡卻因爲他能夠同我說笑而高興。

高至平繼續談著那年的回憶：「那時候看到妳在淋雨跳舞，第一個念頭就是這女生瘋了，不過後來妳的臉一下子紅得要命，我就覺得……」

我現在的臉也開始變紅，「覺得什麼？」

「……覺得這女生原來滿可愛的。」

「那，你……是從那個時候喜……喜歡我的嗎？」

「好像是，又好像不是。」高至平想得特別久，「還要更早以前吧！」

世界上，應該沒有人能精確說出他是哪一年哪一天的幾點幾分幾秒喜歡上一個人，因爲不是機器，所以喜歡的期效、喜歡的深淺也無法數算、計量。

「以前，我有很多次都想告訴妳，說我並不是故意要跟妳鬥嘴，我其實是很喜歡妳的，可是每次下定決心要說了，就緊張到打退堂鼓，又急又氣，覺得自己眞沒種。」

好奇怪喔！看他硬著頭皮講這些根本不適合他的話語，我竟沒辦法開他玩笑，反而有一種……一種欲淚的衝動。

我們已經走到了擎天崗，草原上的風景比記憶中要動人許多，火紅的太陽正好浮落在地平線上，橙紅的晚霞連天，彷彿見到了大地的盡頭，金色夕光自那個盡頭鋪灑了整片北半球。

高至平轉向我，他的眼眸正是傍晚光線剛剛好的深柔。

「當妳答應我，我覺得我是世界上最幸運的人，眞的好高興啊！也因此，爲了回報這份心情，我告訴自己，一定要努力讓妳每天都很快樂，但是……」

但是我動不了，明明很感動了，他眼前那幾綹不停竄飛的劉海就是令我莫名心慌。

「我卻沒辦法阻止自己跟妳吵架，不管直接或間接，我都會傷害妳，珮珮，那不是我原先預期，也不希望的，我們怎麼會變得那麼不像從前的我們？我到底已經讓妳哭了幾次，不知道，但我很怕自己再重蹈覆轍。」

於是，高至平決定讓我最後一次爲他哭泣。

「珮珮，我們是不是分手……會比較好？」

他說分手，我怔怔的，一陣撕裂感強勁地摑過胸口，大概很疼很疼吧！我的眼眶迅速湛濕起來。

「珮珮……」高至平見到我的模樣也露出不忍的神情，我想，如果他不夠堅強，或許下一秒他也要落淚了。「珮珮，不是不想和妳在一起，只是再這樣下去，我們一定還會爲相同的問題爭吵下去，我也一定會一遍一遍地傷害妳，我不要，妳能懂嗎？」

我訥訥地搖頭，有滴淚，在我的唇邊粉碎，我立刻嚐到傷楚的滋味。

「珮珮，別這樣……」

「不要……」一直處在恓惶中的我終於可以發出聲音，卻是一陣因爲激動而呼吸不過的可怕哮喘，「你不要……不要說這樣的話，你不要……」

「珮珮，珮珮，妳不要哭，不要哭，妳把藥帶出來了嗎？藥在哪裡？」

藥當然有，我可以不讓氣喘發作，可是又該怎麼讓心痛停止呢？

那個一直默默照顧我的高至平說要分手。我低垂著頭，傷心到不想面對殘酷的他。「你爲什麼……爲什麼要說分手的話？我們說好要一直在一起的……」

我其實懂的，眞的，只是我不願自己那麼聰明。

「妳對我來說，是一個很特別，特別到非常重要的人，我們從小就認識，我不會說這種感受，我就是不能一再傷害從小就認識的人，我做不到，也許是太珍惜我們這幾年一直很單純的感覺，也許是……我眞的不知道，珮珮，我不能再和妳交往了……」

深深闔上雙眼，斗大的淚珠一顆顆澆灌在發芽的青草上，它們還在成長茁壯，我的世界卻已分崩離析，腦海那隆隆耳鳴和胸口愈發劇烈的疼痛讓我無法呼吸。

「騙子……騙子騙子騙子！高至平你這個大騙子！我看不起你！」

「珮珮……」他伸出顫抖的手，觸碰我溼潤的臉頰，不再給予多餘的擁抱，「我們說聲再見，好不好？」

我又搖搖頭，抗拒地掩住耳朵，不要……我不要道別……不想聽道別的話……

夕陽沉沒地平線的美麗是如此壯觀，我看不見，那一刻，我的心臟疼痛得無法再承受一滴眼淚的重量。

那天，是五月二十五日，梅雨季的前夕，天空，眞的很美。

班上和我的周遭，不多久開始流傳著我和高至平分手的私語，有個版本還直指小芸就是第三者，我的身邊無端端多出一群爲我抱不平的姊妹淘。

我不瞭解他們是怎麼得知我們的來龍去脈，從我不眠的黑眼圈嗎？還是我頻頻缺課？又或者是我遊魂般在校園流連的形單影隻呢？

「分手」兩個字，根本不足以代表我和高至平的分離，它不能說盡我和高至平的故事。

我認識幾個高至平那邊的朋友，輾轉聽說，他也過得不很好。

分手後第三天，我果眞搬出了公寓，小芸沒有問原因，搬家公司搬走屬於我的行李那天，她並沒有回來。我離開的前一晚，小芸曾經趁我打包行李的時候喚了一聲「恩珮」，我抬起身面對她，我的眼眶紅紅的，她也是，我不曉得她是爲了什麼而哭，那無所謂了。她看著我，緊閉嘴巴，又是那種很多話想說的神情，但我不要她道歉，不要聽任何的安慰，我又低下身繼續把衣服一件件放入紙箱。小芸站一會兒，回房去了，我想她這輩子是說不出她到底想要說什麼。我們兩個死黨在彼此沒有道別的情況下從此漸行漸遠。

我搬回家裡住，媽媽不過問太多，她情緒最近焦躁了些，我想她也有自己的麻煩。現在，全世界只有一個人會在我最悲慘的窘境還能無動於衷地落井下石。

「糟透了。」林以翰將社刊在他鐵面無私的面前擱下，「妳的專欄。」

我得承認，他的話很傷人。我坐在系館外的大階梯，臉是埋進膝蓋裡的，鴕鳥般地逃避一切危險的姿態，靜靜地讓他指責我。

「妳不會自己都看不出來吧！文句不通順，排版也亂七八糟。」

「……」

他見我一直不吭聲，索性拿社刊往我頭頂打，「與其自憐自艾，倒不如振作起來把妳的工作搞好，還有妳的各科小心別被當了。」

當他說到「振作起來」的時候，我的眼淚不自禁掉了下去，背部微微抽搐起來。

林以翰沒輒，把我方才被他打亂的頭髮撫摸得更亂，「再哭下去，妳的眼睛肯定會報廢。」

「……所以我才不敢讓你看我的臉嘛……」

「妳又不能這樣躲一輩子。」

「但是……我不知道該怎麼做才能讓我的眼睛不報廢掉……」

「不去想他就好了。」

「那除非把我的頭剁掉。」

「其實，連我都能明白妳男朋友的意思，套句買賣的術語，見好就收，他算挺理智的。」

「所以……我是一支不被看好的股票嗎？」我哽咽地問。

而他以一種體貼的方式回答：「是他不想失去更多。」

然後，林以翰沒再說話了，又過些時候，我臉上的淚痕風乾，才肯自膝蓋中抬頭，林以翰就像我親哥哥一樣還坐在身邊陪我，眺望著熱鬧的籃球場，他連側臉都好看。

「妳有多難過，我絕對不可能知道，不過，起碼我知道妳不能再這樣下去。」

「……我明白。」

已經不是三歲小孩了啊！我曉得不能一直耽溺感傷，曉得學業千萬要顧好，也曉得飯要大口大口地吃下去，我都曉得，只是……只是我又不是無敵鐵金剛之類的人物。

「換個角度想，在妳還沒有認識他以前，他並未喜歡妳，失戀，只是曾經被賦予的感情回收了，妳其實沒有失去生命的任何一部分。」他的親切竟和奶奶如出一轍。

如果沒有高至平，我會不會喜歡上林以翰？這個問題是無法成立的，因爲林以翰對我的意義遠比高至平的替代品還要大上許多許多。

我在深夜思索林以翰丟給我的課題，想著想著竟有了睏意，眞不可思議，我已經失眠三個禮拜，今天卻強烈地渴望睡眠，彷彿有好多年都不曾睡過。

睡飽了，也就有了不認輸的力氣，我不相信那個從小和我一起在鄉下長大的高至平會那麼無情，他的善良連奶奶都讚賞有加，只要我一難過，他就會來了。

隔天，我一個人到了台大，有高至平在的學校。

早晨下了一場雨，地上還是漉濕的，不過風裡已經曬出和煦的溫度，我還聞到花兒努力綻放的清香，迎面吹著，很舒服！

比起接到高至平第一通電話，比起他向我告白的那個日子，比起他生澀親吻我的瞬息，比起他對我說出「分手」兩個字，火紅的鳳凰花樹下，我都沒有像現在這麼緊張。

很快，我在人群中發現高至平的蹤影，學生川流，他很慢才發現我，原本正和兩個男同學談笑著什麼精采話題，後來看見我，那雙黝黑的眼吃驚地睜大。

我的頭髮在春天快要過去的季節長到了腰上十公分左右，風一來，便會在我周圍輕盈起舞，這陣氣流，滿載我生平最大最大的勇氣。他向同學交代幾句，他的同學也朝我尋來，亂尷尬地認出我是高至平的前女友。

「嗨！」搶先我一步，高至平出聲向我打招呼，清爽的笑容綻放在他沉穩許多的臉孔。

「會不會打擾你？」

我變得客氣了，他回頭瞧瞧正要離開的同學，揮揮手，又轉回來。

「不會，我沒課了，只是晚些有事。珮珮妳……」

他還叫我「珮珮」，好溫暖的音調喔……

「我們……」我們的距離，兩公尺，是前年夏天我規定的長度，我極渴望能再深深靠近，「我們能不能不要分手？」

他錯愕住，我連呼吸也停止了，稍後定睛在他所流露的掙扎之色，卻叫我意外，不對，不該是這樣啊……我來，不是要讓他為難的。

「我只是覺得……只要再努力一點，再努力一點就可以的，不一定要分手啊！我和你……又不是有什麼深仇大恨，對不對？既然這樣，我們別分手，高至平，我們一定……」

我自己閉了嘴，高至平正凝望我，他瞳底隱隱爍亮的悲傷與堅定適時阻止了我的天真。

「珮珮，」他說：「已經夠了。」

他用溫柔的語氣叫我珮珮，他用殘忍的嘆息告訴我已經夠了。

不是沒預想過他還是會拒絕我，我也會做最壞的打算呀！如果他真的要甩掉我，以後，一定一見面就對他不客氣地比中指，一定在他的詛咒娃娃上釘滿一萬個釘子，一定會交到比他優秀十倍的男朋友，一定要把他狠狠地踩在我腳下……現在，我又把那些報復的手段林林總總在心底唸過一遍，沒想到就快唸出眼眶裡的眼淚。

原來，失戀並不是最傷心，最傷心的是要自己放棄，他說已經夠了，我不得不放手。

太過分了，我那麼喜歡你……

「高至平！」

有人喊著他名字，我自混亂的思緒中看去，越過他，見到一位甜美的女孩子捧抱一堆書，穿著潔白短裙，快跑的腳步略有外八之嫌。就在我認出她的同時，小芸也立刻打住，她張大嘴，受到的驚嚇似乎比我要多。

高至平的視線自小芸身上再移轉到我這邊的時候，他的不知所措是那樣昭然若揭，我輪流注視著他和小芸，大徹大悟，彷彿先前所有盲點都一掃而空，彷彿有人痛快地賞我一巴掌，我看得很清楚，我明瞭了。

「那，」天知道我哪來的力量，我朝他微笑，「再見了。」

終於，我給他拖欠了二十一個日子的道別。

高至平欲言又止，小芸怯生生地走到他後頭，我離開了他們，任由鳳凰花的紅瓣在我身後兀自繽紛飄零。

畢業季是離別的時節，送走了親切的學長學姊，而我送走的是一段也許要經過好久才能遺忘的感情。我沒有哭，我早不要自己在他面前掉下一滴淚。

起先只是一味地走，後來我開始跑，愈跑愈快，腳底下踩的好像是村子那間小學的紅土跑道，我的奔馳這麼順暢，把體力耗盡也是一種宣洩。

有段路積了大片泥濘，我就是在那裡跌倒的，並不感到痛，就是側目的路人使我不自在。我自己爬起來，拍掉兩三坨泥巴，在臉上抹出一道又長又寬的污痕，繼續往前狂奔，直到衝回家門，途中，天邊滑過好幾聲隆隆春雷。

家裡沒人，我拿著換洗衣物進浴室，卸下全身累贅，打開水龍頭，滾燙的熱水立即自頭上的蓮蓬頭灑下來，融混著大地芬芳的泥土隨著水流，從我的頭髮、面頰、肘臂流瀉到浴缸中赤裸的雙腳邊，把今天這個狼狽不堪的我沖刷得乾乾淨淨。

淚水，就像一陣即時春雨。

我在喧嘩的水聲中，聽見自己痛哭失聲的聲音。

暑假來臨了，我的大一生涯在各科都低空飛過的期末考後慘澹過去，說不受分手的影響是騙人的，我的成績在班上出奇地差，有一科必修課還是向老師求情才免於被當的命運。我持續失眠著，當腦海拚命地思念某個人，它怎可能停歇？

坦白說，我很疲倦。

那種疲憊感不是睡個三天兩頭就可以消除，幸虧暑假到了，我比較能不受學校壓力地墮落下去，直到一天有人也需要我的扶持，直到那一天。

中國的七夕剛過，爸爸和媽媽離婚了。

「小珮，妳好好地想，妳要跟誰走？」媽媽負責告訴我這個事實，然後她紅著眼眶要我做選擇。

我覺得他們好過分，爸爸或媽媽……怎麼可以選擇呢？

根據內政部去年的統計，台北市的離婚率高達百分之十三，也就是一百個人裡面有十三個人會離婚，誰能料到我家也是其中一戶。

世界的情感，聚了又散，茫茫人海不停地進行洗牌。

爸爸說房子要留給我們，他搬出去，媽媽不肯。我的倔強有大一半遺傳自媽媽，她堅持搬走，她可以養活自己，遠離傷心地才能重新開始。

於是，搬出住了十八年的房子那天，爸爸也一起幫忙，他的話不太多，表情是緊繃的肅穆，這一切進行得好快，從他們宣佈離婚到我住進新的透天厝，我都還有做夢的恍惚。

「好了。」爸爸站在大門外，看著搬家工人在家裡進進出出，他心有所感地自言自語：「這裡很不錯，打掃一下就差不多了。」

我和爸爸因爲勞動而把袖子捲到手肘的位置，湊在一起，看起來有著相同的默契。

我望著他，那將我拉拔長大的手掌厚實地安放在我頭頂，爸爸他露出了有教誨意味的慈祥笑容，「以後，妳要照顧媽媽，知道嗎？」

我猜，爸爸大概以爲我已經夠懂事了吧！我會照顧媽媽的，可是，誰來照顧我呢？

「爸爸走了，我會常過來看妳們。」

媽媽留在堆滿紙箱的客廳，不出來，我就站在門口目送爸爸離開，他一手抓握車鑰匙準備上車的背影，隨著距離的拉長而愈漸模糊，最後只剩下白花花的光線。我吸了一口陌生空氣，抿緊嘴，不出聲叫他，也不讓他聽見我的哽咽，眞的好難，與深愛的人別離，我正努力做到不會哭泣，有一天我一定做得到，做得到。

春夏之交，我一連失去了爸爸和高至平，我討厭夏天。

看到西瓜，會想起夏天；看到圍巾，會想起冬天；看到別人溫馨相聚，會想起失去。有一段時間覺得被世界放逐、被人類遺棄了，孤獨，在夜晚往往是那樣不可抗力地巨大。

我就是在那樣的深夜窺見媽媽一個人坐在沙發上，緊縮身子，撐著憔悴的額頭，無聲哭泣。最初提出離婚的明明是媽媽啊……我以爲她的痛苦總會比爸爸少一些的。

「本來，他們離婚我沒什麼感覺，」林以翰主動找我聊天的時候說起了他的心路歷程：「可是兩年後當我媽向我介紹她交往中的男朋友時，我忽然感到過去我們一家三口度過的時光變得毫無意義，我覺得我媽遺棄了我爸，也遺棄我了。許恩珮，妳的感受，我懂的。」

我輕輕靠著他的背，安靜體會我們的感傷，原來不是菸草味的關係，是林以翰使我有了遇見同類的安全感。

他提醒我，當你先發現一個人的軟弱，你就有堅強的義務。

媽媽提早回家的傍晚，我們一起準備晚餐，她在處理一條鱸魚的時候，向我提起想要退休的念頭：「媽媽最近覺得有點累，想想，也拚老命工作二十幾年了，是不是退休會比較好？」

望望她無奈的笑容，笑紋深得令人心疼，我低頭繼續洗我的高麗菜。「好啊！有一些同學的爸媽也都沒在工作了，常常聽說他們又去哪個國家玩。」

「嗯……」媽媽認真思索，雙手還不忘把魚鱗清得一乾二淨，又說：「不過，我們的經濟可能就沒辦法像以前……」

「我會去打工呀！」

我話接得很快，媽媽趕緊澄清：「小珮，我不是那個意思啦！憑媽的存款和退休金，已經很夠了，我只是要說現在的情況不能和以前相比。」

「沒關係，我是自己想去打工，已經想很久了。」把洗好的菜葉放到砧板上，我生疏地舞動刀子。「大家都在打工，好像很好玩，我也想做做看。」

其實，未來的日子能不能應付得來，連自己都沒把握，只是我暗暗懷抱一個決心，我要爸爸和高至平都看到，我過得很好，我會過得很好。

晚餐後，我和媽媽一起看八點檔連戲劇，她好久沒這麼放鬆了，儘管看不懂劇情，也帶著舒適的微笑享受這一刻。

不會那麼快的，要從傷痛中走出來所需要的時間總超乎自己想像，但，我相信媽媽有她的辦法，我也一樣。分開，應該不是結束，而是另一種生活方式，有時人們分離是爲了揮別眼前的痛苦，我無法幫媽媽預言往後的她是否就能快樂，不過我相信我們都想要快樂。

半途，我直覺地起身，打開沙發後的窗，沁涼的風竄透紗窗格子，原本專心盯注螢幕的媽媽也不禁回頭晃晃窗外，說：「喔？外面這麼舒服啊。」

我沒再回去看電視，就待在窗台前，輕愜凝望對街那棵年邁的大榕樹，有些驚喜，晚風一陣一陣，在車輪輾過社區柏油路面的寂靜中，我聽見久違的蟬鳴。

暑假期間，我找到一份不錯的工讀差事，原本是在報社負責打字，後來開始校對文章，對於這行業的環境和運作我得以一探究竟，並且一天天熟悉。

開學前夕，我報名參加了高空彈跳，憑著某一日的突發奇想，從大漢橋一躍而下。高空彈跳不過是種讓我拋開過去的儀式，我整個人以飛快速度衝向水面之際，也一併把高至平的一字一語深深投入淵底，所有令我快樂、令我傷透心的。

我用盡一切辦法去遺忘，事實上，我不曉得應該把什麼忘掉，就算是和高至平的快樂回憶，只要想起還是會心痛。但，林以翰說得對，我必須做選擇，跨出一步總比原地停留來得好。

日子在忙碌中過去了，時間飛逝得特別快。

升上大二，我被選爲新聞社的副社長，打工、社團以及百廢待舉的課業使我一開學就馬不停蹄地忙碌，忙到我很少想起高至平，他的臉孔在我腦中出現的次數少了，我胸口隱隱作痛的症狀也減輕許多，對於他的情感不知不覺地蛻變著，沒有焚燒的恨意或執著的愛戀，在我印象裡，他漸漸回到那個和我沒瓜葛而依然質樸的男孩子。

十一月學校校慶那天，是打從分手後第二次遇見高至平，只有僅僅五分鐘的晤面。

我們班擺的攤位賣的是章魚小丸子，我和一干同學使出渾身解數，吆喝叫賣，要和對面那一攤「章魚王」拚個高下，園遊會的盛況達到了最高峰，我受不了爐火的熱氣而暫退到後面椅子休息。

「恩珮！恩珮！恩珮在這裡嗎？」

嗓門最大的女同學用她的高分貝喊我，我捨不得放開那瓶礦泉水，邊喝邊舉手表示我人在場。

「有人找妳。」

攤位前面客人很多，我先就地探頭張望，竟然看見高至平的身影。他愣一下，我新買的牛仔褲就是那時候被礦泉水灑了一片！

「哇！恩珮！」

朋友急忙過來把我傾倒的保特瓶扶正，我把礦泉水交給她，一面拍掉身上水漬，一面尷尬地走出去。

有位死黨認得他，也聽過傳言，把我拉住低聲警告：「壞男人不用給他太多時間。」

「妳還好吧？」見面的第一句話，高至平關心我剛才的窘況。

我看看自己，不在意地攤攤手。「幸好天氣熱，等一下應該就會乾了。」

「我們學校下個禮拜也校慶，到時候人可能也不少。」他環顧熱鬧的四周，說：「要找個攤位眞難，我找了快一小時才找到這裡。」

他一個人來，小芸沒在身邊。

不只一百次，我曾不只一百次地私自排演再次遇到他的情景，會埋怨？會落淚？還是故作堅強？原來……都不是，我遇見一個不屬於我的男孩子，如此而已。

我把垂散的髮絲撥到耳後的當兒，瞟見那位死黨拚命向我指著手錶。怪了，怎麼她對高至平的成見比我還深？

「那……你找我幹嘛？」

「喔……」他猛盯地面，挺難啓齒的樣子，一分鐘後，「我聽說妳爸媽……」

說沒幾個字他又住口，而我已經完全瞭解他的來意，想必他聽說了我爸媽離婚的事，要知道我好不好。他不會作假的，高至平不是扮虛僞的料，這就是爲什麼我始終無法把他當作一個可惡的負心漢看待，我想，日後不論遭遇再多次不幸，他都會來到我面前，探視我的無恙，如同奶奶病倒的那一年，一下公車就能見到他滿臉的擔憂。

不過，我不能再把他和奶奶畫上等號了，他沒有義務像奶奶那樣無條件地疼我、寵我，那些夏天、那個在夏天裡的高至平，終將成爲我生命裡的過客。

我還是一個人，應該學會一個人處理傷口的本事。

「如果你是因爲擔心我才來，那麼，請你以後不要這麼做了。」片刻後，我樂觀而篤定地告訴他：「以後，如果你想來逛政大校園，我可以當導遊；如果你現在要吃章魚小丸子，我也可以請你吃。可是，不要因為擔心我而來，好像我的生活一直很糟糕。」

「我才沒那個意思！」他情急反駁。

「那好。」我轉身從攤位搶走一盒才剛賣出去的章魚小丸子，微笑遞給他，「請你吃，歡迎下次光臨。」

他被我弄怔了一下，呆呆拿著那盒燙手的章魚小丸子，再看看我，我因為神傷而驟降的體重到現在還沒完全恢復正常，可是再消瘦的臉龐也還掛得住健康的笑容，你一定看得到。

「我知道了。」他垂下眼，笑了，對著手上的紙盒意味深長地喃喃自語：「謝謝，一定很好吃。」

記得上回發高燒臥病在床，擤了鼻涕的衛生紙扔了滿地。但是，當我紅著濕潤的眼眶，吸著幾乎進不來的空氣，很恍惚，面對一地的衛生紙，卻不想起身收拾。如今，高至平，我也不想為他再多花一分力氣。

回到攤位，早已氣急敗壞的死黨衝過來抓住我猛搖，「恩珮！妳在想什麼啊？對他笑也就算了，還附贈小丸子一盒喔？那一盒可是我煎的耶！」

「哈哈！對不起啦！」

打打鬧鬧的空檔，我又無意瞥見高至平逐漸走入擁擠人群中的背影，是我自己斷了我們之間的聯繫，你和小芸應該已經公開在一起，從今以後，我便聽不見你們相愛的近況，你不再是我男朋友，我難過的理由也跟著減少一個了。

有個小男孩騎著四輪腳踏車從前方經過，他的爸爸在後頭緊張地護航，我一度停下翻轉丸子的手觀望，直到他們也消失在園遊會的人潮爲止。

「勇敢一點！眼睛看前面，不要想著妳會跌倒，這樣其實後面有沒有我都不要緊了！」

腳踏車，會讓我想起那句充滿鼓勵的話，教我學會騎單車的那一年，高至平曾經從後方大聲喊叫過來，他要我勇敢一點，要我往前看，要我相信沒有他我一樣可以平安無事。

你知道嗎？我現在正有著乘風起飛的豁然開朗。

之後，我和高至平便沒再見過面了，他幾乎就要走出我的生活，幾乎就要。

進入冬天之前，媽媽順利地從她效力二十幾年的公司退休，現在全心當個悠哉的家庭主婦，她加入插花班，從此我們家客廳再也見不到枯萎的擺飾。

耶誕節前夕，我從忙碌的社團活動中被叫到社辦外一排光禿的小葉欖仁下。

剩下我一個人獨處的時候，我靜靜看著十幾名學生把白色棉絮鋪到樹上，樹的頂端有顆金星，旁邊海報畫了一個笑得很開心的耶誕老公公。

「那麼有禮貌，一點都不像妳。」

另一個聲音驟然自我身後響起，我回過神，林以翰站在不遠的矮階上，頸子繫著那條駝色圍巾，手拿牛皮紙袋，揮了揮，他戴上那條圍巾的感覺眞帥氣。

「不要神出鬼沒的好不好？我遲早會被你嚇死。」

「我已經叫過妳了，是妳沒聽進去。」

「喔！那大概是我剛剛……」

「正在專心拒絕別人。」

我快速瞪他，「你看到了？」

「嗯！眞可憐，人家好像眞的喜歡妳很久了。」

外系的男生找我出來，告白後順便邀我一起參加耶誕舞會。

「我……」被林以翰這麼一虧，我忽然也內疚起來，「我是不是拒絕得太過分哪？」

他興味地觀察我一會兒，把資料袋還給我，裡面有我千拜託萬拜託求他幫我審閱的稿子。

「妳講得很好，很有誠意，所以我才說那不像平常凶巴巴的妳。」

那是因爲……我自己也被人拒絕過呀！嚐過挫敗的滋味，使我無法再像以前那樣理直氣壯地對眼前的男生說不，我已經懂得更認真、更感謝地婉拒一個人的心意。

不多說什麼，我只是笑，將雙手放進外套口袋，打了一個舒服的寒顫。林以翰見狀，信手將他頸子上的圍巾摘下，我警覺地退後一步。

「你要幹嘛？」

「妳戴著吧！」他的語氣一點都不體貼，半冷血地，「如果氣喘又發作昏倒，我可不揹妳去醫院，重死了。」

「我哪會重啊？我現在體重才……」

旁。

我還嚷嚷著自己不同以往，那條溫暖的駝色圍巾已經繞過我頭頂，安穩套在我空曠的頸子兩

林以翰爲我憂傷的眼神柔情似水，他很難得會露出這樣的神情，使我當下不能再逞強。

「我知道。」他開始以細膩的動作將圍巾一圈圈繞在我單薄的脖子上，「我才想問妳，孤軍奮戰這麼久了，難道不想找個人在妳身邊？」

如果有剋星這號人物，那麼，林以翰一定天生是要剋住我的，虧我努力了這麼長久一段時間，他竟然還能讓我在聽了他的話之後，淚眼盈眶。

我從來就不認爲自己堅強，正因爲如此，才必須常常告訴自己，我可以。林以翰卻是一潭結冰的湖，清澈晰透，在他面前我總能看見許恩珮脆弱而眞實的倒影。

我的祈禱裡有過這樣的期盼，或許有一天，會有一個人能代替高至平，我將很喜歡他，而且不再傷心難過。

「也許，會有個人很愛妳，願意一直陪在妳身邊，而且捨不得妳的心不會輸給任何人。妳有沒有想過，也許會有那樣一個人？」

我說過，經過再多年，林以翰從沒說他喜歡我，眞的，一直都沒有。然而，在小葉欖仁下的那一刻，卻是我有史以來最無力招架的時候。

我很寂寞，因爲想念而寂寞。

「大概吧！」我笑著，眼淚卻滾滾而落，「可是，一直到現在，到現在我滿腦子……滿腦子都是高至平那傢伙的影子，根本沒有容納其他人的空間……」

我也不懂……卻偏偏非他不可。

「妳有喜歡的人嗎？」

偶爾，告白失利的男生會好奇地追根究底。有的，我已經有喜歡的人了，那是我千篇一律的回答。我不想自欺欺人，太悲哀了，我無法預測這份留戀要持續多久才會淡去，但，坦白承認自己的心情也不壞呀！

「是嗎？」林以翰迷人的嘴角彎起一道雲淡風輕，他平常絕少讓人看透他的想法，現在更不會了，「妳一定是個天大的大傻瓜。」

「……嗯！」

我沒辦法否認，我是傻呼呼的，而林以翰則太過狡猾，他始終不對我表明他喜歡我，我也沒有向他說聲「抱歉」的機會，或者，說聲「謝謝」。

我們兩個，依然是朋友，無可取代，是剛剛好的平衡，林以翰十分高明地讓我拒絕他，而不破壞我們的友誼。

寒假期間，林以翰去了趟日本回來，他不僅帶給我可愛的土產，還有一項重大發現，我整整遲了一年才察覺到的驚人發現。

「哇！好可愛喔！」

林以翰送給我的是一個木製的日本娃娃，和服裝扮，輕輕搖動它，就會聽見叮叮噹噹的樂音。

他約我去他家接收禮物的時候，他媽媽並不在家。

「你自己去日本嗎？」

「沒有，陪我媽去。」

我聽了，忍不住讚許地朝他微笑，他彆扭地問我幹嘛那麼詭異。

或許是聽我說起我家從完整到分裂的過程，他比較能站在我和我媽的立場感同身受，因此，林以翰最近對他媽媽親切多了。

「我在想，」喝下一口他親手沖泡的日式綠茶，我有點自言自語：「我們都是單親家庭的孩子，要加油喔！」

「加油什麼？」

「讓我們的媽媽和自己都過著幸福快樂的日子。」

「……妳要什麼白癡啊？」

他轉回頭，繼續沏茶的動作，我則觀賞起客廳富具和風味的裝潢。

「你跟你媽去日本玩嗎？」

「不是，去看我外公。」

「喔！我記得你說你外公是台灣人移民過去的嘛！他有日本名字嗎？」

「沒有，聽說他怎麼也不肯取日本名，一直用『陸杰』這名字。」

「這樣啊……」

我捧著陶杯起身，慢慢沿著展示櫃走，然後，就在琳瑯滿目的日本小玩中發現一個極不協調的物品——一張繡帕！

林以翰沏好新茶，忽然見我整張臉幾乎要貼住展示櫃的玻璃。

「怎麼了？」

「那個……」

投射燈的鵝黃光暈打在繡帕上，上頭絲線的紋路和圖樣一覽無遺，我發誓我認得這繡法！

「什麼啊？」林以翰走過來，打開櫃門，將帕子拿出來，「妳是說這個？」

那個受到我無比敬重的房間，就陳列著數十張這樣美麗的帕子，全是奶奶在昏黃光線下一針一線繡起來的。

「這不是從日本買回來的吧？」我著急地問。

「說對一半。那是這次我媽從日本帶回來的沒錯，不過是我外公給她的。」

「你外公？」

「嗯！可能是身體狀況不好的關係吧！他要我媽把這手帕帶回台灣，不要留在日本。」

我那些零零落落的記憶片段，剎那間一塊塊組合起來，拼成一幅失散已久的歷史圖。奶奶那封信裡署名「杰」的人，奶奶年輕時代被擄去日本的友人，奶奶的繡帕……

聽林以翰說過，他外公並不是有血緣關係的外公，是個定居日本的台灣人，而且始終沒有結婚。

「那……你外公還健在囉？真的還在啊？」

我口沒遮攔地問他，林以翰很不可思議地看我一眼，「妳眞沒禮貌，當然在。」

難道，奶奶的青梅竹馬原來還活在人世間？會有這麼扯的巧合嗎？

原以爲那封信燒掉了，過往的一切也跟著灰飛煙滅，沒想到在世界的某一處、某一角，有個故事還在延續下去。

奶奶當年未曾跨出的一步，我替她走了那一程；奶奶一度想奔往的國家，如今我已經踏在它的土地上。

好不容易熬到比較長的假期，學校放春假的時候我飛去日本自助旅行，林以翰不能陪我走一趟，他得搞定出版社爲他辦的簽名會。我向他要了地址，一個人來到日本神奈川縣，在下榻飯店過了一夜，翌晨便搭電車前往林以翰外公的住所。

難怪，我一直認爲林以翰這個人特別，是那種和我有某些淵源的特別，說不上來的冬天特質吸引著我，我相信，那一定跟他外公有關。

然而，當我滿懷期待與忐忑的心情來到地址上的房子前，幫我開門的看起來像是傭人或管家之類的中年婦女，操著我熟稔的國語，凝重地告訴我，她家老先生前天過世了。

過世?!我又錯過了？加上一個「又」字，是我認爲奶奶她當年也錯過了什麼很重要的事。

這一趟日本之旅我撲了空，站在這位滿臉悲傷神色的婦女面前，我錯愕得不知道該怎麼辦才好。

她又告訴我，已經緊急通知家屬，林以翰和他媽媽明天就會趕到，她知道我是他同學，問我要不要在這裡住宿一夜等他們。

我那麼渴望想見的人已經不在，再多留片刻也都沒意義了，這份遺憾永遠無法彌補，因此格外深刻，我的情緒好像坐上雲霄飛車，一度衝到頂端，然後沉沉地滑落。

「請問……我可以進去致意嗎？」我厚著臉皮問，那是我現在唯一能爲奶奶做的事。

於是，就在奶奶過世的兩年後，我終於見到那封信的主人。

肅穆的靈堂上擺的是張五十多歲的相片，略微削瘦的雙頰，堅毅的眉宇和唇形，濃厚書卷氣的眼神，看上去是位德高望重的長輩，我能想像年輕時代的他是曾經多麼意氣風發地談論民族革命之類的大事。

他的氣質和我初見林以翰時相似，是潛藏著一種消極的平靜和冷漠。

爲什麼消極呢？他好多年以前曾回過台灣，還見到已嫁爲人婦的奶奶嗎？

站在老家的村子之前卻掉了頭，毅然遠赴日本，我不曉得這個人是悲傷還是安慰。

親愛的奶奶，請妳透過我的眼睛看看這個人，我猜，他一定很愛妳。

說不出的複雜情緒，好像我就是奶奶她本人，又好像我是一位久聞他大名的小輩，感傷、懷念和莊嚴的情懷在我體內的靈魂裡衝擊著，我的眼眶不由得泛熱。

起身前，我無聲地對相片透露一個不爲人知的祕密：「奶奶說，她很幸福。」

沒人知道我說了什麼，白色百合開得很漂亮，一些婦女忙著拿它們佈置廳堂，我離開之際，沿路便聞到怡人的香氣。

不過，不一樣。返台的飛機上，蓋著毛毯，我昏昏欲睡，反覆回想那個味道，長久以來我朝思暮想的不是百合花，而是一條蜿蜒的巷道，到了夏天，路的兩旁便會開滿星星一般多的白色小花。

我微微睜開眼，耳機傳來機長插播台灣現在的溫度，比離開台灣前聽到的又高了一兩度。

「妳可以試試啊！出去看一看，要是外面的大風大浪讓妳支撐不住，還是可以回到老家來，故鄉有一點是新天地永遠比不上的，它和我們的心靈息息相關，它會給我們力量。」

疲倦，一點點；思念，很多很多。也許我該回去，夏天……夏天又快到了啊！

在車輪輾過社區柏油路面的寂靜中，我聽見久違的蟬鳴。

第十五章

大二結束的那年暑假，我將快要到達腰際的長髮剪去，一口氣剪到了耳下三公分的位置，我的設計師替我很不捨，跟我確認過三次她才肯動刀，回到家，媽媽吃驚得直問我發生什麼事。

我覺得很好玩，這頭負擔早該在我最傷心的時候就甩開了，我照著鏡子，新鮮十足地不時撥弄清湯掛麵的髮型。

搭上南下火車，在五個多小時枯燥的車程中，我寫了張生日卡給小芸，內容再簡單不過，除了我倆的名字外，就是四個「生日快樂」的大字，一走出車站便將它投入當地的郵筒，這裡離小芸的家鄉近，她應該很快就能收到我的祝福，關於她和高至平的事，我已經不那麼在意了，我比較在意的是小芸會不會在我生日那天也祝我快樂？

不久，我等到公車，本以爲歷盡風霜的它好歹該換新了，沒想到竟比往年老舊，車身那一大面廣告看板髒糊得看不出是哪樣商品。我上了車，司機先生我還認得，他的頭上多了條白色髮線，我以前挺怕他的，現在不會了。在空曠的車廂中找到一個勉強算穩固的椅子坐，外頭豔陽高照，車上連窗簾也沒有，我這識途老馬從背包裡找出必備的防曬乳液，塗塗抹抹之後才靠向椅背，回憶著前往鄉下的路線，對，對，這條路沒錯，記得轉角有間柑仔店，然後右轉……

兩年了。第一年我堅持不來，是因爲害怕回到沒有奶奶的那個地方；第二年根本沒想過要來，我那失控的心相信憑自己的力量可以撐過去。

如今，我一個人旅行，一個人也可以做很多事情，沒什麼不好，只是我發呆的時間多出一些，生命似乎還懸著可有可無的空洞。

公車走了，在身後揚起一大片棕色的塵土，我按住快乘風脫逃的草帽，一襲潔白的及膝洋裝裙襬興奮地翻飛，在我面前展開的是偌大的藍天綠地，雲朵好大好大，自地平面一湧而出，水田剛插了秧，一排桑樹的倒影幢幢浮動著，小徑邊的野花飛來兩隻黃粉蝶，在我動也不動的身邊盤旋一會兒又一高一低地飛去。

這裡的風透著懷念的回憶，只要稍作深呼吸，便覺得胸腔微微刺痛。

我曾以為它已經荒蕪乾枯，沒想到竟活潑如昔，我感動到……感動到有點想哭。

如果眞要說出有哪裡不一樣，那也是下了公車後再也見不到一個等候的身影，我回到了鄉下，他卻早已消失在城市的人海。

拖著小行李箱慢慢走，走過三十分鐘的路程，越過一叢低矮灌木，終於見到一幢古老的三合院，紅瓦屋頂、土灰的牆面，還有攀延著綠色植物的籬笆。多少次，這屋子和一個慈祥老邁的身影在我夢裡魂牽夢縈，我的淚水就這麼滴淌下來。親愛的奶奶，珮珮回來了。

推開籬笆門，腐朽的竹子嘎嘎響，奇怪的是，年久失修，院子應該要雜草叢生才對，然而奶奶的菜圃前後看不到茂密高長的雜草，我走近一瞧，發現土壤剛被翻新，比較粗大的根莖還留著，但有切割過的痕跡，我望望隔壁原來的養雞人家，會不會是他們好心幫忙整理的？

「好！接下來看我的！」

我放下行李箱，找出一堆清潔用具，開始賣力整理奶奶的屋子，堆高的灰塵、密實的蜘蛛網全讓我一掃而淨，我打算在這裡停留三天再回台北，三天後新聞社的人要去台東玩，我的計畫是先遊遍全島，再去環遊世界。

花了整整一個下午爲自己清出可以安歇的地方，全身都被水給濺濕了，屋外的太陽還很大，我走出去想把自己曬乾點，站在園圃中央，不期然發現地上有株空心菜，一枝獨秀地在荒廢的菜園中隨風搖曳，好神奇喔！它特別堅韌強壯嗎？

「欸？恩珮？是恩珮嗎？」

隔壁林大伯出門看見我蹲在院子，很意外地用台語跟我打招呼，他說他已經不養雞了，現在生意難做。我和他聊了幾句，才想起自己應該道謝。

「奶奶的院子都是你們幫忙整理的喔？謝謝啦！」

「啊？不是我啦！是那孩子一有空就會過來清一下。」

那孩子？還來不及問清楚，林大伯已經跳上他的野狼一二五，趕著到鄰鎮去。

我留在原地，困惑著他說的是哪一個孩子，就在這時候，又有人發現我的行蹤！

「恩珮！哇！恩珮妳回來囉！」

回頭一看，我嚇一跳，就算轉身想逃也爲之已晚，高至平的媽媽已經把她的機車停在籬笆門口了。

「伯……伯母妳好。」

「好久沒看到妳了耶！我想想……三年？四年？」

「才兩年啦！伯母。」

「這樣喔？哈哈！我就一直覺得妳好久沒回來了。」

高伯母依然美麗，也依舊健朗，以致於她拉住我胳臂要我上車時，我根本甩不掉。

「來，到我們家坐，妳兩年沒喝我們家的百香果汁囉！一定要來！」

Oh, no……

「伯母，不用了啦！我還要準備晚餐，改天再去拜訪……哇！」

一個不留神，我已經被她的蠻力拉上車，坐在後座發怔。

高伯母說晚餐到她家吃就好，剛好現在吃飯時間快到了，有人送她一隻土雞，今天下宰最棒……等她拉拉雜雜說完話，我已經可以看到高至平家的水泥樓房。

對於高至平這個人，我是已經心如止水沒錯，可是要跟他和他家人一起在他家用晚餐，我就覺得……就覺得……哎呀！反正我就是覺得很彆扭啦！

不過，當我跌跌撞撞被高伯母拉進屋子，忽然聽見她絮叨地說下去：「早知道妳要回來，我就不叫至平去他舅舅那裡了。」

「咦？他不在嗎？」

「對呀！我們家電子鍋壞了，我要他拿去給舅舅修，我猜他舅舅應該會留他下來吃晚餐，我們不用等他了。」

如果我沒記錯，他那位會修電子產品的舅舅應該住在十公里以外的地方，高至平插翅也難趕在一頓飯的時間內飛回來。

「幸好……」

我虛脫地滑坐在藤椅上，高伯母坐我對面，頗有感觸地聊起這幾年村子的變化，她說年輕人愈來愈少了，大家都喜歡往大都市跑。

「像至平之前那個高中同學啊！玉貞，去年就聽說她未婚懷孕，跟男人跑了。」

等等，玉貞？這名字好像……彷彿……依稀……是那個女生嘛！每次看到我都有不共戴天之仇一樣，原來……她後來喜歡上別人啦？她早熟的際遇讓我驚訝好久。

還在話當年，有個小女生端著兩杯百香果汁到客廳，梳了兩根辮子，我聽見高伯母叫她「萍萍」。

「這是恩珮姊姊呀！記不記得？她以前送妳好漂亮的項鍊喔！」

萍萍陌生望著我，羞澀地抿抿唇，抱著托盤躲回廚房去。我想她還記得我，只是兩年的生疏與成長，我已經不能再用亮晶晶的手鍊收買她，她也不再會咯咯笑地撲進我懷裡了。

怎麼辦？我有點傷心。

長大，果真不是每一分每一秒都是快樂的，猶如百香果的滋味，酸的，甜的，無法細分。

稍後，高伯母要我幫她看資料，資料在高至平的房間。

「那孩子打算考研究所，他大三就要開始準備了，妳來看看，他從台北帶一些資料回來。」

不知爲什麼，高伯母從以前就對我這個台北小孩抱著一定程度的信心，好像我的一切都比這裡的人還優越。就算我告訴她，高至平應該可以處理得很好，她還是不相信他兒子。

「哎唷！他呆頭呆腦的，懂不多啦！妳等一下，我找給妳喔！」

高伯母開始在他房間進行地毯式的搜索，我則待在門口四處觀覽，他的房間沒什麼太大變化，床和書桌的擺放方位沒改變，不摺棉被，卻保持著簡單乾淨的格調，上一次我到他房間來彷彿還是昨天的事。

高伯母說聲「好熱」，便動手打開窗戶，潮濕南風一股腦溜進來，在簾子撩翻一下又飄回去的瞬息，我觸見靠窗書桌上有條熟悉的手帕，摺疊整齊，露出史努比富親和力的笑臉。

兩年前高至平將我的手帕安放在那個位置，如今它依然在那裡，我還記得它的由來，高至平揹著當年腳受傷的我汗流浹背，我就把手帕遞給他。不僅這樣，那邊牆角擱放蘋果綠的傘就是引起「七二七雨傘事件」的導火線，我在驚忡之中回頭望去，身後的牆吊掛最新的紀念品，藍灰色的圍巾是我送他的耶誕節禮物。

高至平的房間擁有不少我們之間的故事，他為什麼沒丟？當我千方百計地要遺忘我們的過去，他為什麼把回憶通通留下來了？

晚餐時，我吃得有點心不在焉，儘管高至平並不在場，而且高伯母的話很多。

可惡的傢伙，一點都不乾脆！換作是我，一定挖個大洞，把那些東西全部埋起來。現在，現在害我面對香噴噴的土雞有一些食不知味。

電話鈴響，高伯母放下碗筷跑去客廳接，她的大嗓門在這裡都聽得一清二楚。

「喂？至平喔！怎樣？電子鍋可以修嗎？修好囉？這麼快。」

我的筷子停下來了，屏住氣，忐忑不安地盯著盤子上翠綠的高麗菜。

高伯母接著洩露出我的行蹤：「我跟你說，恩珮現在在我們家，我邀她一起來吃飯，她今天剛到的，把她奶奶的房子掃得好乾淨……喂？你有沒有在聽呀？」

電話那頭的高至平大概正沉默著吧！我想像得到，不過，我也是一樣啊！此刻緊張得好像他人就在這裡，我低下頭，瞟著磁磚上花紋，同時聆聽客廳的動靜。

「好呀！舅舅留你吃飯你就吃完再回來，記得要跟人家道謝。」

高伯母掛了電話又回到餐桌，不過她聊起的卻跟方才那通電話無關，她問我台北那棟一○一大樓好不好玩，她想帶萍萍上去一趟。

享用過一頓美味晚餐，我向高家真心道謝，八點過一些告別了他們回到奶奶家，那時候月亮和星星已經升到空中了，我用筆記型電腦寫下今天的日記後，熄了燈，爬上掛有蚊帳的床，這才發現電腦忘記關。黑暗中，「向左走向右走」的幾米桌面在閃亮，一個女生騎著腳踏車向左，一個男生騎著腳踏車向右，和高至平共有的絢爛晨曦和單車的奔馳，在出了神的眼前，就像浮水印般漸漸清晰，我用手枕著頭，凝望那方框框，我想，我也是念舊的人吧！

從樹林來的晚風很舒服，藏在夏夜草叢的蟲鳴很熱鬧，這個地方的回憶……好多。傷腦筋，我可能要失眠了吧……

我起了個大清早，兩年來就屬今天最早起，空氣棒透了，還看到久違的日出。

我從屋子儲藏室找出那部腳踏車，車身鏽得更嚴重，轉了幾圈車輪，暗忖它應該還能騎，我牽到院子幫它洗個澡，看起來並沒有體面到哪兒去。

我把打發時間用的小說放到前面的置物籃，戴緊大草帽，騎上單車，踩動「喀鏘喀鏘」的踏板，車子動了，我的髮絲也在上升的氣流中微微飄起來，我和我的腳踏車開始在每一條鄉間小徑滑行，像張揚風帆的船。

我愈騎愈快，迎著風衝進一條溢著淡香的巷道，討人喜歡的白色小花已經開遍兩邊梔子樹，滿叢的梔子花形成一條芬芳的夏日通道。

我驚喜地張開嘴，笑了起來，一個人傻氣大叫：「花開了！花開了！」

穿過它，我不知道有什麼在那一端出口等我。

「將來，也許妳還會遇見不好的事……」

流動的空氣與深綠的葉子摩擦出溫柔的律動，若有似無地在我耳畔低問。

「我已經不在意了。」

我輕輕回答，奶奶，如果我可以讓世界又多一件美好的事物，那一定是妳的功勞。

穿越梔子花巷道，沿著淙淙溪流繼續乘風飛行，驀然發現前方有隻紅色小瓢蟲悠哉飄浮著，我定睛看仔細，哎呀！那會不會是那一年陪我騎單車的那一隻呢？

就在那個時候，我的車輪發出刺耳的聲音，車身拐一個急彎，衝下坡地，我尖叫一聲，彈了出去，寬闊的視野有小說和草帽在空中飛。

地上長滿一層厚厚青草，綿綿密密接住我，我滾了一圈平躺在草地上，小說「啪」地落在右手邊，草帽掉的時間比較晚，打了一個旋才輕飄飄蓋住我的臉。

全身都痛痛的，不過沒有大礙的樣子。等了一會兒，伸手把臉上的草帽拿開，炙烈金光迎面射來，我別過頭，看見快要解體的腳踏車可憐兮兮地躺在樹叢下，輪子還呼溜呼溜轉著。

我躺了一陣子，直到太陽的角度略偏，我睜著眼也能看天空，今天沒有雲，那抹蔚藍非常深，深得好像隨時會有清澈湖水傾洩而出的樣子。片刻後，似乎有架飛機經過，我再怎麼瞇眼也看不見飛機，只有雪白的機雲在藍天拖出一道長長尾巴。

「造飛機，造飛機，來到青草地；蹲下去，蹲下去，我做飛機翼……」

我躺在草地上哼唱起有點走音的兒歌，沒來由一絲惆悵，淡薄得跟天上那散開的雲絮一樣，告別童年，就是這麼回事吧！

當我望得出神，一道烏雲般的陰影籠罩上來，還愣著，一滴水，重重淌在我額頭，粉碎。

我動也沒動，只將視線往上挪移，看到一個高聳的身影，黑嘛嘛地見不到臉，那個巨人手裡拿著細長的武器……

「妳在幹嘛？」

我飛快坐起身，不是因爲遇見童話裡的巨人，而是那聲音我認得，那聲音……是高至平！

我坐在地上，仰頭面對這不速之客，我的髮間夾著幾片枯草。

他奇怪地望著我，褲管是撩高的，赤腳站在我身後，手拿淌水的甘蔗。

這是我們不期而遇的畫面，沒有我預想中的倉皇或困窘，我們整整對看了五秒鐘。

我伸手摸摸濡濕的額頭，皺起眉頭問：「那是什麼？」

他看一下手中甘蔗，「看也知道是甘蔗吧！」

「我當然知道那是甘蔗！」

我衝得吼起來，又緊急喊停，冷靜，許恩珮，妳要冷靜，妳已經懂事多了。

「那水是什麼？你該不會把甘蔗汁吐在我身上吧！」

「誰那麼無聊？我削了皮，拿到溪裡洗過，八成是溪水吧！」

「那就好。」

放心後，我開始整理我的頭髮，把雜草一一拿掉，在他面前，我不要太狼狽。

「要不要吃？」

不等我回答，高至平揚起腿，俐落地把甘蔗折斷，遞一根過來，然後在旁邊坐下。

「你幹嘛坐我旁邊？」

很想那麼問，不過，很沒禮貌。我曲著腿，啃起又甜又多汁的甘蔗，他也是，不過他吃得比我還認眞，會不會太奇怪？長久分開以來第一次和前男友見面，我們倆竟一起老神在在地吃甘蔗。

高至平先啃光他的份，緘默一會兒，提起十分鐘前的問題：「妳在幹嘛？」

我指指被冷落在樹叢下的腳踏車，「摔車，順便休息。」

一聽我摔車，他的目光下意識落在我腳踝上，「妳沒怎樣吧？」

「沒事。」我舉起一隻腳，動動腳丫子，「你看。」

他起身前瞟了我一眼，「妳變痞了。」

我的改變，或許將來你再沒機會深入瞭解，不過……有一大半是因爲你喔！

高至平走過去扶起我的腳踏車，四處檢查，回頭對我說車子脫鍊了。我已經把甘蔗吃光，跟著走到樹叢邊，看他儼然是位修車師傅似的把鍊子安裝回去，把車子搞定後，他的雙手也黑了一片。

「謝謝。」

跟以往不同了，我客氣地、甘願地向他道謝。他突然停止一切動作，端詳著我，是一種成熟的方式。

「不客氣。」

高至平幫我把小說和草帽撿回來，我牽著腳踏車，他拿起一大根還沒削皮的甘蔗在旁邊慢慢走。

這不是靈異現象，但我沒辦法做出任何解釋，我沒有跳上單車自行騎走，而他很自然地要陪我走一段路。

我們走上坡地，來到草地上的泥土路，路下方的另一邊草地有條小溪穿行，粼粼波光映亮了我們半邊並行的身影，現在不是晚上，但我們腳下有一道璀燦銀河在發亮。

「我聽我媽說妳昨天就到這裡了。」

「嗯！」

「妳爲什麼回來？」

如果是以前的我，一定直接給他一拳。

「就是想回來，不行嗎？」

「不是不行，我只是從沒想過妳會再回到這裡。」

「我喜歡這裡，會回來的。」

「那，妳什麼時候走？」

「後天，那天我要和朋友去台東玩，得先回台北會合，所以一早就得走。」

「喔……」

他的反應挺冷淡的，是不是巴不得我快走呀？免得彼此難堪。

「你還有事要忙嗎？」

高至平，如果你夠聰明，應該聽得出我言下之意是在幫你找離開的藉口。

「沒有。」他竟然回答得這麼乾脆。

我把擱在置物籃的草帽拿起來戴上，他看著我戴好，神情有點欲言又止。

「幹嘛？」

「唔……」高至平想了一下，又把臉轉開，「算了，說了妳一定會生氣。」

「你這樣賣關子我才會生氣。」

「還是算了，我每年這樣說，妳都生氣。」

我瞪大眼，要忍住罵人的衝動不容易，偏偏這傢伙今天一直踩我地雷！

「要是真的有什麼好氣的，我也早氣過了！」

未經思考之下，我脫口而出。再笨的人也聽得出我指的是當年的分手，所以話一說完，我立刻後悔得想去撞樹，怎麼會哪壺不開提哪壺啊！

果然，我們之間淪陷一片死寂之中，腳踏車不中用的老邁聲響異常清脆，喀鏘！喀鏘！

「妳果然會生氣。」

「廢話，我又不大聖人。」

「現在呢？現在還生氣？」

我稍稍側過視線，撞見他心疼又憂心的面容，傷腦筋，幹嘛做出這種表情嘛……

我一度很氣你的，氣到根本不希望認識過你，但是，我差點忘了自己也曾經把喜歡你當成一種天大的幸運啊！

「不氣了，氣那麼久對心臟不好，更何況……」

「何況什麼？」

「以前不懂事。」我在跟他話當年耶！這倒有點出人意料。「我明知道你不想因爲女生的小心眼去改變你原本正大光明的舉動，卻還要你照我的意思做，跟霸佔玩具的小孩子沒兩樣……奇怪，我怎麼講得這麼正經八百？」

「那本來就不是可以嘻嘻哈哈就過去的事。」他改將長甘蔗扛在肩上，注視前方小路的眼神透著超齡的感慨。「我一直一意孤行，沒想過妳的感受……妳說我們誰比較不懂事？」

「……半斤八兩啦！」

他忽然朝我露出一個清朗的笑臉，「誰跟妳半斤八兩？我可沒到現在騎腳踏車還會摔車。」

「不是我的問題好不好！是車子！車子！」

我又吼他了，不過，心情挺不錯的。

我們帶著輕鬆的氛圍走出高地，來到綠油油的阡陌附近，有一群打野戰的小孩從我們身邊跑過去，像陣頑皮的風，揮舞著芒草和竹棍奔進樹林。

「聽說你打算考研究所。」等四周再度安靜下來，我問他。

「嗯！現在還在考慮要不要進補習班，還是自己讀就可以搞定。」

「那，你和小芸……」

我不經意地要知道他們的近況，又察覺失言。抬起頭，發現他正看住我，有些無措、著急，彷彿巴不得我問下去。

「什麼？」

「沒，」我掠掠頭髮，髮絲又短又柔，常常從我耳根子後滑下來。「現在這樣也很好。」

我的話，沒頭沒腦的，文不對題。高至平低頭不再接腔，我不再追問的不言而喻，我想他應該明白。

「啊！我想去那邊看書。」

我指住一棵大樹，那向來是我閱讀的貴賓席，他頷頷首，說他也得把甘蔗拿回家裡。

我們在這裡分道揚鑣。

我牽著腳踏車往樹下走，高至平卻沒有離開，他站在原地牢牢目送著，良久，喚出我的名字。

「珮珮！」

我的心，緊緊一顫，那瞬間的顫慄是可以傳達到靈魂深處般的深刻，出自他的口，世界上獨一無二叫喚我的方式。

我回頭，他深遠的眸眞摯而無瑕。

「那次你們學校園遊會我去找妳，除了想問妳家的情況之外，我本來還要告訴妳……」

「什麼？」

「我怕妳誤會，我沒和小芸交往。」

他沒和小芸交往！我的眼睛睜得又圓又大，那是我當下唯一的反應。

「妳來找我那天，她把參考書還給我，這樣而已。」

高至平沒猜錯，我的確是誤會了，他皺起眉，接著問：「妳不會以爲我那麼惡劣吧？」

完了！我的視線巧妙地呼溜飄到一邊，「怎……怎麼會呢！」

高至平半信半疑，掉頭離開了，留下我，恍惚地把腳踏車停好，恍惚地摘下帽子，再恍惚地坐在樹下，把小說翻開。

方才那群小孩子又來了，三五成群在附近玩起捉迷藏，他們現在並不不可愛，反而略嫌吵鬧，我極需要安靜來沉澱混沌的思緒。

偏偏，頭上響起夏天最末期的蟬鳴，此起彼落，像海浪一波波地打上來，我沮喪地離開書本，望望走進田裡的高至平，那麼頎長的他和那甘蔗現在看起來好小喔！他到底爲什麼要告訴我他和小芸沒交往呢？

再度低下頭，卻只見到映照在書本上的枝影搖曳，精采的劇情完全讀不進去，說不出的心慌之中，我把臉埋入小說裡好久，完蛋了，今天鐵定又是一個失眠的夜晚。

七月三十一日，七月的最後一天，仲夏，我不知道該怎麼幫今天取名字。

奶奶說，成長的路上石頭總是比較多，也不時常晴朗。今天，高至平從這條路追來，他很拚命，我卻不確定應不應該踏出挑戰的第一步，明知道路上或許坎坷，只有笨蛋才會誤入岐途吧？公車噴出一團黑煙並且隆隆發動時，我這麼想。

今天的事件要從我接到一通來自台北的電話說起。

「啊？改時間了？」

還睡眼惺忪，我接起作響的手機，看看桌上的錶，才早上七點多。

朋友特地打電話來通知我，原本明天才成行的東部之旅，因爲車票上的差錯，臨時得改搭今晚的夜車去台東。

「這樣也好，我們可以在火車上過夜，明天中午以前就到台東了，恩珮，妳人在哪裡？快趕回來，我們是晚上八點的班次喔！」

掛了電話，我在床上呆坐一會兒，連忙衝去刷牙洗臉，然後開始收拾行李，從這裡回到台北，起碼也得花上六個鐘頭的時間，沒空再讓我多耽擱一秒鐘了。

我把腳踏車牽進屋子，關上所有窗戶，扣鎖大門，臨走前觸見園圃裡的那株空心菜，還特地爲了它汲了點水。

推開籬笆門後，臨行前我回身再將這座三合院觀覽一遍，我走了，奶奶，我覺得疲倦的身體和心靈都好多了，這裡果然有神奇的力量。

以後，我不想像奶奶還在的時候會怎麼做，我要學著靠自己去體驗生命中每一份苦澀與甜美，也許很久以後的有一天，我也能跟妳一樣說出溫柔而聰明的話語。如果，我還是很想念妳，奶奶，只要閉上眼睛，妳就會出現了，妳以另外一種不同的方式活著，幸好我的回憶很多，我們隨時都能見面。

拖著小行李箱來到公車的等候處，那裡連站牌都沒有，只有一張破舊的長板凳，我坐在那裡等著不知什麼時候才會來的公車，等啊等，不知不覺就想到了高至平。

原本說明天才走的，今天卻提早離開，是不是要告訴他呢？不過，那也不合理，我的來去和他並沒有關係。

我不停反覆思索同一個問題，直到公車來，依然沒有答案，或許不是眞的要個答案，只是要再多想想這個人而已。

我走上車，投下硬幣，鐵筒子噹啷地響好幾下。今天乘客比較多，有個阿婆連她養的鵝也帶上車，牠拍翅的時候嚇了我一跳，我趕緊走到車廂最後面的位置坐下來。

今天的豔陽也大，加上又有動物搭便車，整部車被烘曬出一股濃濃的禽類味道，我使勁把快卡死的窗戶推開，接觸到清新的空氣後才安心地往椅背靠。

公車晃得很厲害，我並不在意這份不舒適感，因爲每回要離開這裡，都是依依不捨，就算是公車上貼得亂七八糟的發黃廣告單，也想牢牢記在腦海裡，何時會再來，我不知道，因此，下次再和高至平見面的時候，誰也說不準了。

我搖搖頭，甩去突發的感傷，得找點其他的事做，來擦防曬乳液吧！

當我專心地把白色乳液均勻塗在手臂上，不小心晃到路邊的一個人影，公車正經過，拎著桑葉袋、率性打著赤腳的高至平先在路邊停下，想等車子遠離，透過半開的窗，我訝異張望，他彷彿感應到了，也抬起頭，就在高溫蒸浮的地面吃驚地目送我和公車緩慢駛離。

怎麼辦？他看見我在公車上，是不是就等於省去知會他的必要？我在毫無頭緒以及些許的尷尬中，決定舉起手，朝他揮了揮，拜拜，他應該看得懂。

這幾天見到他，我並不眷戀我們那一段交往，相反的，我一直想起那個和我從小吵到大的高至平。

也許我最捨不得的是你，也許我該問清楚你自動澄清沒和小芸交往的理由再走，也許我多留幾天我們的關係又會不一樣了……很多的也許，很多的分岔路，然而我已經坐上公車，朝著沒有你的明天前進。

我坐回身，望著手中那罐防曬乳液，有點恍神，但我想再過一會兒，等這段距離再拉長一點，再長一點，我就會恢復正常了……

「珮珮！」

那個聲音像極了蚊子，等你一集中注意力便失去牠的蹤影。我揚了一下眼，公車上的乘客依舊做著他們自己的事，陽光很安謐，一切風平浪靜的，然後……

「珮珮！下車！」

這下子我驚恐地睜大眼睛，車上起了不小的騷動，包括那位帶鵝的阿婆，大家不約而同地往後看，議論紛紛，我只得硬著頭皮跟著回頭望。

那一幕，我永遠也不會忘記，因爲他奔跑的樣子是那樣好看，他沒穿鞋的腳跑起來快極了，我不敢相信自己的眼睛，他扔掉了桑葉袋子追公車！他在追公車？

「珮珮！妳是聽到了沒有？下車！下車啦！」

更令我不敢置信的是……這傢伙竟然這樣大叫我的名字！

我在無比的窘迫中聽到車上有人問「珮珮是誰」，另外一個則認出那個飛毛腿就是「高家的平仔」。

八成連司機先生本身都很好奇吧！所以他速度愈開愈慢，還不斷往後照鏡瞄，而高至平這時離車身很近，是非常危險的距離，他甚至拍打得到車子。

「下車！珮珮！妳再不下來，我就要說出昨天的問題了！」

我轉過頭，緊緊閉上眼，我聽不到，我聽不到……

於是，三秒鐘過後，我果眞聽到高至平用十分飽滿的肺活量喊出昨天他試圖告訴我又臨時打住的話：「今年……妳怎麼……又變回……西瓜皮頭啊——」

我的老天哪！

我以跑百米的速度衝到司機那裡，告訴他我要下車，然後在全車乘客的注視下，抱著畢生最大的恥辱走下去，半途聽到有人很失禮地擅自把我叫成「珮仔」。

高至平見公車停了又走，這才打住他的步伐，我揹著背包，一手拖著行李箱，另一手握著擦到一半的乳液瓶子，快步衝到喘不過氣的高至平面前，狠狠瞪他！

「你最好有一個很好的理由讓我宰了你！」

他費力嚥下一口水，片刻，總算能開口講話：「妳要回台北？爲什麼沒說？」

「見鬼了！我爲什麼要跟你報備？幹嘛把我叫下車啦？」

「我……」他還是很喘，「我還有話要跟妳說。」

「有話快說！」

不料高至平怔了一下，竟然就這樣把我從頭到腳看一遍。「妳別這麼凶好不好？說話對象好像要把人吃掉一樣，叫我怎麼講？」

哇咧！誰有刀子？

「你想找碴是不是？我先扁你一頓再聽你講！」

「我只是……只是不要妳走掉……啊！也不是這樣說，妳要回台北當然可以，不過太突然了，我並不是要妳報備什麼的……」

「我完全聽不懂你在說什麼啦！我再不回去就趕不上去台東的火車了。」

「所以我剛說妳要回家，沒人攔妳啊！」

我倒抽一口氣，眼看最後僅存的耐性就要應聲斷裂，「那你是想怎樣？」

「妳隨時都會一拳打過來的樣子，害我一直在提防妳，哪能好好講話？」

「我警告你，淑女的忍耐也是有限度的……」

「好！停——」

他大喝一聲，伸出右手擋在我面前，我登時怔住了。

「我們又快吵起來了，今天不行。」

這是他第一次自動喊休戰，太意外了，所以我真的乖乖按捺住中燒的怒火，改看另一頭公車開走的方向，下班車不知道什麼時候會來？兩個小時？還是三個小時？不記得了，我這樣會不會趕不上晚上八點的火車啊……

「我還是很喜歡妳。」

咦？又出現了呢！那種類似蚊子，想要尋找就會失去蹤影的聲音。

我把無人的黃土路看一遍，然後掉頭，高至平他正面對村子的方向，有隻牛虻迅速衝入我和高至平中間，左右飛躍。我朝牠擺擺手，難道是小蟲子搞的鬼？

高至平稍稍側身，見我正忙著趕昆蟲，忍不住問道：「妳有沒有聽到？」

「啊？」

「妳沒聽到？」

「聽到什麼啦？」

「……」他一定已經拿我沒辦法，所以又怨又沒輒地瞪了我好一會兒，才一個字一個字講出來：「我說，我還是很喜歡妳。」

咦？

「要我再說一次嗎？」

我又繼續愣了五秒才猛然醒過來，「啊？千萬不要！等一下！你……什麼啊？」

「妳不要語無倫次啦！很難溝通下去耶……」

「是我的錯嗎？明明是你……是你亂開玩笑……」我原本理直氣壯的聲音愈來愈小。

「我沒有開玩笑。」他把那隻飛虻趕走後，態度肯定地，「從我媽電話中知道妳回到這裡，我就一直想告訴妳，可是……」

可是你害我好亂，在我們分手後的一年，在我要回台北的路上，你似乎不該對我說那種話。

「我知道自己沒立場，當初提出分手的人是我。」

「你當然沒立場，我覺得……現在這樣很奇怪。」

「才不，當初我們分手，並不是因爲我不喜歡妳了。」

每當他說到喜歡我的字眼，高至平墨邃的眼睛便含著豐飽的情感，猶如一只日本陶碗，晶黑的底，盛滿清水，再多注入一滴便會滿溢。望著他，我就能更確定自己對他的心情，當初決定不再留戀有關他的一切，也不是因爲我不喜歡他了。

只是，事情總不是我一句「我也是」就能天下太平。

「那，你想怎樣？」

其實我很懷疑要不要這麼問，我害怕他會再度讓我傷心。

高至平他一直看著遠方像是青梅樹的林子，有那麼片刻不說話，他不爭奪，所以海闊天空。

「我不想怎麼樣，我只是硬著頭皮……在跟妳告白，跟我兩年前做的事一模一樣。」

「才不一樣呢！」我佯裝他的話影響不了我，沒好氣地，「兩年前我聽到這樣的話很高興，是因爲什麼都不懂，現在，那句話已經是種困擾。而且……」

「而且什麼？」

「……我已經有男朋友了。」

他訝異地睜大眼，我故意那麼說只是覺得他未免太……太自負了吧！不過，高至平現在的表情好像被我一腳踹到萬丈深淵底下，我只好不甘願地再補一句：「騙你的啦！」

「喂……」他鬆口氣，「妳無聊啊？」

「你難道不會認爲也許我又交男朋友了？竟然還大言不慚地說那些話。」

「就是擔心會那樣，我現在才吃了熊心豹子膽，說我還喜歡妳啊！」

該怎麼說高至平這個人呢？他很「眞」，心裡想的早晚都會表現出來，不多加隱瞞或潤飾，更何況他也沒那本事，回想過往，高至平所有的快樂、嫉妒、生氣與悲傷，如此透明了然，我暗地裡深深羨慕著，我就沒辦法跟他一樣坦率，看著天空，與其說想了好久，倒不如說和那個喜歡他的自己掙扎好久。

「……我不會重蹈覆轍了。」

我算是拒絕你了嗎？如果這是一種變相的報復，那麼，爲什麼沒有得意的快感？話剛說完，我就掉下來不及攔擋的眼淚。

「珮珮，妳來找我說不要分手的時候，坦白講我眞的要對妳投降了，可是，如果當時我們繼續交往，一定還會爲相同的問題爭吵下去，所以，我不會再用以前的方式喜歡妳，我不敢保證我們不會再吵架，只是這一次不會輕易放手了。」

我不知爲何地、莫名其妙地被激怒，揚手擲出還滿滿的防曬乳瓶子，「那你眞的好大的膽子！說分手的是你，現在掰出這種歪理的也是你！」

「哇！」

他冷不防被我打中額頭，我聽到好大的「叩」一聲，暗叫不妙。

「你……還好吧？有沒有……有沒有腦震盪？」

他摀著額頭，看樣子好像還在暈頭轉向，「那也要看我待會兒有沒有吐吧？」

「我以爲你躲得掉……」

我內疚地靠近，他這才發現我臉上的淚痕，「妳哭啦？」

「你……你管你自己的額頭就好。」

「珮珮，別哭……」

我忸怩要躲開他的審視，眼角卻瞄到高至平做了很古怪的連續動作，他的手原本要朝我的臉伸來，卻忽然一溜煙轉向，改搔自己後腦勺。

「你在幹嘛？」

我悶著鼻音問，他被問得尷尬起來。

「差點忘了我不是妳男朋友。」

我用力吸一下鼻子，紅著眼眶注視他，剛剛……你是想安慰我嗎？我是眞的很難過。

「就算……你可以應付得很好了，那你怎麼知道我不會明知故犯？我可能一樣任性。」

我在假設如果我們在交往，我連交往的假設都說不出口。

他放開揉撫額頭的手，說得穩操勝算：「妳不會，我相信妳。」

「……你憑什麼這麼樂觀？」

「不憑什麼，我只是選擇相信我們做得到。」

我不曉得分開後這一年來高至平的歷程，也許他想透了些什麼，我可以感覺得到，就算他並不是信誓旦旦的激動態度，也充滿著前進的力量和勇氣，他這個男生，他這個人，現在給人的感覺，好極了！

「珮珮，老實說，我並不後悔和妳分手，我唯一不能原諒自己的就是害妳那麼難過，可是，如果當時繼續交往，我們兩個一定是世界上最不快樂的男女朋友，記得妳說我們再努力一點就可以，我們卻不曉得該怎麼努力。距離太近，我反而看不清楚妳的臉，分開後，妳的眼睛、鼻子、嘴巴、生氣和微笑的原因，都在我腦子裡變得清晰好多，我不是硬要妳留下來，也不是提議交往，跟那次在陽明山的告白一樣，我只是說出我的感覺，以前喜歡妳，現在還……還是很喜歡。」

我深呼吸，靜靜掉淚，我明白了，他告白，再來輪到我，可是我好惶恐，稍有不慎就會孤獨一個人，就會失去高至平，這座獨木橋未免太令人無助了。

「我一定得搭上下班公車，不然鐵定會來不及去台東。」

「我陪妳等。」

就這樣，在荒涼的路邊開始了一個多小時的等待，我們不再交談，一句也沒有，他守著他的風景，我淪陷在龐大的回憶洪流，到後來，已經不知道到底等待的是公車，還是一個答案。

小學三年級，我認識了高至平，之後的幾年夏天我們吵吵鬧鬧地度過。

高二那年的夏天，高至平教我學會了騎腳踏車，升大學的暑假我給了他台北的電話。

再來是二〇一一年平珮建交，五二五平珮斷交，今年的仲夏，我們又重逢了，他說他還喜歡我。

回憶，太多，在三十八℃ 的高溫交錯浮動，特別是那害我傷透心的分手情景，歷歷在目，我幾乎還能見到那年的許恩珮在陽明山上傷心欲絕地痛哭，那樣狼狽、那樣地不堪一擊，我真的害怕，費盡千辛萬苦才撫平的討厭感受，它會有捲土重來的一天。

然後，我看見一對國中生，女生拿著一只竹籃站在樹下，男生坐在樹上把熟透的青梅一個個往下丟，他們就在遠方的林子那裡。

我的注意力全被吸引過去了，他們邊採梅子邊說笑，所以速度很慢，我也因此看了好久，他們一共花了五十四分鐘的時間。男生從樹上跳下來，女孩則從籃子裡挑出一顆梅子遞給他。我的視力還算不錯，所以男孩的靦腆和女孩的笑容都跟陽光一樣燦爛，他們肩並肩走開了，消失在開滿絲瓜大黃花的棚架下，而青梅樹回到先前的清幽與靜謐，綠影晃漾的，彷彿剛才不曾有人在那裡待過。

這時，中古的引擎聲隆隆由遠而近駛來，我抬起頭，是苦盼已久的公車。

我也看到了高至平他回頭尋望我的眼神，有些焦急和痛苦，我知道，你還在等我的回答。

這輛公車外表比較新穎一點，但噴出的黑煙不少，它緩緩停在我面前的同時，車門打開了，司機先生探頭喊出來：「要上車嗎？」

我點個頭，順便晃晃車窗邊乘客，只有一位年輕母親和她不停拍打玻璃窗的小男孩，我應該上車加入他們的旅程，高至平他選擇的路有太多不確定性和風險，明知道路上或許坎坷，只有笨蛋才會誤入歧途吧……？

只要捫心自問，我一個人可以過得很好，也能找到讓自己快樂的方法，眞的，一個人，並不殘缺。

嘩！司機先生粗魯地關上車門，已經很不耐煩了吧！車子還不小心熄火，他使勁三次才發動引擎，油門一踩，車後排氣管噴出大量黑煙，我和高至平都忍不住按住口鼻，猛咳嗽。

公車開走了，我和我的行李留在原地，高至平望著我，我望著青梅樹林，台東已經遙不可及，滾燙的沙子在我穿鞋的腳和他沒穿鞋的腳邊打轉。

「那個……我奶奶的院子……」

「唔？」

「我奶奶的院子……是你整理的嗎？」

「……嗯！」

「院子裡的空心菜……也是你種的？」

「對。」

「爲什麼？」

「我也只能救得了那株空心菜，妳奶奶種的其他植物都枯死了，我路過的時候，就只看到它還有救，因爲它很拚命的樣子，所以就幫它活下去。」

「是嗎？那，謝謝。」

「妳不用謝我，是我自己想那麼做。妳奶奶種的菜一向很好吃，讓它們全死光太可惜了。」

「我是替奶奶和空心菜謝你，奶奶一定很高興。」

於是高至平不再推諉，倒變得不好意思，悄悄站直了身子，只要是和奶奶有關，他都乖乖的，我微笑了起來。

「妳為什麼不上車？」換他問我。

我沒有馬上回答，我得想想，哪一個理由最誠實。

「春假的時候我去了趟日本，你知道我見到誰嗎？」

「誰？」

「奶奶的一個老朋友。記不記得奶奶很寶貝的那封信，我們一起燒掉的？就是信的主人喔！」

「咦？」高至平非常驚訝地叫起來：「可是他不是……」

「你也認為他早就死了對不對？可是……他跟那株被你救活的空心菜好像，我想他一定也很拚命地活下來了。」

「那妳跟他提起妳奶奶了嗎？他怎麼說？」

「我不知道他會說什麼，我到他家的時候，他已經過世了，他晚了奶奶兩年走。」

高至平從原先的興奮到失望，是吧？一定十分令人扼腕吧！可是，生命不就是這樣嗎？有驟然的悲傷，當然也充滿驚喜，所以沒有人的人生是上著單調的顏色。

「喂……高至平。」

「嗯？」

我轉頭，看著他，世界似乎真的很小，又似乎渺小的是我們兩個。

「我常常在想，奶奶和信的主人年輕的時候，是不是就像我們這樣呢？」

「我們這樣？」

「對啊！從小吵到大，可是也會互相幫忙，也許感情好到就要向對方告白了，然後分開，依照林以翰書中寫的，那個人被擄到日本後的幾年之中，他應該又設法回到台灣，見到了已經嫁人的奶奶，後來，又回到日本去，兩個人從此不再見過面。」

高至平聽了，故意要和歷史做對般，冒出耍性子的話：「誰跟他們像？」

我笑而不語，那麼漫長的歷史過去了，我們正在歲月的這一小段時光中重聚，是不是一種美好的奇蹟？我的手……挪移過去，拉住他小指，他愣一下，看我，看我已經做出義無反顧的決定，我不讓奶奶的故事在我們身上重演，當我難過，我要你可以名正言順地安慰我，我未來的生命一定有你存在。

「我很高興，你把我叫下車……很高興。」

然後，高至平臉上的神情跟著變得安穩，當他又大又強壯的掌心包裹住我整隻手，長久以來我那被寂寞蛀蝕得千瘡百孔的生命也在這一瞬間豐富、圓滿。我撲向他，這是我第一次主動抱高至平，我的雙手圈摟住他頸子，我的臉埋入他的肩膀，我的眼淚，就跟那天在浴室裡痛哭失聲的時候一樣，飆個不停。

過去的委曲、現在的歡喜，還有許多我辨不清的情緒一股腦湧上來，我只能放聲大哭。

「珮珮……」

「不要看我……」

「是。」

「以後……就算我們吵得多嚴重，你都不可以放手……」

「好。」

「如果，你又讓我生氣也不要緊，讓我再難過也沒關係，只要你在，再壞的心情都會過去……」

「我知道了。」

「還有，我不會原諒你，先前你跟我分手的事……絕對不會！因爲……我那麼喜歡你。」

都這個時候了，我還要逞強，他低沉的笑聲在胸腔隆隆作響，不消一會兒便化作動人旋律拂過我的耳際：「我很愛妳，珮珮。」

這也是高至平的第一次，他用一種全新的字眼來表達他對我的感覺，取代了「喜歡」，他說愛我，是另一層領域的深刻情感，是一項可以延續到很久遠的許諾。

於是，我和高至平漸漸、漸漸成爲一幅夏日風景畫中的小人物，歲月大膽地用活潑的金色著墨，那天陽光強得可以，曬燙了倒在我腳邊的行李箱和防曬乳液瓶子，沒有公車經過，地上黃土安分地鋪沿整條鄉間小路，遠處梅子被採光了，聞不到梅子酸溜的香味，卻能從風裡知道，那條巷道的梔子花正燦爛怒放著。高至平抱了我很久，很久，都沒有放開，我悄悄自他汗濕的T恤眺向近處天空，水藍色的畫布散綴幾塊清爽的雲朵，而我就要看見幸福的形狀。

好幾個夏天過去，頭髮長度是我身上唯一可以提醒我時間流逝的工具，在研究所畢業、進入社會的兩年，它被我一剪再剪地維持著中長髮的長度。

今年初春，接到林以翰從日本寄來的賀年卡，大學畢業後他就和他媽媽以及新爸爸到日本去，似乎有意要在那裡定居。他每年都準時寄卡片給我，今年不太一樣，還附送一本剛出版的新書，他說這回的故事是最眞實的，他把他和現任女友的故事寫下來了。我故意打長途電話過去鬧他，既然要寫，怎麼不寫歷史比較悠久的我和高至平呢？

他不改又酷又直的本色回答：「你們的愛情太平凡，沒什麼好寫，我跟她認識的過程精采多了。」

我對他的情人知道得不多，只曉得對方比林以翰年長了五歲，因爲血癌正在住院化療中。她是一個並不美，但會永遠美麗的女人。林以翰這麼形容她。

「其實，愛就算很簡單，一樣感受得到幸福。」掛下長途電話前，他的音調格外煦暖。

林以翰還答應，等他女朋友身體康復，就會寄她的照片給我看，我滿心期待。

我呢……我在一間剛起步的出版社找到一份編輯的工作（我原以爲我會成爲首席記者的），壓力雖大，不過同事間感情很好，我們常常相約聚餐，如果偏要在這麼快樂的現況中挑出一絲絲遺憾，那便是小芸了。我寄給她的生日卡，並沒有接到任何回音，直到大學畢業，再沒有見到或聽到有關小芸的消息。

我用了一個最糟糕的方法來處理我們的心結，最初疏遠她的人是我，她當然也有權利說不。那麼多的懷疑，那麼多的遷怒，雖然都已經是過往雲煙，但，小芸當年那欲言又止的神情的確是飽含憂傷的。我已經不想知道她到底想對我說什麼話，只希望未來有機會能讓小芸知道，我很抱歉，因爲愛情，我失去一個好朋友。現在，我暗暗期盼也許有那麼一天，她會推著可愛的嬰兒車認出我這位大學時代的室友，然後興致勃勃地聊起當年的年少輕狂。

接著，天氣漸漸變炎熱的時候，高至平從軍中退伍了，我們約好要在他返鄉那天爲他接風，不過呢，前幾天我們在電話上破了今年不到一個禮拜和平時光就吵架的紀錄。

我已經忘掉吵架的導火線，大概比擠牙膏要嚴重一點，通常爭吵的原因事後我都不記得。

我請了三天特休，還是依約搭車回到村子，利用一天時間打掃奶奶的三合院，隔天陪高伯母採買，高至平順利退伍，她比我興奮好幾倍。

第三天，已經早上七點多了，霧還沒散去，濃重地籠罩沉睡的樹林、溪流和蔥鬱山巒，空中的太陽看起來像一輪淡月。我穿著涼鞋在舒爽的霧氣中徐徐步行，正在幫空心菜澆水的時候，遠遠就見到理著平頭的高至平負著一袋行李走來，踩在石子路上的腳步聲相當清脆，他的頭髮比我上次去懇親的時候長多了，膚色黝黑健康，走路的步伐脫不去軍人的英氣煥發。

不多久他也發現我，一面走，一面注視手拿澆花器的我。

不管我們先前到底爲什麼而爭吵，我已經不在乎了，當我見到不用再相隔兩地的他，眞的感動莫名。

「你遲到了。」我揚聲說。

「我繞去摘這東西給妳。」他在籬笆門外停下來，把一枝梔子花莖幹插在竹子的縫隙間。

我瞥了綻放的小白花一眼，問：「幹嘛用？」

「我也不知道，這時候好像都需要花。」

「哪種時候？」

深深地，他凝望我幾秒鐘，然後從口袋掏出一只小盒子，不發一語就朝我扔來。我丟開還盛滿一半水的澆花器，笨拙地用雙手接住。

那不是普通的盒子，是裹著寶藍色絨布的盒子，精緻得叫人屏息。我捧在手心，不敢置信，這難道……難道就是傳聞中的……

「打開吧！」

他說得倒輕鬆，可知道我現在多麼戰兢惶恐，當我將圓頂盒蓋打開，果然看到一只璀燦的鑽石戒指，我傻傻怔怔的，那麼閃亮，那麼簡單，高至平讓我瞧見幸福的形狀，不過只有一下子，我的視線很快就被突來的高溫淹沒。

「現在，我不敢擔保我們將來會結婚，」四年前，在我搭上那天的第三班公車回台北之前，高至平站在門口下方，對著錯愕的我緩緩說：「不過，我是眞的很想一直和妳在一起。」

事隔已久，我竟然深深感受到他當時那「很想在一起」的心情。

「現在就給妳這個東西，是有點早，不過，我一直都想給妳，眞的準備好久了。」

「什麼叫這個東西啊？」我用手指飛快拭去眼角的淚水，破涕爲笑，「你這是要向我賠罪是不是？」

「什……」他又驚又急，「誰會拿戒指跟妳道歉？妳眞的不懂？」

「懂啦！懂啦！」

我老神在在地把戒指戴在左手的無名指上，再舉手向他亮一亮。他看了，淺淺地笑了，我能讀得出高至平這一刻非常高興，非常地高興。

「再鬧，戒指就不給妳。」

他恐嚇，我故意做出無所謂的表情。

「我先走了，還沒回家過。」他停頓一下，好像還想說什麼，可能自己不好意思起來，就只說：「那，晚上見。」

「嗯！」

我信步走到籬笆門外，目送他離開，等他走遠，我右手用力一握，小聲歡呼：「Yes！」

哼哼！晚上在餐桌上，他會怎麼跟家人交代這一切，那就是他的問題了，老實說，我有點幸災樂禍，等不及要看他又尷尬又結巴地面對好奇的家人。

「珮珮！」

高至平突然又掉頭跑回來，我趕緊放開緊握的拳頭，藏到身後去。

「什……什麼啊？」

冷不防，他冷不防在我額頭親吻了一下，好燙。

我圓睜著眼，他輕攬我的後腦勺靠近他，停留半晌，對我低語：「我們會一直在一起。」

我知道，我知道的啊……

沒再去撿澆花器，剩下我一個人之後，我繼續待在籬笆外，靠著門，竹子涼涼的，背在身後的右手指尖觸碰到左手上的寶石也有意外的消暑作用，我的米白裙襬有一陣沒一陣地翻飛，甩開一縷愜意，後方滿地深綠色的空心菜隨風婆娑搖曳，沙沙、沙沙地作響，想起高至平方才靦腆又認真的面容，不由自主地輕輕微笑。

我知道我們會一直在一起，現在我已經能體會奶奶說出那句話的意義，我很幸福，這幸福不是瞬間的曇花一現，它綿延了半個世紀，半個世紀。

晚飯後，高至平被窮緊張的高伯母擋在餐廳，支支吾吾談著婚期啦、提親之類的事情，我閃避到外頭的走廊乘涼，蟲鳴、蛙叫，這個夜熱鬧得很。要升國二的萍萍害羞地過來央求我說幾個感人的故事給她當暑假作業，她認爲身爲編輯一定看了不少好作品。我說，我得想想該從何說起，這故事有點長，淵源於艱辛的日據時代，主角們都還是跟妳差不多的年紀喔！故事，故事是這麼開始的：

很久很久以前，有一個可愛的村子，每當夏天到的時候……

很久很久以前，有一個可愛的村子，每當夏天到的時候……

【全文完】

◎讀者回應篇

作者 only.bbs@cd.twbbs.org
標題 Re：夏天，很久很久以前（11）
時間 Mon Oct 27 19：09：43 2003

好棒！好細膩！
眼底也跟珮珮一樣，迅速加溫。
我能體會那種愧疚，那種多麼令人尷尬的感覺。
眞的好喜歡這部作品，沒有壓力，只有溫馨；沒有浮濫，只有清新。每每看完，總急著要看下一回，眞的好棒！

作者 yuu720
標題 喔，又是好久才寄信
時間 Thu Nov 27 22：16：56 2003

親愛的晴菜：

其實很早之前就想寄啦，但是因爲太忙所以到今天才抽出時間，小說眞的很好看喔，話說最近妳寫得很勤，喔喔，我也看得很過癮。

夏天，很久很久以前。

好長的長篇喔，總覺得妳寫到三十多集，還有滿腦子的劇情沒有鋪設，不過眞的好高興看到遲鈍珮珮突然醒悟過來，不過似乎又沒完全頓悟，我覺得雖然平仔隱約內斂地表達情感，不過應該還是多少表達出來了。嗯，平仔要多加油囉！這樣珮珮才能夠深刻地感覺到！

應該還很長吧，我想。這是一篇很好很好的故事呢！我眞的很喜歡溫馨和暖的感覺，這是妳筆鋒的特色唷，好棒好棒！不過，我在想妳有沒有可能因爲字數的限制而扼殺掉一些情節呢？希望是不會囉。

剛開始連載沒多久我就覺得這會出版，還私下畫了許多有關故事的畫面，不過好像畫不太出來那種感覺。

感覺上，〈奶奶的情書〉的情節已描述得差不多了，接下來到底會有什麼樣的變化呢？喔喔，好期待唷！

作者　swirl（fortune）
標題　關於「夏天，很久很久以前」：
時間　Sun Dec 7 20：31：58 2003

有近一年時間沒注意小說板的動靜，在準備日文檢定無聊得像要結蜘蛛網一樣的晚上，晃過小說板閃亮亮的進板畫面，瀏覽了一下近期的故事，倒看出了趣味。也許經過仔細審視妳的作品的經驗，和一年多前的《眞的，海裡的魚想飛》比起，雖都有夏天的光影充斥故事，不過轉變性頗讓人詫異。

《長腿叔叔二世》我還沒有看，這一年裡也對妳的短篇故事略有印象，不過和較深重的感情故事比起，充富季節白描的文風還是自己較熟悉的。（也許是因爲個人實在太偏愛「夏天」這類季節文字的抒寫？）

該怎麼說呢？

晴菜的文字很細膩，那種在創作時鉅細靡遺像努力用記憶刻出的畫面，常讓人不經意陷入圖層海域裡。我常在線上瀏覽時想，這樣的筆者在一字一字 key in 時腦中想的是什麼景象？

在生活的細流裡，是否也是以像不忍錯過什麼的眼睛，一幕幕按下每個細微動作的快門？

回頭看《夏天，很久很久以前》，有些過去熟悉的感覺還是沒有變。

在看《夏天，很久很久以前》時影射性想起桂綸鎂。也許歸究不久前又重看了一次「藍色大門」的電影小說。

整個故事連串時，我幾乎可以想像桂綸鎂永遠在戲中略帶質疑意味的圓杏眼骨碌碌地流轉，微斜角的視線像要看透生命本身，其實就是矛盾整體的象徵。

當然相較討論涉及同性情愫的劇情，《夏天，很久很久以前》的青春氣息專注得多，女主角的特色也客觀穩定些。

「原來看了那麼久啊……原來看來看去還是喜歡這樣的故事啊……」

這部故事看第一集時，心裡這樣想。

我希望我沒有錯過什麼，還來得及仔細聆聽關於幸福的聲音。

swirl

作者　swirl（fortune）
標題　Re：關於「夏天，很久很久以前」：
時間　Mon Dec 15 17：25：53 2003

我這才想起來，故事不記得看到哪裡時也是，宮崎駿的鄉村感覺一度襲上印象。有幾幕都營造出類似的意象，文字裡青綠色境外的荒涼感和瞬間湧過的茵綠鄉田光景，一聲聲如心跳鼓動的生命徵象在沉靜裡兀地清晰，在主角初步踏上彷如隔世的土地那段白描敘述裡，攝去不少詫異的注意。

哇！那時被那個場景震撼得眼淚都要流下來了……

最近我的室友也成了妳的忠實觀眾，我們常在晚上，兩個人窩在電腦前就等著那一天（好，也許要等好幾天）的待續。距離畢業的日子就在不遠了，也許日後在書局看到妳的書還能憶起當年的同窗好友，和不是太久以前的眞摯心情。

其實有注意到故事從奶奶去世，珮珮升上大學開始走向有點改變，也無怪乎鄉村的原始創作感覺稍稍淡褪，不過我想這何嘗不是走出原來茵綠色調的一種方式，如果能再加強男主角的個人特色（在鄉下那段不穿鞋的印象超深的）或他的抒寫部分，感覺上是較好些的。

說實在，男主角在鄉下的那股傻勁還滿討喜的，上了台北能否有其他更不一樣的轉變，我拭目以待。

P.S.在看這部故事時，我的 BGM 是矢井田瞳的「Mother」，她塗鴨式的尖聲嗓音實在太灑脫啦啦啦啦啦～（推荐給妳）

by 準備英文即席演講煩得快尖叫的swirl

作者　SPIN（藍月）
標題　興奮興奮
時間　Sun Mar 14 22：51：07 2004

晴菜：

突然寫一封信給妳，感覺很唐突。但是，興奮的心情一直停不下來，現在。

從學測完了之後，我並不是一帆風順，依照這麼久以來的傳統，我仍然要跟著腳步走到七月。一直到今天，好不容易有了可以好好平靜的心，可以像去年那樣，看著小說。

我還是要說，從妳筆下完成的作品，每一部，在看的過程當中，我很容易隨著劇情的起伏，心情上也跟著有強大的波動。《對面的學長和念念》、《長腿叔叔二世》，到現在這部《夏天，很久很久以前》都是如此。每次拜讀完妳的作品，我總是很慶幸出生在這個恰到好處的年代，可以看到不同於別的作者筆下的作品，當然，這不是比較。

在看《夏天，很久很久以前》時，看到「平珮斷交」的時候，我的天哪，那種難過眞的讓我體會到投錯胎的感覺。我不能像女孩子一樣邊看邊包水餃，那種想哭哭不出來的心情實在很糟糕。

一直到現在，那種感動的感覺還是停不下來，我想，今晚可能會翻個好幾翻才睡得著了。

P.S.哪時候會擺上架子？我已經等不及跟我周遭的所有人分享這個美麗的故事了。

祝　安好

藍月

作者 sunheart.bbs@whshs.cs.nccu.edu.tw（海平線的那一端），看板story
標題 Re：夏天，很久很久以前（95）
時間 政大狂猖年少（Fri Jan 16 12：47：34 2004）

《夏天，很久很久以前》到目前爲止已經發展到最後，劇情慢慢進入尾聲，而場景是在故事剛開始時的奶奶的三合院，季節是夏天，有種回歸主題的感覺。三合院、雨傘、手帕、單車、萍萍、破舊的老公車、十公里遠的舅舅家、筆記型電腦、百香果汁，還有高至平家，這些都是把過去跟現在串聯起來的重要事物，看著現在的他們，會不自覺回到過去。

就整篇故事來看，可以分成兩部分，其中奶奶扮演著相當重要的轉捩點，前半部由放暑假的高二女生珮珮獨自回到南部來帶入，再藉由高至平的出現，慢慢帶出劇情，還有奶奶，及重要的關鍵——奶奶的情書。其中吸引人的地方，莫過於作者對於景色及人物的用心著墨，造就出活潑生動的劇情出來，而珮珮跟高至平逐漸在相處當中，發現到不同往常的甜蜜苦澀的感覺，愛情。

奶奶的過世，將劇情帶入後半段，珮珮與高至平一同燒燬了杰的信，在這裡有傳承過去的味道在，結束一段過去，開始未來。同樣都是青梅竹馬，而奶奶跟杰之間不能繼續的故事，由珮珮與高至平傳承下去，因此，故事並沒有結束。

劇情開始帶入珮珮的大學生活，更加入了兩位新角色——小芸和林以翰。

作者　Drifting（回首過往）
標題　很久很久以前
時間　Thu Jan 29 22:28:09 2004

先說小芸，其實她是一個相當矛盾的女生，對愛情的矛盾，當她知道加油站的男生，那個讓她日夜思念的男生就是高至平時，斷然選擇友情，或許不想失去珮珮這個好朋友，也不想破壞珮珮跟高至平之間的感情。不過當她發現自己的感情逐漸失控時，選擇利用寫信的方式來告訴高至平她的內心想法。

先到此停一下，轉過來談談林以翰，如果說高至平是夏天，那麼林以翰就是冬天，他是個能輕易摸清楚一個人想法的人，細膩的心思，慢慢一步步接近珮珮，珮珮也直認爲林以翰有說不上來的熟悉。直到劇情後段，埋了許久的伏筆才揭曉，原來林以翰的外公陸杰，便是珮珮奶奶的青梅竹馬，也就是前半段中寫情書給奶奶的杰。到此，劇情慢慢走入終段，而珮珮也在跟高至平的交往過程中，成熟懂事、長大。或許，天上的奶奶會很欣慰吧！

一直很喜歡晴菜的作品，因爲她細膩的筆法，總能讓人不像是看一本小說，而是在看一部電影一樣，吸引人不斷往下看，卻也不停地回想起前面的劇情，希望晴菜能不停地創作，寫出更多的好作品給大家看。

總算還是等到了這個結局，一個圓滿的大結局。

感謝晴菜大大給珮珮和平仔一個這麼好的結局，還記得那時候看到兩人在陽明山分手時那種難過的情況，在學校看到的，一整個下午都悶悶不樂喔，幸好，這個寒冷的冬夜之中，珮珮和平仔的愛情溫暖了這個夜。

開始看《夏天，很久很久以前》之前，就看過晴菜大大的每一本書了。

從《眞的，海裡的魚想飛》到《長腿叔叔二世》，老實說，看到禹晴和子心分離的那段時，我還很不爭氣地在書局掉下了眼淚呢！

或許現在再說這本書已經很遲了，但是感謝晴菜大大在這段時間之中給了我們第三部令人感動不已的小說。

一路上看著珮珮的成長，我也和晴菜大大一樣愈來愈喜歡這個角色，本來剛開始還覺得她有點無理取鬧，不過慢慢地發現，原來，自己也曾經像她一樣，這麼任性、這麼凶……

不過珮珮在離開有奶奶的日子以後，有很大的成長，她變得懂事、變得學習放手，她和平仔在離開鄉村的純樸之後，遇到了都市的挑戰，但是那個每到夏天就會不一樣的村子，始終都是他們心靈最終的依歸。

奶奶溫柔而充滿智慧的話、慈祥的光輝，即使在她離開之後，也常在珮珮的腦海中不斷重覆播放，那幾個有奶奶的夏天，是珮珮最難忘懷的記憶。

《夏天，很久很久以前》就眞的讓人有一種炎熱的夏天感覺，很溫暖，即使是兩人吵架、分手了之後，從珮珮的一舉一動及思想當中，她學習著成長過程必經的蛻變，和平仔分手之後，她的成熟與勇敢完完全全被表露出來。對我而言，她的成長造就了溫暖的泉源。

我由衷地喜歡這部小說，它充滿了溫暖的感覺。

眞的，在冬天中看著晴菜大大的小說，有一種很棒、很難以形容的感覺。

今天，這篇故事畫下了句點，但是這幾個月來它給所有人帶來的感動，將會一直持續著。

而我也同時期待著這本書的問市。

謝謝妳，晴菜大大。

祝　順心如意

一個宇宙無敵喜歡妳小說的人

作者　edy.bbs@whshs.cs.nccu.edu.tw
標題　Re: 夏天，很久很久以前的以後
時間　Thu Jan 29 22 : 53 : 26 2004

看完了，感覺好像看完電影一般地寂寞，不過還複雜地混有快樂的心情。

我不會寫什麼感想，只能說一句，眞的是太太太太好看啦！

很喜歡這樣的結局，總覺得珮珮與平仔的故事就該這樣結尾，雖然悲劇的結局應該也會很好看，可是就沒有現在看到結局的快樂輕鬆的心情了。

總而言之，很高興看到這樣美麗的夏天，被晴菜大大同樣美麗的文字詮釋。

P.S.非常喜愛林以翰，如果可以，希望能看到他的故事。

作者　shomer（白雲太子）看板：story
標題　Re：夏天，很久很久以前的以後
時間　Sat Jan 31 01：18：09 2004

晴菜大大：

坦白說，我已經有好一陣子沒有好好看網路小說了，一方面是自己這些年來在忙一些事，一方面有時網路小說讓我缺乏一些悸動，雖然自己也三不五時寫一些東西，但總覺得在濃情豔抹的生活中，需要一點清新。

終於盼到你把這一篇故事給結局了，也把我再度地重新帶回小說世界，或許在妳的故事中沒有那麼多的煽情，但卻讓我有一種很親切的感覺，彷彿我也跟著珮珮與平仔一起生活呢！有時候寫著、看著與讀著網路上的愛情小說，對我而言或許是一種感同身受，還是一種對愛情的憧憬，妳的文字滿足了我小小的幻想，願妳的書能儘速成冊！也希望妳能有更好的文字，讓大家能再度感嘆！

作者 yuu720
標題 欠很久的感想
時間 Sat Jan 31 23：28：09 2004

親愛的晴菜：

我來交感想囉，欠好久了呢！

從〈奶奶的情書〉到《夏天，很久很久以前》，溫馨的感覺一直延續不斷喔，總之很好看就是了。

對我而言，有關成長的故事是很感人，也很容易引起共鳴的故事，因爲我也是個鄉下來的孩子，我可以深刻體會高至平對於故鄉的想念，幸好他不像有些移往城市的人，已漸漸忘了故鄉給自己的感覺。

珮珮是我認爲成長甚多的女孩，她的任性雖有時有點過分，但可貴的是她從愛情、友情、親情裡學會了很多東西，我很佩服後來她學會了堅強，即使受傷，她還是自己爬了起來，我只能說她擁有「流淚後的堅強」，傷心過後懂得要好好照顧自己。

高至平憨直的個性是很可愛的，不過有時候比較被動，害羞的時候也挺沒有男子氣概，不過分手的那一段我倒覺得他不太一樣，有時候太喜歡也會傷害對方吧！說到這裡，晴菜提及到「太在乎」。我原以爲在乎是好事，不過太在乎有時候所造成的反效果是很令人害怕的，例如爲了誰說了哪個謊之類的，殺傷力的確很強。珮珮和高至平的感情風風雨雨，也出於太過在乎了。

我個人其實很喜歡奶奶的角色，她爲了珮珮儲存了許多新的堅強和勇氣，不管何時何地總給予珮珮力量，面對困境。也在珮珮開心的時候提醒她要珍惜，珮珮的成長，奶奶眞的占了很重要的角色。

林以翰倒是比較難以定位，他是屬於享受自己安靜的人吧，所以有些事情是一個人承受，例如對於珮珮那份若有似無的情感，他到最後都沒有說出來，不過幸好最後他有好的結局，他自己面對了自己該面對的事，他也好勇敢。

小芸其實是很兩難的角色，她不想傷害珮珮，卻也無法忽視對於高至平的那份情感，她很堅強，一個人默默地壓抑著感情，雖然在不知不覺中傷害了朋友之間關係，但她並不希望變成這樣，誰知老天爺就是這麼安排，就是碰到了。

這個故事，似乎所有人都學會了勇敢去面對自己。奶奶終於想知道情書的內容；珮珮堅強面對父母離異的事，還有與高至平之間那份很久之前就已定下的情感；林以翰回到日本重新生活，接受了自己的母親；小芸正視自己的感覺，也總算對得起自己。

喔，寫到這已經寫了好多，總之這個故事好棒好棒，期待這本書的出版，然後要讓更多人看到這個學習堅強和面對的故事。

國家圖書館出版品預行編目資料

夏天，很久很久以前／晴菜（Helena）著
--初版.--台北市：商周出版：
家庭傳媒城邦分公司發行；民 93　面：　公分.
--(網路小說；056)
ISBN 986-124-214-7（平裝）
857.7　　93009820

夏天，很久很久以前

作　　者／晴菜（Helena）
責任編輯／楊如玉

發 行 人／何飛鵬
法律顧問／中天國際法律事務所　周奇杉律師
出　　版／商周出版
台北市 104 民生東路二段141號9樓
電話：(02)25007008　傳真：(02)25007759
e-mail：bwp.service@cite.com.tw
發　　行／英屬蓋曼群島商家庭傳媒股份有限公司城邦分公司
台北市 104 民生東路二段141號2樓
書虫客服服務專線：(02)25007718・(02)25007719
24小時傳真服務：(02)25001990・(02)25001991
服務時間：週一至週五09:30-12:00・13:30-17:00
郵撥帳號：19863813　戶名：書虫股份有限公司
讀者服務信箱E-mail：service@readingclub.com.tw
歡迎光臨城邦讀書花園　網址：www.cite.com.tw
香港發行所／城邦（香港）出版集團有限公司
香港灣仔軒尼詩道235號3樓
Email：hkcite@biznetvigator.com
電話：(852) 25086231　傳真：(852) 25789337
馬新發行所／城邦（馬新）出版集團
Cite(M)Sdn. Bhd.(458372U)11, Jalan 30D/146, Desa Tasik,
Sungai Besi, 57000 Kuala Lumpur, Malaysia.
電話：(603)9056 3833　傳真：(603)9056 2833
email：citecite@streamyx.com

版型設計／小題大作企業社
封面繪圖／嵐心
封面設計／洪瑞伯
電腦排版／普林特斯資訊有限公司
印　　刷／鴻霖印刷傳媒股份有限公司
總 經 銷／農學社　電話：(02)29178022　傳真：(02)29516275

■2004年（民93）7月9日初版
■2010年（民99）7月6日初版19刷
Printed in Taiwan.

售價／180元

著作權所有・翻印必究

ISBN　986-124-214-7

請於此處用膠水黏貼

商周出版

讀者回函卡

謝謝您購買我們出版的書籍！請費心填寫此回函卡，我們將不定期寄上城邦集團最新的出版訊息。

姓名：＿＿＿＿＿＿＿＿

性別：□男 □女

生日：西元＿＿＿＿年＿＿＿＿月＿＿＿＿日

地址：＿＿＿＿＿＿＿＿

聯絡電話：＿＿＿＿＿＿＿＿ 傳真：＿＿＿＿＿＿＿＿

E-mail：＿＿＿＿＿＿＿＿

學歷：□1.小學 □2.國中 □3.高中 □4.大專 □5.研究所以上

職業：□1.學生 □2.軍公教 □3.服務 □4.金融 □5.製造 □6.資訊
□7.傳播 □8.自由業 □9.農漁牧 □10.家管 □11.退休
□12.其他＿＿＿＿＿＿＿＿

您從何種方式得知本書消息?

□1.書店□2.網路□3.報紙□4.雜誌□5.廣播 □6.電視 □7.親友推薦
□8.其他＿＿＿＿＿＿＿＿

您通常以何種方式購書?

□1.書店□2.網路□3.傳真訂購□4.郵局劃撥 □5.其他＿＿＿＿

您喜歡閱讀哪些類別的書籍?

□1.財經商業□2.自然科學 □3.歷史□4.法律□5.文學□6.休閒旅遊
□7.小說□8.人物傳記□9.生活、勵志□10.其他＿＿＿＿

對我們的建議：＿＿＿＿＿＿＿＿

請於此處用膠水黏貼

廣	告	回	函
北區郵政管理登記證			
北臺字第10158號			
郵資已付，免貼郵票			

100 台北市信義路二段213號11樓

城邦文化事業（股）公司　收

請沿虛線對摺，謝謝！

書號： BX4056　　**書名：** 夏天，很久很久以前